真故
TRUMANSTORY
悬疑

从悬疑深入现实

非自然死亡

我的法医笔记

刘晓辉 著

台海出版社

图书在版编目（CIP）数据

非自然死亡：我的法医笔记 / 刘晓辉著 . -- 北京 ：
台海出版社，2020.11（2024.8 重印）
 ISBN 978-7-5168-2714-7

Ⅰ . ①非… Ⅱ . ①刘… Ⅲ . ①长篇小说－中国－当代
Ⅳ . ① I247.5

中国版本图书馆 CIP 数据核字（2020）第 168900 号

非自然死亡：我的法医笔记

著　　者：刘晓辉

出 版 人：蔡　旭
责任编辑：王　萍
特约编辑：果旭军　　文字编辑：唐肖敏　韩江雪　刘建
封面设计：周　墨　　版式设计：李　一

出版发行：台海出版社
地　　址：北京市东城区景山东街 20 号　　邮政编码：100009
电　　话：010-64041652（发行、邮购）
传　　真：010-84045799（总编室）
网　　址：www.taimeng.org.cn/thcbs/default.htm
E - mail：thcbs@126.com

经　　销：全国各地新华书店
印　　刷：北京中科印刷有限公司
本书如有破损、缺页、装订错误，请与本社联系调换

开　　本：710 毫米 × 1000 毫米　　　　1/16
字　　数：300 千字　　　　　　　　　　印　　张：18.5
版　　次：2020 年 11 月第 1 版　　　　　印　　次：2024 年 8 月第 22 次印刷
书　　号：ISBN 978-7-5168-2714-7

定　　价：52.00 元

目录

01 为了真相，我亲手解剖了同事

我忽然想起一件事情，对牛法医说："赵法医在现场写了一个'口'字，我一直没弄明白是什么意思。"

牛法医："肯定是想告诉我们什么……"

当撬开老赵的嘴时，我们惊呆了。

　　法医是一个特殊的职业，我们时常出入死亡现场，见惯了生离死别，深刻理解生命的无常。看到解剖台上冰冷的、泛着惨白色光泽的尸体时，我偶尔会联想：假如有一天我躺在解剖台上，会是怎样一种场景。

　　法医最不愿在工作时见到熟人，道理大家都懂的。可我做梦也没想到，有一天我居然亲手解剖了我的同事。

　　5月11日，周一早上，我像往常一样提前半小时来到了单位，在办公室里忙着扫地、拖地、擦桌子。

　　一番打扫之后，我站在办公室门口等候屋里拖过的地面慢慢干燥。

　　"小刘，正忙着呢？"走廊里传来一个爽朗的声音，一听就知道是技术科科长王江虎。

　　王科长走过来说："今早接到报案，东海路发生了一起交通事故，给老赵打电话一直没接，估计是昨晚喝多了。你和王猛去看看吧，交通事故一般都简单，瞧瞧没什么事就回来。"

　　湖西区交警队没有法医，交通事故导致的死亡和伤害案件都是由湖西分局技术科负责检验。当时负责交警这块业务的法医正是王科长说的老赵。

　　警情就是命令，我走进器材室拿上尸检箱，走出了办公楼。

　　一出办公楼就听到有人喊我："小刘，这边！"然后听到油门轰鸣声响起，一辆捷达警车停在了我的面前。

痕检技术员王猛一边摇下窗户，一边对我说："快上车，咱们快去快回，看完这个交通事故我还要去市局送个检材。"

东海路的南段位于湖西区的边缘，属于城乡接合部，此刻路上的车辆和行人都比较少。我们很快就看到路边有一辆闪烁着警灯的警车。

停下车，交警事故科的小谭走过来："可算是盼到你们了！我今天凌晨4点多接到报警后就赶过来了，给赵法医打电话，他一直没接，我就给王科长打了电话。"

我点了点头："赵法医最近家里有些事情，估计忙得没接听到电话吧。"

五十多岁的老赵已经在法医岗位上干了30多年，再过几年就退休了。上周，老赵说他女儿要结婚了，有许多活儿需要去忙着张罗，单位要是有什么事让我们先顶着。

小谭笑了笑："你来了也一样，就是习惯了叫赵法医而已。"我问小谭："尸体还在现场吗？"

"你们法医没来，这尸体谁敢动啊？救护车倒是来过，但医生简单看了下就走了，说那人已经死得很透，根本没有抢救的必要。"

顺着小谭的手指看去，不远处的路边趴着一个人，看起来是一名男性，个子挺高，体形偏胖。我穿上隔离服，戴好手套和口罩，来到死者身旁。

死者上身穿一件褐色外套，里面是一件蓝色衬衣，下身穿黑色裤子，脚上穿着黑袜子，但是没穿鞋。

看到死者的蓝衬衣和黑裤子时，我心想：现在不光警察穿蓝衬衣和黑裤子啊，这样搭配的人还挺多的嘛。

死者裤子后口袋上的金属纽扣引起了我的注意，靠近了仔细看，纽扣上居然有"police"字样，这不就是一条警服裤子嘛，死者该不会是一名警察吧？

我想到赵法医平时下班后也喜欢这样穿，他还经常说，发了那么多警服，都不用自己买衣服了。

这起交通事故真应该让老赵来看，假如他看到这个衣着和身材都和自己很像的人，一定会觉得很有趣。

死者的裤子和外套上都有轮胎花纹，这种碾轧痕迹在交通事故中很常见。

我蹲下身子，一只手按在死者的肩部，另一只手按在死者的胯部，轻轻用力，把死者翻转过来。

死者的头部由于惯性作用甩了过来，口鼻部的血液也跟着甩了过来，瞬间我的胸前被染红了。

死者的面部全是鲜血，有些已经干涸，在脸上形成一片片的血痕，有些血液没有凝固，顺着脸颊往下滴。

通过刚才对尸体的翻转，我意识到，死者的颈椎很可能断了，因为丝毫感受不到尸僵的存在。

一般来说，人在死后 1 到 3 小时就会形成尸僵。当颈部形成尸僵后，活动身体时头部会跟随身体转动，身体停止转动后头部也应该立刻停止转动。

我从后备厢里取出一瓶矿泉水冲洗死者的面部，慢慢地，一个熟悉的面孔出现在我们面前。

我当时就惊呆了，王猛和小谭也惊呆了。这死者居然是——老赵！

这场景对我的冲击力实在是太大，我第一次在尸检时碰上了熟人，而且他还是一名法医！

检验交通事故的法医，自己却成了一具尸体，躺在道路上被检验。

我顿时感觉天旋地转，眼前一阵发黑，直接瘫坐在了地上，过了好久才缓过神来。

"抓紧向领导汇报！"王猛向小谭喊道，"封锁现场，扩大警戒线！"

同事们赶到时，我的情绪稍微稳定了一些。王科长拍了拍我的肩膀，叹了口气："千万要挺住啊，咱们得抓紧时间查明死因，抓住肇事者，给老赵的家人一个交代！"

我忽然想起，老赵的女儿快要结婚了，在这节骨眼上老赵却出了事，转眼间喜事变丧事。

很快，牛法医和姜法医也赶来了。湖西区一共有四名法医，我是最年轻的，他们三位法医对我来说亦师亦友，我们就像一家人。现在忽然失去了一位家人，即使是我们这些看惯了生死的法医，一时也难以接受。

冯大队长在老赵的尸体边转了两圈，眉头紧锁："老赵大晚上来这里干什么？莫非是昨天晚上喝多了？"

牛法医摇了摇头："我们还是先检验一下再说吧。"

尸表检验并不复杂，我先摸了摸老赵的头部，没有发现明显的骨折迹象。

按了按老赵的胸部，我发现肋骨断了很多根，整个胸腔都有些变形了，应该属于车辆碾轧导致。

老赵的骨盆变形很严重，推测骨盆骨折的可能性很大，符合碰撞或碾轧形成的特征。

根据我对老赵的了解，他平时都随身携带手机和钱包，但我掏遍了老赵衣服上所有的口袋，除了一串钥匙之外，没有发现其他东西。

我一边检验一边向牛法医汇报检验情况。牛法医点了点头："初步看来，应该是一起交通事故。"

冯大队沉思了几秒钟，有条不紊地开始安排工作。

一、地段偏郊区，没有监控。需要尽快找到肇事车辆和肇事司机，这项工作由王科长负责，抓紧和交警队对接一下。

二、尽快弄清楚手机和钱包的下落，这项工作由二中队李队长负责。

三、联系老赵的家属，做好老赵家属的解释和安抚工作，并商量老赵尸体的处理事宜。具体由牛法医负责，姜法医和刘法医配合。

同事们陆续离开，只留下小谭和我们一起等候老赵的家人。

我再次来到老赵身旁，准备给他再清洗一下脸上的血迹，顺便整理一下衣服，让家属来到时看着心里舒服一些。

我往地上瞥了一眼，忽然发现在老赵开始趴着的位置，有一处血迹好像有点与众不同。

我赶紧招呼牛法医和姜法医过来，他俩很快也发现了此处血迹的异常。

地上的血迹像是一个"口"字，这个形状一般不会天然形成，肯定是人手写的。

我马上抓起老赵的右手，在他的右手食指上发现了一些血迹和擦伤痕迹，很明显，地面上这个"口"字就是老赵写的！

我十分确信老赵一定有什么想告诉我们的，但这个"口"字究竟代表什么呢？我陷入了迷茫和不解中。

牛法医翻到通信录中老赵的号码拨了过去，居然打通了。

"喂！"牛法医对着话筒说，"你好……你好，请说话！"然而对方并没有说话，而是挂断了电话。

老牛再次拨打过去，老赵的手机却已经关机。"小刘，你抓紧联系李队长，告诉他老赵的手机刚才接通了，但是现在已经关机。"

我刚给李队长打完电话，就看到老赵的家属赶了过来。

老赵的爱人下车后径直向老赵尸体的位置跑来，脚步踉跄着一下子扑到了老赵身上。她一边哭喊一边拍打老赵的身体："老赵啊，老赵，你怎么这么狠心，抛下我们娘俩就走了……"

她哭红了双眼，鼻涕和眼泪一起顺着口角流淌，鬓角的白发随着身体不住颤抖。老赵的女儿双手捂在胸前，脸色苍白，慢慢靠近老赵。她一下子跪在了老赵的身前，张大了嘴，但是却没有哭出来，这是一种极度压抑的状态，悲伤已经抑制了哭泣。

等她们情绪渐渐稳定，牛法医上前把老赵的爱人扶起来："弟妹，请节哀。"

老赵的爱人抬起头看着牛法医："牛大哥，这事其实怪我。昨晚老赵打电话说在外面吃饭，可能会晚些回家。正好闺女和女婿都在家里住着，我就对他说，要是晚了就直接回单位睡，别回家吵着孩子们。以前老赵晚上喝酒要是喝到比较晚，都会自己主动去单位睡的，谁想到这次却……"

按照赵法医爱人所说的情况，老赵还真有可能喝多了酒，走在路上发生了交通事故。

可转念一想，从市区到这里距离太远，就算老赵喝多了之后迷失方向往郊区走，能够顺利走到这里的可能性并不大。

老赵的手机和钱包都不见了，而且地面上老赵写的那个"口"字也是十分奇怪，我隐约感觉到这起交通事故存在许多疑点。

我们目送运尸车缓缓离去，牛法医特意叮嘱解剖室工作人员，回去后先把老赵的尸体冷藏起来，不要急着换衣服。

大家怀着沉重的心情回到了分局，秘书科通知我们到刑警大队会议室参加全体会议。

冯大队简要说了下老赵的情况，对下一步工作做了安排，成立了"5·11案件"专案组，对赵法医死亡案件进行全面调查。

专案组包括调查组和取证组，调查组由侦查二中队组成，主要负责案件调查及相关人员走访工作；取证组由技术科组成，主要负责物证发现和提取工作。

下午，我来到法医门诊，接待了几位做伤检的当事人，快下班时接到了王猛的电话，他说那个拿着老赵手机的人已经抓到了。

匆匆忙忙赶回局里，我在审讯室看到王猛和李队长正在对一名留着板寸头的青年男子进行讯问。

"姓名？"

"吴大志。"

"年龄？"

"23。"

"住址？"

"湖西区城南街道小吴家村。"

"昨天晚上干什么了？"

"没……没干什么啊。"

"今晚有大把时间，你可以慢慢想。"

"我吃过晚饭，坐公交车去了城南小学对面的天龙网吧，凌晨3点左右，我骑电动车回了家。"

"哦，你是坐公交车去的，然后骑电动车回来的？"

"不，不，我说错了，我是骑车去骑车回的。"

"咱们待会儿去你家看看那辆电动车吧。"

"唉，算了，我交代！我就知道最近老发横财也不是什么好事，心里一直慌慌的。"

王猛和李队长眼睛一亮，仿佛看到了胜利的曙光。

吴大志说："从网吧出来就很晚了，那个点儿也没公交车了，只能打车回去，可我又心疼钱。正好看到网吧门口有一辆电动车上插着钥匙……"

"然后呢？"王猛盯着吴大志问道，"你回家路上有没有发生什么事情或者出现什么意外？"

吴大志说道："没有！我安全地回到了家里。"说完"安全"这两个字后，吴大志自己都忍不住笑了出来。

李队长一拍桌子，大喝一声："吴大志，你给我严肃点！不要心存侥幸，把事情都交代清楚！"

吴大志吓了一跳："警察同志，你们这是干什么？我不就是捡了一部手机和一个钱包吗？"

李队长和王猛对视了一眼，对吴大志说："那你说说手机和钱包的事吧！"

吴大志说："手机和钱包真是我捡的，可不是偷的、抢的。我骑车快到我们村的时候，看到路边的麦地里停着一辆车。我们村周围一到晚上经常有搞对象的人把车停在路边，当时我寻思着悄悄凑上去看个'小电影'。可凑近一看，车上居然没人，我就钻进车里捡了一部手机和一个钱包，赶紧回家了。"

吴大志说到"捡"这个字时语气是刻意加重的，很明显他是在强调他手中那一部手机和一个钱包是捡来的。

"你只捡了手机和钱包？没发现什么人吗？"李队长盯着吴大志，"你最好实话实说！"

"警察同志，我说的千真万确，我可是一名守法的好公民啊！"

"哼，你这也叫守法？顺手牵羊的本事倒是不小啊！"李队长扬起了眉毛，"这样吧，你带我们去瞧瞧那辆车，看你有没有骗我们。"

我和王猛跟随李队长一起，跟着吴大志来到了一处麦田里。

"就是这辆车，也不知道是谁把车开到这里来的，害我进了公安局！"吴大志不停地抱怨。

天色已经暗了下来。借着现场勘查灯明亮的灯光，我看到一辆白色无牌长安之星面包车斜着停在麦田里，从路边到麦田的路径上，有两行小麦被压倒了。

王猛开始拍摄方位照片，他忽然抬起头来，伸手指向东南方向："你们看，这个地方距离发现赵法医的那条公路只有几百米！"

顺着王猛的手指看去，可以看到一条宽阔的公路。公路上有明亮的路灯和川流不息的车辆，那正是东海路！

王猛在后排座椅下方发现了一双黑色警用皮鞋。我在驾驶位座椅的靠枕上发现了一些血痕，在车内地板上找到了几根头发，并且在地板上发现了几处擦拭状的血痕，分别进行了提取。

回到局里时已是夜里10点多，吴大志被带到审讯室继续接受审问。

我看到王科长办公室的灯亮着，就敲了敲门，推门走了进去，惊奇地发现牛法医和姜法医也在。

牛法医看到我进来，指着旁边一张椅子说："小刘，你来得正好，我们正在商量老赵的案子。"

我把刚才的发现向王科长和牛法医做了汇报。牛法医点了点头："小刘的发现很有价值。刚才我去了老赵家，想做一下老赵家属的工作，试图征得她的同意，让我们对老赵的尸体进行解剖。结果出乎意料地顺利，咱的法医家属确实明事理啊。"

王科长点了点头："这个案子不单是一起交通肇事逃逸案，可能还有抛尸的情节。虽然老赵是我们的同事，我们对他都很尊敬，但越是这样，我们越要严格按照程序办案，必须对老赵的尸体进行解剖！"

空气好像在一瞬间凝固了，大家都没有说话。虽然从办案程序以及侦查破案角度讲，解剖是必经的流程，但在情感上却让人很难接受。

我们解剖过成百上千具尸体，心中只想着让尸体说话，替死者申冤。然而让我们用手术刀对准自己的同事，尤其还是一名老法医，心里还是有一道坎的。

沉默片刻，牛法医从椅子上站了起来："事不宜迟，现在就去解剖室！"

穿过阴暗的走廊，一步步走下楼梯，我们来到了负一层这间安静得让人有些窒息的解剖室。

看着躺在解剖台上的老赵，我百感交集。他既是我的同事，又是我的前辈，也是我的老师。

牛法医戴上手套，走过来握了握老赵的手。他俯下身子，把头靠到老赵的耳边："老赵啊，有什么要告诉我们的，一会儿就和我们说吧。"借着灯光，我看到牛法医眼里闪着泪花。

解剖室里的气氛有些压抑，牛法医缓缓地说："小姜、小刘，待会儿你俩具体操作。我和老赵毕竟搭档了三十多年，让我去解剖他，我实在有些受不了。"

我和姜法医默默穿上隔离服，戴上手套，站在老赵身前鞠了一躬。我注视着老赵的尸体，鲜活的生命就像被硬生生从躯体剥离出去，只剩下一个躯壳。

鼻子酸酸的，心里忽然涌出一股奇妙的思绪，我感觉躺在解剖台上的老赵仿佛在鼓励我们去解剖他，去倾听他的诉说。

手术刀划开老赵颈部至腹部的皮肤，我看到老赵的左侧第 2 到第 7 肋骨骨折，右侧第 3 到第 8 肋骨骨折。

沿锁骨中线位置切开肋骨，胸腔里充满了鲜血，双肺存在多处破裂口，应该是肋骨骨折后的断端刺破了肺脏。

打开心包腔，看到心包腔里充满了血液，清理血液后发现右心室位置有一个破裂口。

肺脏破裂、心脏破裂，这足以导致老赵迅速死亡。除此之外，老赵肝脏、脾脏均破裂，看来老赵遭受的致命性损伤还真不少。盆腔检验时，竟发现骨盆粉碎性骨折，这需要巨大的暴力才能形成，一般多见于交通事故或高坠案件。

解剖完胸腹腔和盆腔后，把老赵的颈部垫高，用手术刀沿老赵的耳后把头皮切开，老赵枕部头皮下有一个血肿，但颅骨从外观看起来完好无损。

取出开颅锯，插上电源，我握着开颅锯沿老赵的颅骨转了一圈，取下颅骨的上半部分，将大脑暴露出来。

对老赵的硬脑膜、大脑、小脑以及颅底进行检验，都没有发现明显的损伤。

我们一边解剖一边向牛法医汇报情况，牛法医的脸色一直很平静。

我忽然想起一件事情，对牛法医说："赵法医在现场的地面上写了一个'口'字，我一直没弄明白是什么意思。"

牛法医摸了摸下巴："我也在思考这个问题，他写这个'口'字，肯定是想告诉我们什么……哎！对了，打开老赵的嘴看看！"

真是一语惊醒梦中人！我一直在揣测老赵写这个"口"字的意图，有时候考虑太多反而会忽略了最本质的东西，这毕竟是个"口"字，首先当然要从老赵的口里做文章。

老赵的嘴闭得很紧，上下牙齿紧紧咬合，当撬开老赵的嘴时，我们惊呆了，老赵的舌头竟顶出了一块肉！

那是一块苍白色椭圆形带皮的肉，边缘呈锯齿状，皮肤比较光滑，没有皱褶，弹性较好，皮下组织大约有1厘米厚，符合肩背部或四肢近端位置的皮肤特征。

老赵身上的皮肤并没有缺失，那块肉很明显是来自别人。能让老赵咬下一块肉至死也不肯吐出来的，只能是导致老赵死亡的真凶！

老赵既然能咬伤对方，说明老赵当时还具备一定的行为能力，可是老赵后来为什么死了呢？

想到这里，我不寒而栗，这起交通事故看来没有我们以为的那么简单。这肯定不是简单的肇事逃逸，也不是一般的肇事后抛尸。

一个恐怖的案件实质在我脑海浮现——故意杀人！当然，在缺乏足够证据的前提下，一切只是猜测。

凌晨2点多回到办公室，我一屁股坐在沙发上，整个人放松下来，关于老赵的各种思绪伴着泪水不受控制地涌出，积攒和发酵的情绪终于得到了释放。

5月12日上午8点半，各位同人在刑警大队会议室召开了"5·11专案"调度会议。

李队长介绍了案件的最新调查情况：面包车的车主是一名叫郑志刚的个体户，已经通过电话取得了联系。据郑志刚反映，他的面包车车况很差，经常出故障，他在5月10日上午把车送到路畅汽修厂去进行大修了。

牛法医介绍了尸检情况：老赵的死亡原因是钝性暴力致心脏等多处脏器破裂，死亡时间在夜里12点左右。

牛法医特别提到了老赵写的那个"口"字以及老赵口中的那块肉，说那块肉很可能就是案子的突破口。

会后，专案组兵分两路，姜法医和二中队的同事一起去找郑志刚，我和王猛则跟随李队长去了路畅汽修厂。

路畅汽修厂离分局不远，十来分钟就到了。一进院子，我们就看到院子里停满了车，修车师傅正在忙碌着。

来到办公室，一个戴着眼镜的中年男子接待了我们。我接过他的名片，看到上面写着"路畅汽修，路俊川经理"。

李队长出示了证件并说明了来意，那个叫路俊川的经理打了个电话，很快一个身穿工作服的青年男子走了进来。

"小马，你查查咱这里有没有一辆白色面包车，是一个叫郑志刚的人送过来修理的。"陆俊川说道。

"不用查，有！"那名被路俊川称为"小马"的青年很干脆地回答。

"那台车是我和宋春光一起负责修理的。这几天活儿太多，那辆面包车也不用急着修，我就把它开到仓库里了。"

李队长问道："那辆车现在还在仓库吗？"

小马点了点头："肯定在啊，那种不急着修的破车一般都放在仓库。"

当小马带我们来到位于汽修厂东南角的仓库时，他一下愣住了："不会吧，那么破的车也有人偷？根本值不了几个钱呀！"

小马从地上捡起两个车牌："看，车牌还在这里呢，车却不见了。"路俊川问小马："对了，宋春光去哪儿了？把他叫过来问问情况。"

"刚才还在的，可能是出去买烟了。"

"这小子真是的，不知道厂里最近很忙吗？还总是往外跑，回头我得好好教育教育他！"

李队长问路经理："你们厂里有监控吗？"

路俊川点了点头："有的，监控设备在值班室，我带你们过去吧。"

我们选择从 5 月 10 日 18 时开始观看监控录像，大约在 20 时，监控画面中出现了一个人，从汽修厂大门口进来，径直走进了仓库。隐约可以看到穿着白色的衣服，但是面部模糊不清。

"这是宋春光！"小马和路俊川异口同声地说道。

"你们确定吗？"我和王猛疑惑地问道。

路俊川指着画面中的那个人说："你看，他走路一瘸一拐的，宋春光有一条腿不好，和监控里这个人走路的姿势一模一样。"

监控画面显示，一辆面包车从仓库开了出来，径直开到了汽修厂门口，在门口停留几秒钟后，驶出了汽修厂。

路俊川问值班室的那位老师傅："李师傅，前天晚上你看到宋春光开车出去了吗？"

"看到了啊，前天晚上宋春光从外面走进来，说晚上有点急事要开车出去一趟。我觉着他是咱厂的员工，就没阻拦。"

"宋春光这个人平时表现怎么样？"李队长问道。

"人挺老实的，但是脾气有些倔，遇到什么事总爱钻牛角尖，时间长了，大家都不愿意和他多说话。"路俊川说道，"不过，他还是很能干的。"

小马接过话茬："宋春光的腿以前挺好的，三年前出过一次交通事故，一条腿瘸了。"

"他来了！"小马突然指向窗外。一个身穿工作服的人正一瘸一拐地从外面走过来。

我们迅速迎上前去，看到我们后，宋春光迟疑了片刻，低着头继续往里走。

路俊川喊道："宋春光，这几位是公安局的，找你了解点情况。"

宋春光停住了脚步，为了防止宋春光逃跑，我跨步来到了他的身后。

我一只手握住他的手腕，另一只手按在了他的肩膀上，宋春光发出"哎哟"一声大叫。

将他的衣服掀开，把肩膀上的纱布取下，一个椭圆形的伤口赫然出现在我的眼前。我心想：没错，就是他！

"宋春光，跟我们走一趟吧！"出乎我们意料，宋春光十分平静，没有丝毫的挣扎和反抗。

回到局里，我立刻去了档案室，终于在一大堆鉴定案卷中找到了三年前宋春光的鉴定书。鉴定书中这样描述：

"在湖西区东海路南段，宋春光驾驶摩托车沿东海路自北向南顺行至小吴家村路口时，和驾驶摩托车左拐的林小峰发生碰撞，二人均受伤……"

"宋春光左胫骨粉碎性骨折，其伤情评定为轻伤。"

在好奇心驱使下，我又找到了林小峰的鉴定书，鉴定书中这样写道：

"林小峰腰椎损伤致性功能障碍，其伤情评定为重伤。"

这两份鉴定书上都有赵法医的签字。

可见，在这起交通事故中，宋春光责任较小且受伤较轻，对方林小峰责任较大且受伤也较重。

刚把案卷放回档案柜，我就接到了市局徐法医的电话。他告诉我 DNA 结果出来了，现场血迹、面包车地板上的血迹和头发均为赵法医所留；驾驶座靠枕位置的血迹和老赵口中的那块肉，属于同一名男性，这名男性不是老赵。

来到审讯室，我看见坐在审讯椅上的宋春光低垂着头，一言不发。

"宋春光，你不想说点什么？"李队长严肃地说道。

宋春光抬头看了看李队长，继续低下头，一言不发。李队长眼中露出一丝无奈。

我对宋春光说："你不想谈谈你的腿是怎么伤的吗？"问完之后，我静静地看着宋春光，宋春光的嘴唇有了一丝颤动。

沉默和寂静持续了两三分钟，宋春光忽然打破了沉默，长叹了一口气："这个事儿在我肚子里憋了很长时间了，当然得说说，要不你们还寻思着我理亏呢，今天我进来了就没想着再出去！"

"大前年那个交通事故，我顺着路正常走，那家伙一拐弯给我顶上了，你说这事是我占理吧？"

我倒了一杯水端到他面前："别急，喝点水慢慢说。"

宋春光双手被铐在椅子上，他低下头把嘴凑过去喝了两口水。

"我一下子摔出了十好几米远，当时就爬不起来了，摩托车也摔烂了。那家伙一开始什么事也没有，后来也躺在地上起不来了，他这不是装吗？我去找赵法医做鉴定，赵法医说我这伤就是个轻伤。我打听到对方那家伙鉴定成了重伤，我琢磨着这个事不能就这么算了，又去找赵法医。我把装着钱的信封放在他桌上，求他给我改改鉴定结果。没想到他把信封扔在地上，还要撵我走。当时可真把我逼急了，就差要给他下跪了……"说到这里，宋春光情绪有些激动，脖子上的青筋都凸起来了。

"我知道他肯定是嫌给钱太少，可我实在没钱啊，我自己的腿都没舍得花钱做手术呢。

"后来想到对方也不算个男人了，这事我也就认了，可我听说那个家伙去年刚生了个孩子，那他的鉴定不是糊弄人吗？你们说我赔的钱冤不冤？"

"对方是重伤你就要赔钱吗？伤情鉴定和赔偿可没有直接关系啊！"我疑惑地问道。

"他好像还评了个伤残，但不管怎么说，这事都怪赵法医偏袒！"

我忽然明白了，宋春光一定是误会了赵法医。我们公安机关的法医只负责伤情鉴定，并不负责伤残评定，他一定是把伤残评定的锅也安在了赵法医头上。

另外，受伤后是否积极治疗会对康复有很大影响，宋春光只是胫骨骨折，假如积极治疗，肯定不会导致跛足；而对方肯定是后来积极持续治疗，所以才会有了好转。

我摇了摇头，对宋春光说："继续往下说！"

"我累死累活地挣钱，大部分都赔给了姓林的那个家伙。我老婆开始整天叨叨，孩子也不理我了，我觉着生活没什么奔头了。前天晚上，有个朋友请我吃饭，我喝了点酒，去撒尿时旁边有个人在哼着小曲，听声音有点耳熟。我抬头一看，哟，这不是赵法医吗？看起来好像很高兴的样子，也没认出我来。我看着他就来气，我混成这样，都是他害的，我得办办他出口气！

"我回到汽修厂，去仓库把那辆破面包车的车牌卸下来，开上车就去了酒店，在门口等着他出来。

"赵法医从酒店出来后，我一直开车跟在他后边，跟了一段看着路边没有路灯，就一踩油门冲了过去。

"我本来只想揍他一顿，可又觉着自己腿脚不灵便，万一打了他以后跑不掉就麻烦了。再说我也不一定能打得过他，就干脆把他撞倒了。

"他躺在地上不动弹，我把他拖到车上，寻思去找个山沟把他扔了，让他也尝尝痛苦的滋味。

"可车刚开出城区他就醒了，估计是认出我了，问我是怎么回事，我想吓唬他一下，就说我要弄死他。

"他想去开车门，但是没有打开，估计是被车撞伤了，没什么力气了吧。

"忽然，我右肩膀一阵火辣辣地疼，回头一看，是赵法医咬了我一口！

"我当时脑子'嗡'的一声，浑身都像火烧一样，停下车就把他从车上拽下来，狠狠打了几拳，然后骂了他一顿。骂完还不解气，我不管三七二十一就开车轧了过去！

"我本想把车开回来的，可车里油不多了，也不敢去加油站，干脆就把车开到路边的麦地里，打了辆出租车回家了。"

宋春光的供述基本上完整地再现了案件过程。听完后我感到一阵凉意从脚底涌起，仇恨和无知足以让一个人失去理智，不惜毁灭他人和自己。

宋春光和赵法医的恩怨，起源于三年前的一起交通事故，最终又以一场看似交通事故的杀害而终结。在这个轮回里，谁也不是赢家。

赵法医虽然用自己的方式帮我们找到了真凶，但是他再也无法和我们一起共同工作、并肩战斗了。

时隔多年，我经常回忆起老赵的音容笑貌，但有几个问题却一直困扰着我。

我至今没弄明白老赵是何时写的那个"口"字，是在被车辆碾轧之前，还是在被车辆碾轧之后。

他写下"口"字的真正意图又是什么？或许是想提示我们，他口中有线索；或许他是准备写个"跛"字，借以提示凶手的特征，只是写完"口"字就没有机会或者没有办法再写下去。当然，他也可能想写点别的什么，这个谜底，永远无法知道了。

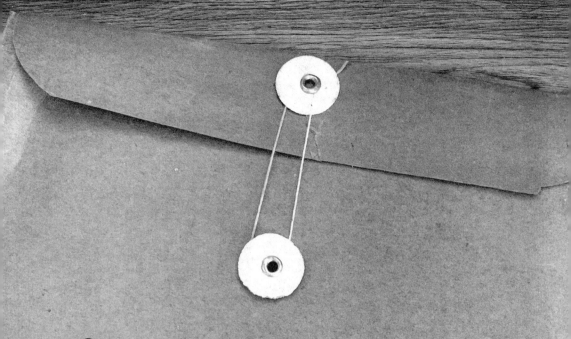

02 玉米地抛尸案："外伤性熊猫眼"暗示的真凶

我跟着刑警往玉米地里走去，来到一处"空地"。

五个人正围在一起，两个人蹲着，三个人站着。听到动静，他们齐刷刷向我看来，我不明所以，但下一刻，我看到了毕生难忘的一幕。

　　有一个古老而神秘的职业，从事这一职业的人用双手去触碰别人不愿触碰的东西，用执着和勇气去揭开黑暗的面纱；有那么一群人，用医学知识做着和法律有关的事情，手中的手术刀不是用来救死扶伤，而是为了让死者开口说话，让真相浮出水面。

　　我就是这群人中的一员，我是一名法医。法医是干什么的？可能多数法医都认为是这8个字：为死者言，为生者权。

　　近年来，随着各类影视文学作品的面世，法医这个职业渐渐走入人们的视野，法医这个职业在人们心中也渐渐不再那么神秘。

　　作为法医，我从来不认为自己的职业有多么神圣，正好相反，从入职的那一天起，我一直觉得肩上有一副担子。而这副担子，是我的同事赵法医给我的。

　　法医是需要经常和死亡、凶杀、血腥、暴力这些负面词汇打交道的，常常游走在黑暗与光明之间。

　　人的一生存在很多偶然因素，可冥冥之中有一股力量，引导着每个人的选择。或许，那一次相遇，就注定了后来的重逢。

　　成为法医，本是一种偶然，可冥冥之中似乎也有天意。

　　关于童年，我的记忆里充满了美好，直到初二那年，我目睹了死亡。

　　当时我在城乡接合部的一所中学读书，学校后面是一大片农田，每到收获的季节，在学校操场上就能闻到丰收的味道。

一天返回学校的途中，幽静的小路上却突然熙熙攘攘，小路上和玉米地里站满了人，穿着各色衣服。

"喂，你过来一下！"经过那群人时，我好像听到有人在喊我，但我不敢张望确认。由于摸不着情况，我只想快点回到学校。

"小伙子，叫你呢！"我回过头，看清了开口说话的那个人，是个高大的中年人，穿着一身军绿的衣服，脸黑黑的，表情很严肃，弄得我很紧张。我认出那是个警察，因为我家旁边派出所里的警察就穿那种衣服。

我乖乖地往回走了两步，停在距离那人一米多远的地方。

"你是文同中学的学生？"那人指了指不远处的学校围墙。我点了点头，没张嘴，从鼻腔里发出一个"嗯"。

"你平时经常从这里走？"黑脸警察盯着我，目光有些冷。我不太喜欢他说话的方式，所以我又点了点头。

这时过来一个矮些的警察，和我差不多高，手里拿着一个笔记本。他跟高个儿警察小声嘀咕了几句，向我招了招手："你跟我过来一趟！"

我当时也没多想，就跟着他往玉米地里走去，来到一处"空地"。说是空地，其实地上全是压倒的玉米秸。五个人正围在一起，两个人蹲着，三个人站着。听到动静，他们齐刷刷向我看来，我不明所以，但下一刻，我看到了毕生难忘的一幕。

穿过缝隙，我看到有个浑身赤裸的人躺在褐色的土地上，那个人皮肤不白，但反着光。几秒钟后，我意识到，那是个死人，但我的脑子好像还没转过弯来，有点蒙。

苍蝇在我耳边嗡嗡地飞着，一个手拿相机、没穿警服的人向我走来，他走到我跟前，对我说了句："抬起脚来！"

他的话带着命令的语气，我不知他为啥要我抬脚，但还是听话地提起了右侧膝盖。

"腿往前伸！"我绷直了膝盖。"不行，继续抬！"我使劲抬高右脚，身体失去了平衡，倒在地上，眼前一阵发黑。

"怎么回事？"一个中年人走了过来，对拿相机的人说，"看你把人家孩子吓的。"他向我伸出手，但又缩了回去，我看到他手上戴着一副手套，红黄相间。

那个人身材高大，国字脸，浓眉大眼，看起来要比其他人和蔼许多。我没敢盯着他看太久，低下了头，我看见他穿着一双黑皮鞋，鞋帮上沾着泥，鞋面上全是土。

"别怕，我是公安局的法医，我们是想找你了解点情况。"他语气平和，面带微笑，我不再那么害怕了。

之后我很配合地采集了指纹和脚印，然后辨认了死者。那个死者有些面熟，好像是附近的居民，但我并不知道他的名字。

我只记得，那个躺在地上的人脸色乌青，没有一丝血色。和以前想象中的死者略有不同，他的眼睛是闭着的，而不是睁开的。

那是我第一次亲眼见到死去的人，并没有想象中那么可怕；那也是我第一次见到现实中的法医，他面带笑容，和蔼可亲。

上高中时，班里有部分同学整天讨论一部叫《鉴证实录》的港剧，这部剧到现在我都没有看过，但它却真真切切对我产生了影响。

或许是因为自己曾在现实中见到过法医，所以我对大家说的一些事情格外感兴趣。

当时同学们也不清楚法医是做什么的，只知道法医经常和尸体打交道，感觉很酷，而片中的法医形象也令人耳目一新。

也就是从那时起，我渐渐对法医这个职业有了一个模糊的概念。就是这个模糊的概念，在我填报志愿时，起到了关键的作用。

神秘、刺激、酷，就是我对法医这个职业最初的感觉。

我父亲是医生，叔叔是医生，我的表弟表妹们也大多学医。我小时候就对医学很感兴趣，时常偷看爸爸的书籍，而我小时候的理想也是成为一名医生。

如果没有意外，我将成为一名医生，接过父辈手中的接力棒，穿上白大褂，救死扶伤。

意外就发生在填报志愿的时候。高考成绩比较理想，我第一志愿选了一所心仪的医科大学，第二和第三志愿也都是医科类院校，毫无疑问，我将成为一名医学生。

可在选择专业时，我一眼就看到了法医专业。那时候全国开设法医专业的医学院校还比较少，一个大胆的念头在我心里产生了。

我想到了初二那年，那位法医和蔼的笑容和高大的身影。在征求了父母的意见后，我在专业选项里加入了法医专业。父亲说他和法医打过交道，不反对我学法医，他会尊重我的选择。

一个多月后，我成了南方一所医科大学法医系的一名学生。陌生的大都市、校园，陌生的专业，我对一切都充满了好奇。

第一堂课，老师自豪地告诉我们，论医科大学的整体实力，我们学校可以排进前四；论法医专业的实力，在"老六所"里也是名列前茅。

老六所，指的是我国最初开展法医学本科教育的六所院校。

老师说，他当年是懵懵懂懂选择了就读法医专业研究生，他开始还以为法医就是"法国医学"，听起来很高大上，那就选了，课堂里哄堂大笑。

那堂课我听得入迷，老师从辛普森案讲到了国内的几起大案，让我越发坚信自己的选择是正确的。

毕业那年，我选择了回到家乡。到单位报到那天，我再次见到了那位面带笑容、和蔼可亲的法医，那时我才知道，他姓赵。

报到那天，赵法医多看了我几眼，其实我早就认出了他，因为我在选择回到家乡时就想到会和当年那位法医重逢。

后来我在工作中很快进入了状态。师傅说，我是这么多年来唯一一个刚上班就能独立进行解剖检验的新法医。

整整十年了，赵法医的样子变化不大，还是高大儒雅，浓眉大眼。我知道，他可能觉得我面熟，但他应该没认出我，毕竟我的样子变化不小，而且当年他也不一定记住了我。

赵法医说终于盼到了科班出身的法医，所以他特意找了领导，把我留在了刑警队。按理说，新警察都要先下派出所锻炼一两年的。

当天晚上的接风宴上，我特意向赵法医敬了一杯酒，并附在他耳朵边上悄悄说了几句话，他恍然大悟，不住地点头。

第二天午后，赵法医泡了一杯茶，和我拉起了家常。

"十年了，真快啊！"赵法医指着桌上的台历说，"我记得很清楚，当时找了个学生来辨认尸体，没想到就是你啊。"

赵法医说，最初刑警队的同事见我从现场附近经过，对我起了疑心，怀疑我在打探公安机关的动向，于是把我带进现场，让痕检技术员检验我的脚印和指纹。

"这其实也不能怪他们，这是职业病。"赵法医叹了口气，"咱干技术的也一样，干时间长了，会越来越胆小。"

那个躺在地上的男人很长一段时间都停留在我的脑海里，我对当年的那个案子耿耿于怀，他是谁，他是怎么死的，凶手又是谁。

我甚至没有刻意去问，赵法医就和我说起了当年的那起案子。

那天上午，赵法医正在办公室里写鉴定书，痕检技术员小王跑过来找他，说文同中学旁边的玉米地里发现了一具尸体，需要去看现场。

死者躺在地上，周围全是嗡嗡的苍蝇，远处传来几声鸟叫。尸体虽然在玉米地里，但那并不是第一现场。

"没发现明显的搏斗痕迹，尸体周围也没找到作案工具。"赵法医说，"尸体距离道路并不算远，我们还在不远处找到了一辆自行车。"

"你也见过死者，你觉得他的死因可能是什么？"赵法医笑着问我。

我闭上眼睛回忆了几秒钟："从尸表看，头上好像鼓了个包，有颅脑损伤的迹象，至于身上，我当年可没敢看。"

"不错不错，我还以为你什么也不记得了呢。"赵法医点了点头，"通过解剖，我发现死者头皮下有多处出血，枕部颅骨有骨折，颅内有少量出血，你觉得这些伤是怎么形成的呢？"

我总算瞧出来了，赵法医是在试探我的根底，我有点不服气，毕竟我也成为一名法医了。

"颅脑损伤的话，主要考虑钝器损伤，结合现场有自行车，我觉得首先要考虑抢劫或者交通事故。"说完我给自己留了条退路，毕竟我没参与检验，"具体情况还是要结合现场和尸检。"

可很快，我的退路就被赵法医堵上了，他起身出去了一趟，片刻后抱着一沓材料回来。

赵法医翻开案卷，找到尸检的部分照片，往我面前一推。

有张照片拍到一些四脚朝天的苍蝇。赵法医解释说，当时尸体围了不少苍蝇，他让派出所民警从附近商店买了两瓶灭害灵，一股脑儿全喷在了尸体上。

苍蝇开始四散，几只苍蝇晃悠着飞远，最终仰面跌落在地上，翅膀已经不再扇动，蜷缩的脚还在颤动。那幅画面恰好被痕检技术员捕捉到，拍摄下来。

"是不是那种带茉莉花香味的灭害灵？"我忽然想起当年靠近尸体时闻到一种奇怪的味道，原来那气味里掺杂了血腥味、尸臭味、酒味和气雾剂香味。

赵法医说他记不清派出所民警买的是哪种气味的灭害灵了，但死者生前的确喝了不少酒。

我翻看尸检照片的时候，赵法医在旁边补充一些照片上不明显的尸检情况：尸僵很强，各个关节都有尸僵；尸斑在尸体背部未受压部位，指压不褪色。

"角膜中度混浊，能看到瞳孔。"我指着那几张尸检照片说，"死亡时间距离检验 12 小时左右，距离最后一餐 3 小时左右。"

接下来就是死因和致伤工具分析了，我知道尸检照片前边应该还有尸检报告，但我忍着没去翻看。

死者双眼青紫，像是熊猫眼，肋骨断了 7 根，衣服在胸部位置有明显的轮胎印。

我明白了！

"这应该就是一起交通事故，死者被碰撞头部、碾轧胸部致死，然后被抛尸到路边的玉米地里。"

我一抬头，看见赵法医冷静的目光。他低头喝了口茶，慢悠悠地说："那时候，大家也都觉得是一场交通事故。"

我有点慌，脸上热辣辣的，难道我弄错了吗？赵法医站了起来，在办公室里背着手慢慢踱步，忽地停下，扭头对我说："当时大家都说我很犟。"

那天下午，技术员小王提取到几枚足迹，玉米地里有明显的拖拉痕迹，说明有人把死者从路上拖进了玉米地。

玉米地里还发现一辆歪倒的自行车，车身有新鲜损伤痕迹，后来车被推到了派出所。赵法医根据尸体现象推断死者的死亡时间应该在前一天夜里 11 点左右。

刑警侦查员和派出所民警对附近居民展开了走访调查，当天晚上，大家在派出所开了个案情会。

死者叫朱胜利，43 岁，本地人。事发前一天晚上，他和朋友在文同中学附近的饭店吃饭，三个人喝了两斤白酒，饭后三人各自回家。但家人却一直没见着他，着了急。

那时候通信不方便，家属连夜找人，终于找到了和朱胜利一起喝酒的另外俩人。玉米地旁的小路是朱胜利回家的必经之路，他们沿着路找人，一宿也没见着朱胜利的人影，人和自行车都不见了。

朱胜利的朋友安慰朱胜利家属，没准老朱喝完酒找个地方去打牌了，说不定天亮就回家了。朱胜利家属知道朱胜利有打牌的习惯，也就没多想。

直到第二天下午，村里传言警察在玉米地里发现一具男尸，朱胜利家属感觉不妙，就去派出所打听，一眼就瞅着那辆自行车了，然后通过辨认，确认死者正是朱胜利。

家属不知道听谁说的，朱胜利被车撞了，于是在派出所哭闹起来，要求民警尽快抓住无良司机。

案情会上，侦查员介绍了死者朱胜利的情况。朱胜利是个小包工头，手底下有七八个人，近期在城区一家工地干活。据熟悉他的人说，朱胜利脾气暴躁，喝了酒之后喜欢耍酒疯。

痕检技术员小王说了现场情况，并且根据死者衣服上的轮胎痕迹推断肇事车辆可能是一辆摩托车。

赵法医说了尸检情况，死者有头外伤和胸外伤，有颅脑损伤和肋骨骨折，但这些都不是真正的死因。

此言一出，会议室里炸了锅，因为大家都已经按照交通事故的思路去查案子了。领导更是用质疑的目光盯着赵法医，连家属都觉得是一起交通事故，赵法医凭什么认为不是。

赵法医有些犹豫，因为事情还没有完全调查清楚。但作为一名法医，他更愿意相信自己亲眼所见的东西。

随后赵法医说出了自己的理由。

死者朱胜利虽然有颅脑损伤，但是颅内出血量不多，短时间内不足以致死；肋骨虽然断了好几根，而且胸部有碾轧的痕迹，但肋骨断端生活反应不是很明显，很可能是濒死期形成的损伤，甚至是死后伤。

而更强有力的证据是死者气管内有许多食糜，双肺和心尖有点状出血。

赵法医略一停顿，说出了死者的真正死因：朱胜利是窒息死亡，具体一点就是吸入性窒息。

朱胜利那天酒后骑车回家，在路上摔倒，摔到了后脑勺，躺在地上开始呕吐，呕吐物进入气管导致窒息。

有辆摩托车经过，轧到了朱胜利，司机怕承担责任，就把朱胜利拖进了路旁的玉米地，并把自行车也扔进了玉米地里。或许司机也没有想到，车碾轧到朱胜利时，朱胜利要么已经死亡，要么接近死亡状态。

会议室里，大部分同事都皱起了眉头，不是不相信赵法医的结论，而是死因一旦定了吸入性窒息，那朱胜利自己就对死亡负有主要责任了，家属肯定不干。

大队长沉吟片刻，问了一句："老赵，有把握吗？"

赵法医点了点头，又抛出了一个惊人的结论："死者生前可能还受过伤，因为他眼窝周围有瘀青，我觉得像是熊猫眼。"

熊猫眼，顾名思义，就是人的眼睛周围发黑，像熊猫一样，可以由睡眠严重不足引起，也可以由外伤引起。

眼部周围软组织疏松，出血后容易形成聚积，有一种常见的外伤性熊猫眼，是由颅底骨折引起的。此外，直接打击眼部周围也可以形成熊猫眼。

"死者鼻根部也有损伤，应该是直接外力造成，而且颅底骨折形成熊猫眼，是需要较长时间的，并不会在短时间内形成。"

鼻根和眼窝都属于凹陷部位，摔跌或者交通事故，一般不会伤到那里，既然不是摔的，那就是被人打的。

赵法医据此推断，死者眼部和鼻根部的损伤是直接暴力打击形成的，但都不是致命伤。

按照赵法医所说，案件性质忽然由交通事故变成了意外，又一下子变成了故意伤害，大家一时间都有点难以接受。

会议室里很快又沸腾了，老赵这不是在有意搞事情吗？

案子越来越复杂，弄得在场的侦查员都有扑朔迷离的感觉了。死者身上的损伤如此复杂，朱胜利生前到底经历了什么？

法医检验情况大家辩不过老赵，但大家其实心里都不太服气，只是被赵法医身上那股执着劲儿呛得无法反驳罢了。

无论如何，肇事司机肯定还是要尽快找到，他毕竟接触了死者，而且存在主观恶意，有可能延误了死者的救治。

听赵法医这么一说，我才意识到当年那起案子居然这么复杂，我不敢大意，赶紧仔细翻看尸检照片。赵法医静静地坐在我对面，时不时喝一口茶水。

"死者眼部和鼻部的损伤应该是拳击伤。"我轻轻合上尸检照片，"另外，除了枕部那处大面积头皮下血肿，死者其余部位的头皮下血肿，也是拳击伤。"

我看到赵法医眼睛一亮，继续说道："死者身上的拳击伤主要集中在面部、额部和顶部，说明对方比死者高。"

赵法医笑了，继续讲述案情的进展。

两天后，肇事司机张伟东投案自首了。那天夜里 11 点左右，张伟东骑着摩托车回家，路过玉米地旁的小路时，压根儿没发现躺在地上的朱胜利。

摩托车撞到什么东西后停了下来，张伟东发现那是一个人躺在地上，他喊了几声，地上的人一动不动。他蹲下身子摸了摸，地上的人不知死活，但身子是热乎的，张伟东心想自己闯大祸了。

"那是个醉汉，骑着车子歪倒了，刚好被我撞上，时气（运气）真低。"

张伟东感慨自己的时运不佳，却没有反思自己的处置不当。

张伟东在本地一家工厂上班，生活富裕，但那段时间，他的运气的确不怎么好。老母亲摔了一跤之后卧床不起，老婆又生病住了院。张伟东既要照顾一家老小，又要去厂里上班挣钱，为了多挣钱，他每天都干到很晚才回家。

张伟东见四周黑漆漆的，也没有经过的行人和车辆，干脆一不做二不休，把人和自行车都弄到了玉米地里。"我实在没办法，要是被赖上了，俺老婆孩子咋办啊！"

干完这些，他出了一身汗，急匆匆骑上摩托车回了家。但他没想到人最后死了。事情在当地传得沸沸扬扬，迫于压力，他去自首了。

张伟东的供述和民警对摩托车的检验情况印证了赵法医的推论，摩托车撞上朱胜利时，朱胜利是躺在地上的。

无论怎么审，张伟东始终否认打过朱胜利。赵法医曾对张伟东进行了身体检查，身上没有新鲜损伤。

当然，张伟东的话是否可信还需要进一步验证，他在这起案子中扮演什么角色暂时还不能下定论。

大家根据目前掌握的情况，推演了当晚的经过。

晚上9点左右，朱胜利喝完酒骑车回家，行驶到文同中学北侧的小路时，与人发生撕打，朱胜利眼部、鼻部以及头部多处受伤。

朱胜利倒地，致枕部颅骨骨折和颅脑损伤，随后发生吸入性窒息，濒死期或死亡后短时间内被张伟东骑摩托车碰撞碾轧，随后被张伟东拖进玉米地藏匿。

与朱胜利发生撕打的人，虽然没有直接打死朱胜利，但朱胜利极有可能因为撕打而倒地、窒息，所以那个人很关键。

经过开会讨论，那个时间段恰好是文同中学下晚自习的时间，有人提出，会不会是学生放学后在回家路上与朱胜利发生了摩擦。

于是刑警去了文同中学，对事发当晚回家需经过事发路段的学生进行了排查，按照赵法医提供的特征，找了7个身高在1.75米以上的男生。

7个男生被带到了学校会议室，其中一个白瘦的男生眼神有些游离，表情不太自然。当侦查员提出要带这个叫程志杰的男生回去问点事情时，老师表现出惊讶和疑虑，因为程志杰是一名非常优秀的学生。

优秀不代表不会犯错，当天下午，程志杰承认自己那晚和一个醉汉发生了撕打。

程志杰自幼丧父，跟着母亲一起长大，为了照顾程志杰的感受，母亲一直没有改嫁，把所有心血都倾注在他身上，程志杰也很争气，学习成绩一直不错。

程志杰其实很苦恼，他和母亲一样，非常看重自己的学习成绩，生怕哪次考试没考好，母亲会伤心流泪。

那段时间程志杰的成绩有些波动。最近的一次考试考得不太理想，程志杰心理压力很大，他一直在考虑怎么和母亲交代。

那晚因为老师拖堂，程志杰他们班比往常下课晚。晚自习后，程志杰最后一个离开教室，骑自行车回家的路上，他有些心不在焉，脑子里一直在想着考试成绩的事。经过那段小路时，他和另外一个骑自行车的人撞到了一起。

两个人都摔倒了，程志杰刚从地上爬起来，脸上就挨了一巴掌，紧接着衣领被人揪住，一股酒气喷过来。

程志杰哪见过这场面，气得浑身哆嗦，他想挣开那人的手，没想到那人有一股子蛮劲，怎么也不撒手。

"我当时很生气，用力推了一把，把那个人推开了。"程志杰说，推开醉汉后，他赶紧骑上自行车回了家，至于那醉汉后来怎样了，他并不清楚。

审讯人员觉得程志杰不像在说谎，难道还有另外一个人，和醉汉朱胜利发生了撕打？

关键时刻，还是赵法医起了作用。赵法医那天去了审讯室，对程志杰进行了身体检查。

程志杰的脸和左侧太阳穴都稍微有些肿，鼻子有点歪，双手掌指关节，也就是拳峰的部位也有些红肿，还有几处结痂，这说明他曾经用拳猛烈击打过其他物体。

赵法医判断，那晚程志杰和醉汉撕打的激烈程度远远超过他自己的描述。

第二次审讯，程志杰又换了说法，他说自己猛地一推，醉汉摔倒在地上，这样就能解释朱胜利枕部的跌伤了。可赵法医得知审讯情况后摇了摇头："还得继续审。"

程志杰虽然很聪明，但毕竟是涉世不深的学生，没撑太久就招了。

那晚两人在撕扯的过程中，朱胜利嘴里冒出一句"你个狗娘养的小崽子！"程志杰当时就觉得脑子嗡嗡响，一股火气从心里冒了出来，烧遍了全身。

母亲是程志杰的底线，醉汉践踏了它，程志杰忍无可忍。

程志杰虽然个子比朱胜利高，但身子单薄，没占着多少便宜。程志杰在撕打过程中挨了好几拳，鼻子被打得出血，但程志杰顾不上疼，他脑子里只有一个念头——揍他！

路面本就不平，醉汉脚下一滑摔倒了，程志杰依然不解气，又朝醉汉的脸上打了几拳。

醉汉躺在地上大口喘着粗气，嘴里嘟囔着什么，程志杰没听清，他渐渐冷静下来，生怕醉汉继续纠缠，赶紧骑上自行车回了家。

细心的母亲问程志杰怎么那么晚才回家，程志杰说骑车不小心摔了一跤，在路边坐了一阵。

那天晚上，程志杰在床上一直躺到天快亮了才迷迷糊糊睡着，他并不知道有个骑摩托车的人差点儿替他背了锅。

赵法医说，张伟东后来拿着锦旗去局里找过他，千恩万谢之余还掏出一个信封，赵法医拒收之后，张伟东差点给他下跪，赵法医勉为其难地收了锦旗。

在那个月黑风高的秋夜，三个倒霉鬼阴差阳错地碰到了一起，他们每个人都有自己那么做的理由，但每个人都做得不对。

很多事情其实并不是命中注定，人是可以把命运掌握在自己手中的，只不过有时候很难。

程志杰这个名字我以前听说过，而且我还见过他的照片。当时学校里每个年级都有光荣榜，学习排名靠前的同学都在上面展示照片。

当年的黑脸警察姓吴，外冷内热的性格，是刑警队的办案高手。我想赵法医一定没有告诉他，当年那个出现在现场的学生就是我。

让我抬脚的技术员姓王，似乎也不记得当年的事情了，他工作认真负责，有时喜欢钻牛角尖，但人挺厚道。

此后的一段岁月里，我和赵法医成了默契的搭档，我从他身上学到了不少东西，我有种感觉，赵法医想把自己手中的接力棒交到我的手上。

赵法医是一个好师傅，可惜我们在一起共事的年份并不长，我很怀念赵法医，我永远记得那个午后，他面带笑容，和蔼可亲。

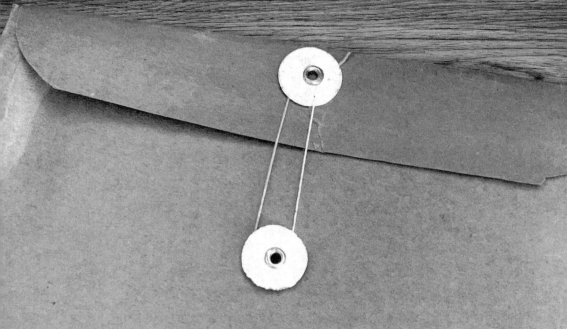

03 人骨拼图案：死在防空洞里的一家三口

对人骨进行年龄鉴定，一般会用到牙齿或耻骨联合面。一般来说，牙齿磨损程度越高，年龄就越大。2 号尸骨的牙齿处于第四级水平，齿尖已大部分磨平，已经有 3 个齿尖齿质点暴露，由此推断年龄在 38 岁左右。

7月初的一个周二，天气很热，我从家里走到单位，出了一身汗。

不到8点钟，我就坐在电脑前，整理最近几天的案卷材料。姜法医推门进来："小刘，这么早就来了啊！"

"外面天儿热，早点走能稍凉快些。"我起身和姜法医打着招呼，"姜哥，你今天怎么也来得这么早？"

姜法医转身倒了一杯水，冒着腾腾的热气："崇山派出所小雷一早给我打电话，说有人在山上发现了一块骨头，让咱去看看。"

"我叫上李筝一起去吧，借机考察一下她能否胜任法医工作。"姜法医笑着说，"考验她的任务就交给你了！"

对于单位增加一名法医，我并不感到意外。自从赵法医出事后，我们明显感觉人手不足，工作起来捉襟见肘。

可是没想到领导给我们配备了一名女法医。虽说"男女搭配干活不累"，但女法医在工作中还是有诸多不便。

我提着勘查箱走出器材室，恰好看到李筝和姜法医迎面走了过来。她留着齐耳短发，满面阳光，一副兴奋的样子。

"刘哥，这箱子我来提吧！"李筝不由分说把勘查箱从我手中夺了过去。

"哎呀，怎么这么沉？"箱子重重摔在了地上，李筝吐了吐舌头，一脸无辜。

我提起勘查箱向外走去，扔下一句模棱两可的话："有些活儿并不适合女人干。"隐约听到身后"哼"了一声。

我们走出办公楼，发现痕检技术员王猛和公安大学实习生王莹早已在车里等着了。

刚关上车门，车就蹿了出去，我后背一下子狠狠地贴在了靠背上，后备厢里发出一阵"丁零当啷"的声响。

姜法医皱了皱眉："别着急，安全第一！"

王猛咧了咧嘴："崇山可不近啊，估计到那里就得响午了！"

"猛哥，后备厢里装了什么东西？"我想起后备厢奇怪的声响。"暂时保密，到时候你就知道了。"王猛得意地笑了笑。

其实我对崇山很熟悉，小时候经常去山上玩，那时我叫它"虫山"。它是本地最高的一座山，占地面积很大，最近几年搞起了旅游开发。

小时候听爷爷说，抗日战争时期，八路军曾经在山上挖了一个防空洞。鬼子来扫荡时，村民就会牵着牲畜，带上粮食，躲进防空洞里。

在山路上颠簸了好久，我们终于到达崇山派出所。派出所技术员雷清明热情地和我们打招呼："你们终于来了，李所正在等着你们呢！"

黑瘦精干的李所长迎了过来，和我们逐一握手："我让厨房多准备了几个菜呢，咱中午吃了饭再去看现场。"

"这两位美女是？"李所长看到李筝和王莹时愣了一下。

"这是咱技术科新来的李法医和公安大学实习生小王。"姜法医介绍说，"这位是崇山派出所李所长。"

"李所长好！"李筝和王莹笑了笑，露出两排洁白的牙齿。

"走，先到办公室喝点水，咱边喝边谈！"李所长热情地招呼我们来到了所长办公室。

雷清明给我们倒上茶水，拿果盘端来几个甜瓜："来，尝尝我们自己种的甜瓜，可甜哩！"说着用刀把甜瓜切开，一阵清香扑鼻而来。

我忍不住拿了一块放到嘴里，那甜瓜确实好吃，有一种小时候的味道。

雷清明拿出一个笔记本："你们一边吃瓜，一边听我把案情给大家介绍一下。"

"我们这样像不像是吃瓜群众啊？"李筝眨了眨眼睛，拿起一块甜瓜轻轻咬了一口。

大家愣了一下，哈哈大笑起来。我心中有些不屑，严肃的工作场合，这位90后女法医的言谈未免有些轻浮了。

雷清明向我们介绍情况。

昨晚7点，周森果打110报警，声称他和女朋友在崇山景区一处僻静的草丛亲热时，女朋友突然大叫了一声。

周森果顺着女朋友的手指看去，发现不远处有一团深绿色的亮光在不停闪烁。

他俩都吓坏了，顾不上去看那团亮光是什么东西，立刻就跑下了山。路过景区门口时，执勤的保安发现他俩神色慌张，遂上前拦住他们并询问。

得知情况后，保安让周森果带路返回查看。那团亮光已经消失，但在不远处的防空洞口发现了一根骨头。保安不敢大意，赶紧让周森果打电话报了警。

雷清明说："我昨晚去现场看了一下，安排协警小田和景区保安守在现场。咱午饭后一起过去看看。"

午饭很简单，但蔬菜都很新鲜，大家吃得津津有味。饭后，我们跟随雷清明来到了崇山景区并步行前往发现骨头的现场。

"骨头就在那里。"当雷清明指向某处时，我看到了那个熟悉的洞口，有两个人正守在那里。

我戴上手套把地上那根骨头拿起来打量了一下。"美女法医，来看看这块骨头。"我把骨头递到李筝面前。

李筝愣了愣，显然不太适应"美女法医"这个称谓。不可否认，李筝长得挺漂亮，但并不一定适合干法医。

她昂起头说："这个简单啊，这是一根长骨。"

"继续说！"我头也没抬。

"应该是胫骨。"

"还有呢？"

"骨头上有两个孔，好像被狗咬过似的，而且这个人个子应该不矮。"

"多高？"

"那我咋知道啊？一根骨头就能看出身高，那也太神了吧！"

我微微一笑："真正的法医都能做到。"

李筝有点急眼了："大哥，我可是新来的啊，有你这么为难人的吗？我不会可以学啊！"

我算是明白了，这妞本事一般，脾气却不小。我决定待会儿给她好好"上一课"。

说实话，她能判断出这是胫骨并且身高不矮，说明基础知识还是可以的；能看出骨头上有两个孔并推断被狗咬过，说明她具备不错的观察力和一定的推理能力。

当年我刚参加工作时也被师傅们这样考验过，好在我学的就是法医专业，表现不算太难堪。

我看到姜法医点了点头，似乎对李筝的表现还算满意。这骨头上的确有两处孔洞，除去人为因素，恐怕只能是犬类或其他野兽造成的。

我们来到洞口，再往里却走不通了，一个铁栅栏挡在我们面前，栅栏上有一把巨大的挂锁。

透过铁栅栏，只能看见洞里黑漆漆一片。"里面还有一块骨头！"李筝忽然喊道。我向洞内看去，却什么也没有看到。

"不信就拿灯照一照呗。"李筝笑眯眯的，一副胸有成竹的样子。王猛打开现场勘查灯向洞内照去，只见离洞口10多米的地方，竟然真的有一块骨头！

大家都有些吃惊。

"唉，天生视力好，没办法呀。"李筝得意扬扬。

大家默不作声，可我心里却暗暗琢磨，人的视觉细胞有两种：柱形细胞和锥形细胞，分别决定白天和夜间的视力。有一种"夜盲症"就是因为缺乏锥形细胞，所以一到晚上或光线不足时，视力就会急剧下降。而李筝在黑暗中的视物能力实在太夸张了，简直可以用天赋异禀来形容。

"我问过景区工作人员，这个栅栏自从前年景区建成后就一直锁着，以免游客进入发生意外。"雷清明在一旁说道。

姜法医皱了皱眉："看来咱们有必要到防空洞里搜查一下了。"

景区保安把栅栏上的锁打开后，拒绝给我们领路："我可不敢进去，万一有邪魔鬼祟什么的呢，再说我也不知道里面该怎么走啊！"

"大家跟着我走吧，这个防空洞我小时候来过很多次。"说完这话，我感到众人惊奇的目光一下子聚拢过来。

片刻后，我们穿过铁栅栏，走进防空洞中。从暴晒的烈日下忽然走进洞中，相当阴凉，浑身汗毛一下子竖了起来。

我们六个人排成一列，我在最前边领路，雷清明和王猛紧跟在我身后，再往后是李筝和王莹，姜法医走在最后。

刚进去还能看到路，洞的四周全是石壁，脚底下有许多碎石，往里走了十几步，眼前就一片漆黑了。

当我们同时打开灯光时，山洞霎时被照得如同白昼。王猛那家伙居然带了三个现场勘查灯和四个警用强光手电。

我们来到李筝发现的那块骨头前，这也是一根长骨，长度要比洞口那根短很多。

姜法医对王莹说："咱把发现的骨头都编个号，洞外那根是1号，这根是2号，由你负责记录并绘制现场图。"王莹点了点头。

凭着以前的记忆，我带领大家在山洞里慢慢前行，在一个岔路口停了下来，这和我记忆中的还是有些偏差，前方和右侧的路可以通过，向左的路已经被石块堵死。

简单商量后，我们决定先往前走，等会儿再回来走右边的路。空气里逐渐弥漫出一股尿臊味儿和屎臭味儿，估计是什么动物的排泄物。

"大家注意脚底下，一不小心可能就会走狗屎运哈！"我开个玩笑缓和一下紧张的气氛。

李筝忽然冒出一句："要走狗屎运也是刘哥在前边！"惹得大家哈哈大笑。

前面突然传来一阵奇怪的声音，紧接着，一片黑压压的东西朝我们冲了过来。

王莹吓得大叫起来，我也吓了一跳，等看清那群黑色的东西后心里反而不紧张了。

"别怕，是蝙蝠。"雷清明说道，"肯定是刚才我们惊扰了它们。"那群蝙蝠从我们头顶上呼啸着飞过，径直朝洞口而去。

虚惊一场后，大家前进的速度明显变慢了，每走几步都仔细打量四周和地面。我们脚下的碎石块逐渐变多，路况复杂起来。

忽然又传来一阵奇怪的声响，我用手中的勘查灯照去，只见前方出现了五六个光点，那些光点在黑暗中一闪一闪的。

"是黄鼠狼！"李筝说道，"没想到在防空洞里居然住着黄鼠狼一家，样子还挺可爱嘛。"

李筝刚说完，就见那几个"光点"迅速向远处移动，灯光照射出黄色的皮毛和尾巴，眨眼就消失了。

我认出那确实是黄鼠狼："可以啊，你居然认识黄鼠狼，作为城里孩子真不容易。"

"哼，我知识渊博着呢！"

又走了几十米远，我们来到一处略为空旷的地方，像是一间密室，墙壁上有烟熏的痕迹。

"快看，那是什么！"王猛在我身后大喊，灯光扫过地面，照在一个黄褐色物体上。

靠近了一打量，又是一根骨头，和之前发现的那根骨头一样，也是一根长骨。

"那边也有！"李筝指着一个角落，我转头看去，是几块散落的骨头。

姜法医说道："看来之前发现的 1 号骨头真的是来自这个防空洞，大家仔细搜寻一下，看看这防空洞里究竟有多少骨头！"

我们在防空洞里继续搜索，每找到一块骨头，王莹都会给骨头编号，然后在本上标记出发现骨头的位置。我们把找到的所有骨头收拢起来，然后分批拿到洞外。

整个下午，我们都在防空洞内度过，搜遍了里面的每个角落。防空洞外天色渐渐变暗，我们终于完成了搜寻。

看我在摆弄手中的骨头，李筝凑上来问道："刘哥，像这种完全白骨化的尸体，一般要很久才能形成吧？"

"至少得一年以上吧，也要看周围的环境，考虑温度和湿度等因素。"我说。

参加工作以来，我接触过各种各样的尸体，但像这种完全白骨化的尸体还很少遇到。

"一共找到多少块骨头？"姜法医问王莹。

"每块骨头我都编了号，一共是630块。"王莹认真地回答。

"李筝，你分析下这是几个人的骨头？"这次轮到姜法医出题了。

"很明显是三个人啊，这不有三个头颅吗？"显然，李筝认为这个问题毫无难度。

"小刘，你来说说看。"我知道姜法医这是让我给李筝"上一课"。

"李筝说得也有道理，她的方法简单直接，几个头就是几个人。"我看到李筝的嘴角开始微微翘起。

但我接着说道："这些骨头如果都是成人的，那么至少应该有4位死者，因为成人骨骼数量是206，三个成人骨骼总数是618，而我们共发现了630块骨头。"

我指着一个颅骨："这个颅骨很小，明显是一位儿童，另外还有一部分骨头又细又短，应该也来自这名儿童。儿童的骨骼数量是217或218，这样总数630就可以说得过去了。所以，我的结论和李筝相同，这些骨头应该来自3个人，两个成年人和一个儿童。"

李筝长舒了一口气："看吧，我也没说错嘛！"

我摇了摇头："还有一种可能，那就是有些骨骼不在洞里，而是像洞外那根胫骨一样跑了出去，那结论也是至少有4名死者。"

李筝还是有些不服气，张了张嘴没说话。

姜法医蹲在地上："咱们先确定每块骨头的归属，然后再确定死者数量吧。

这个工作量不小，大家做好持久战的准备。"

"真好玩，这不就是人骨拼图游戏嘛！"李筝又来了兴致，她拍了拍手，一副跃跃欲试的样子。

实际操作比想象中要难很多，因为有些骨骼非常类似，我们只能反复拼接来确定哪一块更契合。

这就像成百上千块拼图拆散后重新拼接，不仅考验我们的空间思维能力，更考验我们的解剖学水平。

好在骨骼的粗细、长短、厚薄都是有一定规律的。只要确定是哪个部位的骨骼，就可以摆放到相应位置，然后再根据死者的个体差异进行调整。

最终我们花了两个小时摆出了三副尸骨。我们给三副尸骨编号，分别是1至3号，其中1号最高大，2号次之，3号最矮小。

摆完人骨拼图后，问题也随之而来，居然多出了一块骨头——第"304"号骨头。那是一截不完整的指骨。

"怎么会这样，那三副尸骨里是不是缺了一块？"李筝皱着眉头。

姜法医摇了摇头："我检查过好几遍，三副尸骨都是完整的，也就是说，这多出来的304号骨头不属于那三个人！"

这下麻烦了，道理大家都懂，缺少几块骨头倒可以理解，但多了骨头可能就需要重新计算人数了。

"不管那块304号了，先对拼好的三副尸骨进行逐一检验，大家把光源集中一下。"姜法医一声令下，我们的检验工作开始了。

纯粹的骨骼检验看起来比尸检要简单，但操作起来却感觉很有难度。

首先，因为死者全部白骨化，几乎所有的外貌特征都消失了，个人身份识别的难度很大。

其次，皮肤和皮下组织消失，意味着体表损伤全部消失。只要不是伤及骨质，损伤痕迹相当于全部被抹除，死因和致伤工具的判断挑战巨大。

姜法医沉吟片刻："这样吧，我和刘法医分别检验1号和2号尸骨，李筝先去看看3号尸骨，等我和刘法医检验完毕再一起检验。"

这个提议在我意料之中，姜法医是一名老法医，经验丰富自不必提，而我作为科班出身的法医，独当一面的能力还是有的。

我偷偷看了一眼李筝，她看起来有些不服气，二话不说就走到了3号尸骨跟前，煞有介事地观察起来。

对尸骨进行检验鉴定主要有两个目的：一是推断死者身份，二是鉴定死因。

我来到2号尸骨前，首先看颅骨，这个颅骨表面光滑圆润，顶部位置有一个直径约4厘米的圆形孔洞，一般来说这就是致命损伤。

眉突和眉弓不明显，颧骨低、乳突小，看到这里我已经基本确定，这副尸骨的主人是一名女性。

为了验证我的想法，我又对骨盆进行了检验。这个骨盆比较细致，肌嵴不明显。骨盆入口呈椭圆形，出口较宽，耻骨弓呈"U"形，坐骨大切迹宽而浅，耻骨联合部类似方形。

无论是颅骨还是骨盆都呈现很明显的女性特征，这个2号死者确认是女性无疑。

性别鉴定主要依靠骨盆、颅骨和下颌骨，同时将椎骨、胸骨、四肢骨等作为辅助鉴定材料。

盆骨的性别差异最为明显，男女骨盆在形态上差异很大，存在很多鉴定性别的部位；颅骨上也有较多部位可以鉴别性别。在盆骨以及颅骨缺失的情况下，还可以通过下颌骨来进行人骨的性别鉴定。

仅依靠骨盆或颅骨进行性别鉴定的准确率大概为90%，如果结合其他骨骼，则可以将准确率提升至95%以上。

先确定了性别，然后再看年龄。对人骨进行年龄鉴定，一般会用到牙齿或耻骨联合面。

一般来说，牙齿磨损程度越高，年龄就越大。但因为牙齿磨损程度受饮食习惯影响较大，所以依据耻骨联合面推断年龄要更准确些，它会随着年龄增长呈现不同的外观形态。

我首先对2号尸骨的牙齿磨损程度进行检验，然后根据"九级分类判定法"进行年龄鉴定。

2号尸骨的牙齿处于第四级水平，齿尖已大部分磨平，已经有3个齿尖齿质点暴露，由此推断年龄在 38 岁左右。

在进行牙齿检验时有一个意外的发现，死者有一颗牙齿是假牙，而且是一颗金牙，在灯光照射下金光闪闪。

再看 2 号尸骨的耻骨联合面，联合面平坦，联合缘形成，下角明显。斜面向上扩大至顶端，此期开始，联合面出现不同程度下凹，推断年龄在 31 到 34 岁。

通过对牙齿和耻骨联合面进行综合分析，我推断死者年龄在 34 岁左右。

身高推断一般通过四肢长骨进行。对于这三副相对完整的骨架来说，身高推断就没什么技术含量了，只要加上平均足底厚度和头皮厚度就可以了。

我招呼王莹过来记录："2 号死者，女性，34 岁左右，身高 165 厘米左右，死因是颅脑损伤，致伤工具是圆头锤类工具。"

我抬头看到姜法医已经站在李筝身后，李筝的声音有些小，显得不是很自信："3 号死者是一名儿童，身高 140 厘米左右，颅骨有个洞。"

我拍了拍手："美女法医挺厉害啊，你能猜出 3 号死者的性别和年龄吗？"

"这个要怎么猜，你教教我呀。"这次李筝倒是很谦虚，可能今天的考验让她有了挫败感。

"3 号死者，男性儿童，8 岁左右，身高 140 厘米左右，死因初步看是颅脑损伤，致伤工具是锤类。"我边说边示意王莹进行记录。

姜法医点了点头："未成年个体的性别特征比较模糊，性别鉴定难度很大，别说李筝是新法医了，很多老法医都不一定能看准确呢。"

"哈哈，还是姜法医客观公正。"李筝瞅了我一眼，仿佛立刻又自信满满了。

姜法医继续说道："1 号死者是一名男性，年龄大约 36 岁，身高 175 厘米左右，死因也是颅脑损伤，致伤工具也是锤类。看来这像是一家三口，死于同一名或同一伙嫌疑人手中。"

"大家对多出的这块 304 号骨头怎么看？"姜法医终于提到了这块棘手的 304 号骨头，他转过头看着我和李筝。

之前我仔细观察过那块 304 号，心里已经有了初步的判断。"这块骨头来自嫌疑人的可能性很大。首先这块骨头是相对独立的，它不属于三位死者，也没有发现和它匹配的其他骨头；其次，这块骨头是不完整的，不像其他骨头那样自行脱落离散。"

我拿起那块 304 号骨头，"大家仔细看这块骨头的断端，这里有一个稍扁的类圆形凹陷，很有可能是被咬断的。"

我的论断引起了姜法医的关注，他接过那块骨头端详起来："咬断指骨可是需要锋利的牙齿和相当大的力量啊。"

我沉吟了一下，从地上捡起了之前发现的那颗金牙，把它摊在掌心："2 号死者有一颗金牙，而且这颗金牙正好是一颗尖牙。"

尖牙是最锋利的牙齿，位于切牙和磨牙之间，呈圆锥形，一般用来撕裂肉类。

当我们把那颗金牙放到 304 号骨头的凹陷处时，一切都明白了，因为它俩竟然完全契合。虽然有些不可思议，但存在即是合理。

天色已经很黑，雷清明找来许多袋子，把拼好的每一个骨架分别放进袋子里。

2 号尸骨的金牙和 304 号指骨我们单独进行了提取，分别放进物证袋中。

回到派出所，简单吃过晚饭，我们在派出所会议室里对案情进行讨论，基本确定了下一步侦查思路：

一、围绕一家三口失踪，并且女性镶金牙的特征进一步确定死者身份。

二、排查寻找辖区内指骨缺失的人，尤其是青壮年男性。

三、寻找符合作案工具特征的圆头铁锤。

提到 2 号死者那颗金牙时，姜法医说："据我所知，目前好像很少有做这种金牙的，我认为可以查一下辖区内的医院和口腔诊所，看看对这颗金牙有没有记录或者印象。"

我忽然想到我同学尹小添在城区开了一家口腔诊所，就说道："这事交给我吧，我明天先去找一家口腔诊所问问。"

路上李筝一言不发，不知在想些什么。回到局里，姜法医招呼我去了办公室，让我谈谈对李筝的看法。

"姜哥你也看到了，李筝有些大小姐脾气，而且一点也不谦虚，估计只是看了几部电视剧就想来当法医。改天找个高腐现场带她去洗礼一下，让她知难而退吧。"

姜法医沉吟了片刻："我感觉李筝今天的表现还不错。首先，她没有害怕尸体，也没有怕脏怕累，符合一名法医的基本要求；其次，她工作热情很高，具备一定的观察和推理能力，而且视力超常。以后你多带带她！"

第二天一早，我带着那颗金牙在小尹口腔诊所找到了同学尹泽天，他拿起金牙端详了半天："这是颗含金量很高的金牙，做工很精致，价格应该不便宜。现在人们的审美观改变了，这种金牙很少见了。"

从小天口中得知，假牙有很多种材料，比如镍铬合金、钛合金、镀金、钴铬合金，甚至还有铂金的，当然目前最理想的材料是二氧化锆。

黄金其实是假牙的理想材料，不生锈、无异味，与口腔相容性很好。但由于不符合当前的审美，只有极少数人还会选择镶金牙。

"小天，你知道哪些医院或诊所还有镶金牙这项业务吗？"

"我记得城西有个老郭口腔诊所，他那里专门镶这种金牙。"

按照尹泽天的指点，我很快就找到了老郭口腔诊所。这个诊所开在一间平房里，里面还有个院子。

郭医生的办公桌一角放着一叠名片，上面写着"老郭口腔诊所 郭佩松"。

说明来意后，郭医生接过那颗金牙看了一眼："没错，这颗牙是在我们诊所镶的。"

我感到十分惊讶，这也太简单了吧！

似乎看出了我的疑虑，郭医生指着那颗金牙说："你仔细看，这颗牙齿内面有一个字母'G'，我们诊所定制假牙时都会刻上这个字母。"

"所有在你们诊所镶的金牙都有这个字母吗？"

"以前我哥干的时候没有字母，自从四年前我接手诊所后，所有金牙都刻上了字母，这也算是创品牌吧。"

"您能给查一下近几年的镶牙记录吗？看看有没有一个三十来岁的女的来镶过尖牙位置的金牙。"

郭医生略微迟疑："好吧，应该不难找，女的镶金牙的本来就不多，尖牙位置的就更少了。"

他打开一个记录本，上面密密麻麻记着许多就诊人员信息。片刻后，他指着本上一个名字说："这个叫洪翠的三年前来镶过一颗尖牙位置的金牙。"

我看到记录上写着：洪翠，女，33 岁，湖西区城北街道人。

记录写得很简单，这种小诊所一般是不留患者身份信息的。

我仿佛已经看到了胜利的曙光，因为这个洪翠的年龄与我推断的 2 号死者年龄基本一致，而且这个名字辨识度不低，应该不难找。

我们在系统中一共找到两个叫"洪翠"的女性，其中一个年龄是 25 岁，状态是"正常"。另外一个年龄是 36 岁，我们询问了辖区派出所，被告知这个洪翠已经失踪两年多了。

我知道，这个洪翠应该就是受害人。她当时去老郭口腔诊所镶牙时是 33 岁，一年后（也就是两年前）失踪，失踪时恰好 34 岁。

多数时候，确定了死者身份，案子就算破了一大半了。本案也不例外，接下来的发展让人感觉一切势如破竹。

确定了洪翠一家三口的身份后，我和王猛去银行查询了他们家的资产，300 多万都存在洪翠的名下，算是有钱人家了。

两年前，洪翠名下的一张银行卡被提出 20 万元现金，然后被转走 30 万元。我问过银行工作人员，银行的监控录像最多能保存 3 个月，通过监控找人是行不通了。

但是这个线索从另一个角度印证了嫌疑人图财害命的作案动机和案件发生的大致时间。而且，我们通过银行流水信息查到了被转走的 30 万元流入了一个户名叫"石英豪"的银行卡中。

找到石英豪时，我们发现他左手食指缺失，过得穷困潦倒，并没有我们想象中那么有钱。

经过连夜突击审讯，石英豪交代了自己的罪行。在得知石英豪和死者一家的关系时，我们震惊了。

石英豪是洪翠的表弟，平时游手好闲。洪翠给他介绍过好几份工作，但因为石英豪好逸恶劳，每份工作都干不长久。他不但不思进取，反而埋怨表姐没有给他找一份既轻松又能挣大钱的工作。

石英豪有一次和别人赌博输了钱，债主是黑道上的一个人物，多次找石英豪催债，并扬言再不还钱就挑断他的脚筋。

石英豪知道表姐很有钱，便和两个狐朋狗友一起绑架了8岁的外甥。石英豪为防止外甥认出自己，全程蒙面，很少说话。

他把小外甥藏在崇山上的防空洞里，并安排同伙打电话给洪翠，让洪翠立刻送20万现金过去。

而当时石英豪正在表姐洪翠家中，央求表姐再给自己介绍一份工作。一是制造自己不在现场的证据，二是方便里应外合谋取钱财。

洪翠最初想报警，石英豪立刻制止。为防止孩子被撕票，洪翠最终没有报警。她让石英豪陪着她去银行取了20万现金，石英豪趁机窥见了表姐的银行卡密码。

将现金用袋子装好，他们三人按照绑匪的要求来到崇山上的防空洞里。一切都按照石英豪的预期进行，没想到最终还是被外甥认出来他就是绑匪之一。

原来洪翠的儿子被绑架后观察到那名蒙面绑匪的手腕上文了一个"忍"字，便暗自记在心里。爸妈来到时他很高兴，可忽然看到了舅舅手腕上和绑匪一模一样的"忍"字，便对爸妈大喊："舅舅手腕上有字，是他绑架了我！"

眼见事情败露，石英豪转身就要逃跑。洪翠一把拽住石英豪，对他破口大骂，在推搡过程中，洪翠咬住了石英豪的左手食指。石英豪恼羞成怒，挥起右拳打在了洪翠脸上。

洪翠的丈夫和孩子想上前帮忙，却被石英豪的同伙从身后抱住，动弹不得。

洪翠越咬越用力，只听见一声惨叫，石英豪的左手食指被咬断了。

当时崇山景区的防空洞正在安装栅栏，洞口处恰好有一把工人遗落的铁锤，石英豪如同恶魔附体，拿起铁锤击向了洪翠。

杀死表姐后，已经红了眼的石英豪干脆一不做二不休，把表姐夫和小外甥一起用锤子敲死了。

他和同伙一起把三个人的尸体拖到了防空洞的深处，分赃后三人各奔东西。

石英豪用表姐身上那张银行卡，去附近的 ATM 机上把卡里剩余的 30 万全部取出。他离开家乡去外地待了一个多月，看到罪行没有败露，就安然返回了家乡。

那些钱一部分用来偿还赌债，剩下的很快挥霍一空，石英豪重新过起了穷困潦倒的生活。

我们陆续在外地抓获了石英豪的两个同伙，三人供词一致。

洪翠这个扶不起的表弟石英豪，一直觉着"我穷我有理，你富你活该！"从好逸恶劳一步步走向罪恶的深渊，导演了一场人间悲剧。

我至今也没弄明白，那块骨头是怎么跑到洞外的，大家猜测被黄鼠狼或者其他动物叼出去的可能性最大，但事实谁也不知道。一切都像是天意，这块尸骨竟然发出"鬼火"，故意要让人发现这些尸骨，故意要让真相大白于天下。

天网恢恢，疏而不漏，不管过去多久，不管跑得多远，总能找到你。

04 少女碎尸案：隐藏在学校里的猥亵惯犯

姜法医从外面买回来一个锅，把锅添满水放在电炉上，把从躯干上取下来的那块耻骨联合放了进去。

李筝偷偷问道："姜法医这是要干什么？"

我说："这叫煮骨。"

把骨骼上附着的组织煮烂后剔除，耻骨联合面的特征才能更加明显地呈现出来。

　　湖西区和宝山县交界处，有一条河叫北良河，担负着全市饮水和周边农田的浇灌任务，是我市的主要河流之一。

　　北良河的上游有一条支流，这条支流的发源地叫山岭村。山岭村南有条小路，路边的一片水塘是北良河的源头之一。

　　此刻，我们刑警队技术科全体人员正站在这个水塘旁边。水塘里漂浮着一个黑色塑料袋，如果不仔细看，还以为那是一片水草。

　　两小时前，我们接到报警称：山岭村有个小孩儿在水塘里抓鱼时发现了一个大袋子，闻起来臭臭的，回家后和父母说了，他父母又和村支书老李说了，老李就报了警。

　　"王猛，你去村里找根长竹竿，把那个塑料袋拨过来。"王科长一边说着，一边在岸边走来走去。

　　村支书老李安排了一个村民带着王猛去了村里，须臾便带回一根长长的竹竿。

　　竹竿刚好能触及那个黑色塑料袋，王猛小心翼翼地拨动着，那塑料袋慢慢向岸边靠近。

　　快到岸边时，我和技术员王猛、王立冬三人挽起裤腿下到水里，把塑料袋拽上了岸。

　　黑色的塑料袋上挂着混浊的水珠，散发出一阵阵恶臭，周围的村民一下子后退了 10 多米远。

　　"李书记，让村民们先回家吧。"派出所张所长对李书记说道，"暂时没什么需要帮忙的了。"

　　"散了吧，散了吧！娃也快放学了，都快回家揍（方言，意为'做'）饭去吧。"李书记一吆喝，村民们陆续离去，有些人还不断回头张望。

　　喜欢围观，是人的一大特色。无论何时何地，只要有一个人驻足观看，很快就能变成一群人围观。这一点，在工作中我已经亲身体验过多次了。

　　王猛先对塑料袋拍照。这是一个黑色垃圾袋，展开有一米多长。塑料袋上已经有几个小的破口，隐约可见袋内物体呈灰白色。

　　王科长看了我一眼："晓辉，你摸摸看袋子里是不是人肉，是男的还是女的？我倒要看看姜法医的本领你学到了几成。"

　　李笃好奇地问："姜法医还有这么神奇的本领，我怎么没听说过呢？"

　　"咱湖西区的法医可厉害着呢，你慢慢就知道了。"听王科长这么说，我不禁莞尔，想起了关于姜法医的那个神奇的传说。

　　多年前有一起碎尸案，当姜法医把装着尸块的一个包从水中捞出后，大队长开玩笑说："姜法医，你这么厉害，能不能不用眼睛看就知道死者是男是女？"

　　"男的！"姜法医毫不迟疑地回答。打开包一看，果然是男性尸块。众人十分惊奇，姜法医的形象瞬间高大伟岸起来。后来据姜法医讲，他在打捞尸块时，恰巧摸到了一个男性生殖器。

　　"王科长，这个真不好摸，得摸对地方才行。"我边说边把袋子打开，一大块灰白色的肉呈现在我们面前。

　　我赶紧把袋子里的"肉"倒出来。那是一块人体的躯干，没有四肢，也没有头。毫无疑问，这是一起命案，而且是一起杀人碎尸案。

　　现场的气氛顿时变得紧张起来。李笃和王莹瞪大了眼睛捂住了嘴，王科长马上打了一个电话。放下电话，王科长说道："刚才向领导做了汇报，领导让咱就地进行尸检，尽快查明死者身份和死因。"

从外观上看，尸块是一名女性的躯干。

王猛在旁边说了句："看来，首先要考虑情杀了，很可能是见色起意。"

姜法医摇了摇头："也不一定，仇杀和情杀都可能出现毁损死者性器官的情节，不过这个嫌疑人肯定是比较变态。"

夏天的苍蝇嗅觉非常灵敏，很快便有一大群聚集过来，嗡嗡乱窜，一有机会就迅速落在尸块上。

口罩根本挡不住刺鼻的气味，只能起到精神安慰的作用。防毒面具或许能抵挡部分气味，但戴上后会十分闷热。

作为久经沙场的法医，在尸块旁待了一段时间后，我的嗅觉神经像被麻醉了般，逐渐适应了这种气味。

新法医李筝的处境可就没那么乐观了，她眼睛红红的，不知是呛得流泪还是心中伤感。不过她一直跟着我们，没有远离半步。

打开死者的胸腹腔，肋骨未见骨折。尸体内脏高度腐烂，很多死亡征象已经无法识别。

打开死者的胃，胃里充满了半流质的东西，已经无法分辨具体是什么食物了。

按照常规，我们提取了阴道拭子。因为尸体已经腐败，血液不一定能做出DNA，所以我还特意剪取了一块肋软骨。

为了推断死者的准确年龄，我们提取了耻骨联合，准备带回去进行法医人类学检验。

初检完毕，王科长和姜法医把大家召集起来："初步看来，这是一起杀人碎尸案。受害人是一名女性，年龄和身高不明，死亡原因不明，死亡时间应该是餐后两小时，距今两周左右。"

这是一起棘手的案子，死者身份不明、死因不明，侦破难度很大。

就在大家收拾好工具准备返回时，王科长接到一个电话，他脸上的表情变得十分严肃。

放下电话，王科长看着我们，苦笑着说："大家先不用回局了，赵家村也发现了一个黑色塑料袋。"

赵家村距离山岭村不远，我们开车十多分钟就到了。现场位于村北的河沟里，这条河沟的上游就是山岭村。

一样的黑色塑料袋，一样装着尸块，只不过这些尸块的数量和部位不一样。

塑料袋里倒出了8块尸块，初步看这些尸块都属于四肢，分别从肘关节或膝关节处断开。

我对这些尸块逐一进行了测量和检验。直觉告诉我，这些尸块和之前那块躯体很可能来自同一个人；但理性告诉我，并不能排除死者有两人或两人以上的可能。

返程时，我们先去了市局把生物检材送到DNA室进行检验，姜法医特意叮嘱市局DNA室的徐法医，这个案子有些棘手，希望能尽快做出结果。

回到局里，顾不上吃午饭，姜法医从外面买回来一个锅，把锅添满水放在电炉上，把从躯干上取下来的那块耻骨联合放了进去。

李筝把我拉到一旁，偷偷问道："刘哥，姜法医这是要干什么，不会是熬汤吧？"

"想象力挺丰富呀！"李筝的话差点把我逗乐，"和熬汤差不多，这叫煮骨。"

我给李筝解释，把骨骼上附着的组织煮烂后剔除，耻骨联合面的特征才能更加明显地呈现出来。

耻骨联合位于骨盆正前方，根据耻骨联合面的特征可以推断出一个人的年龄。

很快，实验室里热气腾腾，一股臭味扑面而来。我感觉肠胃一阵翻涌，阵阵作呕。

我立刻把实验室里的通风橱电源打开，顺便把窗户也打开了，臭味淡了一些。

煮骨是需要很长时间的，我们轮流去吃饭，留人守着锅子，不断往锅里添水。我忘了那天的午饭吃的是什么了，反正难以下咽。

傍晚，市局徐法医打来电话，DNA检验结果出来了，所有尸块均属于同一名女性死者。

外面天色已经很暗了，姜法医看了看表："差不多了，关上火吧。"姜法医取出耻骨联合，用镊子把骨头上的组织都撕扯下来。

我们围着这块耻骨联合仔细观察，我拿出纸笔，在纸上写着这块耻骨联合的一些关键特征。

"晓辉，算出来了吗？"姜法医问道，"这个死者看起来年龄不大呀。"

"是的，15 岁左右！"当我说出这个年龄时，李筝"啊"了一声，我心里也咯噔一下。

姜法医点了点头："身高呢？"

我放下了手中的笔："根据之前测量的股骨长度，推算死者身高为 155 厘米！"

姜法医请我们一起出去吃了个消夜，点的饭菜都比较清淡。

回到局里，我在大队秘书科见到了一份发给周边区县公安局的协查通报：

"6 月 9 日，在我辖区山岭村及赵家村河道内发现一具无名女尸，身高 155 厘米左右，年龄 15 岁左右。为尽快查找尸源，请各单位排查辖区内符合上述特征的失踪人员，如有线索，请联系王警官……"

看到"失踪人员"几个字，我拍了拍脑门儿，猛然想到自己正好负责湖西区"两个系统"的录入工作。

那段时间，省公安厅刚刚开始推广"两个系统"。凡是遇到无名尸体，就把信息录入"未知名尸体系统"；有到派出所报失踪的，就把信息汇总填入"疑似被侵害失踪人员系统"。

这两个系统并不是孤立的，它们可以互相关联比对。无论是先报失踪还是先发现未知名尸体，都可以与另一个系统进行对比。

假如信息比对成功，就可以确定未知名尸体的身份或者失踪人员的下落。

我立刻回到办公室打开电脑，在"未知名尸体系统"中录入今天这个无名女尸的信息。

将死者的 DNA 信息输入未知名尸体系统，与失踪人员系统进行比对，但没有比中失踪人员。这种情况有两个可能：一是死者亲属没有报案，二是派出所没有采集死者亲属的 DNA 信息。

"两个系统"刚开始运行，有些派出所报送不是很及时，报送的信息也不是很规范，所以目前系统里的数据不是很多。

我在失踪人员系统中输入"女性"进行查找，一共找到了 6 名女性失踪人员。

其中一条失踪人员信息引起了我的注意：5 月 25 日，城南街办孙家社区居民孙正良到派出所报失踪，说女儿孙小丹已经一天一夜没回家了。

这个孙小丹恰好 15 岁，而 5 月 25 日到今天正好是两周的时间！

我立刻根据失踪人员档案里的联系电话拨了过去，电话很快接通，听筒里传出一名男子的声音。

"你好，哪位？"

"您好，我是公安局法医，想问一下孙小丹找到了没有？"

"已经找到了，她自己回家了。"

我略微有些失望，但转念一想女孩平安回家是好事啊！"找到了就好，我待会儿在系统中修改一下，您这个失踪案子就算撤销了。"

"好的，给你们添麻烦了，再见！"孙小丹的父亲似乎不愿多说话。

时间已是晚上 10 点半，我关上电脑，准备回家休息，办公室的门一下子被推开了。

王猛在推门进来的同时，向我喊道："赶快收拾一下马上出发，又发现了一个黑色塑料袋！"

听到"黑色塑料袋"这个词，我感觉心一下子揪了起来，它似乎已经成了尸块的代名词了。

这一次也不例外，在垃圾中转站发现的这个黑色塑料袋里，竟然装了一个人头！

在灯光下，人头面部青紫色的皮肤发出黝黑的光泽，看起来已经是"巨人观"了，面容无法辨认。枕部扎着一个马尾辫，头发长 30 厘米，符合女性特征。

给大家科普一下什么是"巨人观"。巨人观，是尸体高度腐败时出现的一种尸体特征。

人的生命终止后，寄居在人体内的腐败细菌由于失去人体免疫系统的控制而疯狂滋生繁殖，并产生大量腐败气体。

这些气体会在尸体内迅速充盈，随即出现颜面肿大、眼球突出、嘴唇变大并且外翻、舌尖伸出、胸腹隆起、四肢增粗、阴囊膨大等诸多尸象。整个尸体膨大像巨人一样，所以称为巨人观。

巨人观的出现意味着尸体进入高度腐败期。一般来说目前这个季节，出现巨人观需要两周左右，当然，也要根据周围环境状况进行具体的综合分析。

我用手触摸这个人头，手上传来滑腻的感觉。我知道那是头皮腐败后的特有感觉，像是充满了气泡和水。

根据对垃圾中转站工作人员的询问和现场监控视频来看，这个装着人头的黑色塑料袋是傍晚一辆垃圾运输车运来的。

那辆垃圾运输车负责北良河两岸的垃圾回收，也就是说，这个人头来自北良河岸边的垃圾桶。

我们把这颗人头带到了解剖室，连夜进行解剖检验。姜法医和李笭闻讯也赶了过来。

不知是巧合还是天意，我们戏剧性地在同一天发现了可以"拼"齐一个人的所有尸块。把所有尸块拼起来时，死者好像"躺"在了我们面前。

死者颈部自甲状软骨下方离断，颈椎断端比较整齐，符合锯齿类工具形成的断端形态。这和之前发现的其他尸块的断端特征是一致的。

经过与之前发现的躯干尸块比对，发现头部和躯干断端竟然完全吻合。现在基本可以确定，这个人头和之前的尸块来自同一名受害者。当然，要认定是同一个人，还得等头部的 DNA 检验结果。

切开死者头皮，死者颅骨没有骨折。打开颅骨，死者脑组织已经开始液化，没有发现明显损伤。去掉硬脑膜，颅底也没有发现损伤。锯开颞骨岩，只见颞骨岩是鲜红色的。

"死因确定是窒息死亡。"姜法医说道，"下一步就是查找尸源了。"

切开死者颈部后，我习惯性地摸了摸死者的舌骨，发现舌骨已经骨折："姜老师，死者的舌骨断了！"

"哦？把舌骨取出来看看！"

很快，我把舌骨取了出来，剔除舌骨附着的肌肉组织后，发现舌骨大角骨折，这提示死者颈部曾经受力。

姜法医点了点头："这就对了，应该是扼颈或掐颈导致窒息死亡。"

姜法医看了看表："时间不早了，大家抓紧回去休息。王猛和小刘再辛苦下，去趟市局DNA室送检吧。"

"我也去！"李筝固执地跟着我们去了市局。从市局回到分局已是凌晨2点，李筝在分局门口下车后自己开车回家了。王猛去了值班室蹭睡，我回到办公室躺在沙发上，一阵疲劳感袭来，很快就睡着了。

一阵电话铃声把我吵醒，我看了看座机显示的号码有些熟悉。接起电话，一个女孩的声音传来："警察叔叔，昨晚是您往我家打电话了对吧？"

"你是？"

"我是孙小丹，我有个事情要和您说。那天我们四个人一起去老师家补习功课，后来燕子单独走了，到现在还没回家。"

"哦？方便和我说一下燕子的情况吗？"

孙小丹压低了声音："警察叔叔，我爸催我去上学了，要不你到学校找我吧，城南中学初二（6）班。"

还没等我说话，电话里就传出了忙音。我看了看表是上午7点半，赶紧跑去王科长办公室。门虚掩着，我敲了敲门就进去了："王科长，我发现了一条重要线索！"

"小刘，坐下说。"王科长放下手中那本书，指了指旁边的椅子。

我把刚才那个电话的情况向王科长做了汇报。王科长从椅子上站了起来："这条线索很有价值，要好好查一查，你和王猛马上去趟城南中学！"

我们的车在分局门口被李筝拦下，得知我们要去办案，她拉开车门就坐到了车上。

我们在城南中学校长办公室见到了张校长。简单寒暄后，张校长叫来了初二（6）班的班主任贺成前老师。

贺老师四十来岁的样子，戴着一副黑框眼镜，斯斯文文的。他神情有些疲惫，脸上还有些胡楂，看来作为一名班主任，平时工作很辛苦。

得知我们的来意后，贺老师回忆说："我记得两周前那个周一上午，我们班有 4 名同学没来上课。

"家长们陆续来学校找孩子，有几位同学的家长还报了警。

"到了周二，除林燕妮之外，其他同学都回来上课了，我问他们之前去了哪里，他们也不说。"

"贺老师，您把林燕妮的情况和我们说说吧？"我拿出工作簿，做好了记录的准备。

"林燕妮是个比较文静的学生，成绩在班里属于中等偏上水平，父母常年在南方打工，她平时跟着爷爷奶奶住。我了解到的情况就是这些。"

"好的，谢谢贺老师，能把你们班孙小丹同学叫来吗？我有点事想问问她。"

贺老师点了点头，走出了校长办公室。一会儿工夫，一个女学生走了进来："你就是昨晚往我家打电话的警察叔叔吧？"我点了点头。

孙小丹看了看张校长，压低声音对我说："警察叔叔，我想找个安静的地方说话。"我从她眼中看出一丝顾虑。

我看了看张校长。张校长摇了摇头："你们慢慢聊，我去会议室开个会，有什么需要帮忙的直接喊隔壁崔主任就行。"

确认张校长离开后，孙小丹打开了话匣。

"最近，我们四个人，每个周末都要坐公交车去宋老师家补习数学。"

"你们四个人分别是谁啊？"王猛在旁边问道。

"我、林燕妮、吴丽娜和赵家栋，三女一男。我们去宋老师家补习功课是要学一整天的。两周前的那个星期天，我们商量着午饭后在周围找个地方玩一玩，下午就不学了。

"林燕妮当时没同意，她说要学一整天，不能浪费学费。在宋老师家学了一上午后，我们和宋老师说下午有事不来了，从他家出来后就去了附近的网吧。

"平时我们的功课压力太大了，一直没机会玩，那天我们一直在网吧玩到傍晚。赵家栋提议玩通宵，开始我不太同意，后来经不住网络的诱惑就……

"天亮后，吴丽娜说她爸爸妈妈最近不在家，让我们一起去她家睡一觉，我们就去了吴丽娜家。"

"那林燕妮呢？她去了哪里？"

"我们中午走的时候，她还在宋老师家里，后来就不清楚了。反正周二我们来学校上课没见着燕妮。"

孙小丹继续说，"上周末我去燕妮了，她还没回家呢。"

"你知道燕妮家地址吗？"我抬起头，问孙小丹，"你能和我们说一下吗？"

"她家那个位置不太好找，我给你们画一下吧。"孙小丹拿笔在我的工作簿上认真地画起来。一会儿的工夫，一幅路线图就画好了。

我们让孙小丹回去上课，又找校长问了问宋老师的情况。

校长告诉我们，宋老师今天没来上班。要了他的电话号码，我们离开了学校。

坐在车上，我们三人商量着先按照孙小丹画的路线图去林燕妮家看看，然后再去找宋老师了解一下情况。

林燕妮家位于旧城区，我们按图索骥，七拐八拐后来到了一座老式居民楼中，沿着楼梯爬到顶楼，轻轻敲了敲门。

开门的是一位老太太，她疑惑地看着我们："你们是？""您好，我们是公安局的，来了解一下林燕妮的情况。"李筝微笑着说。老太太招呼我们进门，我收回了准备出示的警察证。

"燕子她爸，公安局的人来了！"老太太向屋里喊着。

进门后，我迅速打量了一下屋内的场景。这房子布局有些局促，客厅不大，墙上贴满了各种奖状。

从里屋走出一个中年人，个子不高，面庞消瘦，应该就是林燕妮的父亲。他满脸愁容，看见我们硬挤出了一丝笑意："警察同志，是不是有燕子的消息了？"

"很抱歉，暂时还没有消息，我们是来了解一下林燕妮的情况的。"一切还不明朗，我不能妄加揣测死者，判定就是林燕妮。

"对了，我听贺老师说，平时林燕妮都是跟爷爷奶奶生活，你和她妈妈常年在外打工。"

"这不是燕子失踪了嘛，她爷爷本来身体就不是很好，现在着急上火，病倒住院了。我这次请假回来，一是寻找燕子，二是照顾我爹。"

"孩子这么多天没回家，你们怎么没报警呢？"

林燕妮的奶奶说："那天燕子很晚还没回家，她爷爷就给宋老师打了电话，宋老师说燕子早就从他家离开了。我们寻思着燕子一般都是和几个同学一起去补课，说不定去同学家玩了。

"一晚上俺们都没怎么睡觉，第二天一早，她爷爷去了学校。班主任贺老师说学校会帮忙寻找燕子，实在不行学校会报警的，让我们不要太着急，先回家等着就行。"

我点了点头："我们的失踪人员系统近期刚开始使用，可能有些派出所报送信息不是很及时，回头我再问问城南派出所吧。对了，一会儿我给您取个血。"我看到李筝好像在本子上写着什么。

"那就谢谢你们了！"林燕妮爸爸端来两杯水，放在我和王猛面前。我拿出取血针，在林燕妮爸爸手指上扎了一针，挤出来两滴血，涂抹在采血卡上。

闲聊时我无意中问起："你们觉着宋老师怎么样啊？""宋老师人挺好啊，他知道我们家不太宽裕，给燕子减免了不少补课费呢。"

"我们能去林燕妮的卧室看看吗？"李筝的这个提议得到了林燕妮爸爸的同意，我们走进了林燕妮的卧室。

林燕妮的卧室不大，但房间收拾得很整洁。书桌上放着厚厚的书本，还有一本没做完的习题，上面字体清秀，笔迹工整。桌子上有一根银色的星星头绳，李筝拿起头绳端详了片刻，然后轻轻放回桌上。

告别林燕妮的家人，我们回到车上，李筝说道："林燕妮书桌上的头绳和那具尸体头发上绑的头绳款式是一样的。"我和王猛面面相觑，李筝的细心让我们赞叹。

王猛挠着头说："我怎么觉着宋老师嫌疑很大啊。"我摇了摇头："嫌疑谈不上，但目前看来林燕妮最后出现的地点就是宋老师家，我们必须去他家看看！"

给宋老师打了个电话，得知宋老师最近感冒了，此刻正在家里休息。

驱车来到宋老师所在的小区，和门口保安说明来意后，我们径直开车来到宋老师所在的 8 号楼。

宋老师坐在我们对面："那天的事我记得很清楚，上午的课一结束，孙小丹、吴丽娜和赵家栋就走了。

"我留林燕妮在家里吃午饭，她说自己出去吃，下午再来上课。可一下午也没见着她，我觉着她很可能去找孙小丹他们了。

"当天晚上，林燕妮的爷爷给我打电话，我才知道林燕妮没有回家。

"我这个补习班吧，其实挣不了多少钱的。虽然政策不允许，但学校和老师也没别的办法，又不让孩子上晚自习，又要拼分数，能怎么办呢？"

在我和宋老师聊天的过程中，王猛起身去了趟卫生间。告别宋老师，我们开车驶出小区，我示意王猛停下车。

"怎么样，有什么发现吗？"王猛摇了摇头，"我先去看了卫生间，从卫生间出来又去看了厨房，都没有发现异常。"

我沉思了一会儿："林燕妮最后一次明确出现的地点就是这个小区，咱去查查监控吧？"

王猛摇了摇头："恐怕时间久了点吧？有些小区的监控只能保留一周。"

"走，试试呗，说不定咱运气好呢。"我下车向传达室走去。

我们的运气果然不错，这个小区监控设备很先进，不仅保存时间长，而且清晰度很高。

由于需要长时间观看，我们把监控录像拷回了单位。

办公室电话铃声响起，市局 DNA 室徐法医打来电话，果然不出意料，人头和之前的尸块属于同一个人！

我们冲了三杯咖啡，打起精神观看监控录像。

从 5 月 24 日，也就是这几个学生去宋老师家上课那天开始看。为节约时间，我们用了八倍播放速度。

很快，画面中出现四个学生模样的人走进小区，可以清晰地看到其中一个正是孙小丹。我按下暂停键，认真观察这四名学生的外貌特征。

三个小时后，有三个学生从小区里面走了出来，边走边说话，然后离去。

又过了十分钟，另一名学生走了出来。根据前后对比，这个扎着马尾辫的学生应该就是林燕妮。

林燕妮走到小区门口时停了下来，好像在和对面走来的一个人打招呼。两个人在小区门口聊了几分钟后，一起又回到了小区里。

"停！"李筝喊着，"再回过头看看这段。"

改用正常速度播放刚才那一段视频，当我们看清画面中和林燕妮聊天的那个人后，互相对视了一眼。

"是他？！"我们几乎异口同声。

我们立刻去找宋老师，一阵敲门声后宋老师打开了门，一脸惊讶地看着我们："你们还有事？"

"我们想再了解个情况，贺成前老师是不是也住在这个小区啊？"

"对，当年我们学校帮大家在这个小区团购了一批房子，价格要比市场价便宜许多，很多老师都在这个小区买了房子。"

"您和我们说说贺成前老师的情况吧。"

不知为何，宋老师好像不太愿意提及贺老师。他摇了摇头："我和贺老师关系一般，我不太了解他。"宋老师的回答显然有些言不由衷，同在一个班级任教，互相之间哪能不了解呢。

李筝刚要开口再问，我对她使了个眼色。带着狐疑从宋老师家出来，我们开始分析林燕妮遇到贺老师后为什么又返回了小区。

王猛说："咱回去再把录像看看吧，我觉得老师和学生遇到后聊个天其实也很正常。"

凌晨 2 点半，我们把 5 月 24 日、5 月 25 日以及 5 月 26 日三天的监控录像看完了，一直没看到林燕妮出来，贺老师倒是每天早出晚归，正常上下班。

王猛打了个呵欠："我说吧，人家贺老师一看就不像坏人啊，肯定是我们想多了。"

我摇了摇头："我感觉事情没那么简单。毕竟目前看来贺老师是最后见到林燕妮的人，可之前在学校时，他并没有说遇到过林燕妮这件事情。"

"对，你这么一说我倒是想起来了！"李筝一拍大腿，"贺老师和林燕妮的爷爷说，学校会帮着找林燕妮，并且会报警。我刚才问了城南派出所的赵琳，压根儿就没有老师去报警。"

"不错嘛，侦查意识很强啊！"这次我是由衷地夸奖李筝，李筝立刻骄傲地昂起了头。

王猛说道："要不咱把监控录像全看完吧，万一林燕妮在这期间又从小区里出来了呢？"

我们把监控录像拷成三份，每人看三分之一，终于在天亮时看完了监控，然而很遗憾，林燕妮一直没有从小区里走出来。

当然，还存在一种可能，她坐车出了小区。

眼看就要到上班点了，我们把情况和大队领导做了汇报，冯大队长拍板对贺成前进行调查，案件的调查结果令大家感到震惊。

我跟随侦查中队持搜查令在贺成前家搜到了一把菜刀、一柄钢锯和许多黑色垃圾袋，我在锯齿的缝隙里提取了一些血迹，还在卫生间的角落里提取了一些血迹。

通过对林燕妮爸爸进行 DNA 检验，确定死者就是林燕妮。而贺老师家中钢锯和卫生间的血迹，都是林燕妮的。

在铁证面前，贺成前很快交代了犯罪事实。

单论学识和业务能力，贺成前算得上是一名优秀教师。但如果论及品德和为人，贺成前是一个不折不扣的衣冠禽兽，可谓劣迹斑斑。怪不得之前宋老师都不愿提及他。

曾经有段时间，他借着身为班主任的便利，以谈话和补习功课的名义猥亵了班里的十多名女学生。可悲的是，多数女学生慑于他的淫威或顾及自己的名声，不敢揭发也不敢告诉家长。

只有一名女学生和家长说了，家长找到学校大闹，校长亲自出面才把事情压了下来，最终贺成前赔了不少钱并且被扣了 3 个月工资。从那以后，贺成前有所收敛。其他老师也知道了贺老师的卑劣行径，逐渐疏远他。

贺成前和妻子关系一直不好，他常在喝酒后耍酒疯打老婆，俩人闹得很凶。

两年前，不堪重负的妻子起诉到法院离婚，孩子判给了妻子，贺成前过起了独居生活。

那天中午，贺成前从外面买饭回家，在小区门口偶遇正从小区往外走的林燕妮，交谈中得知林燕妮准备出去吃饭，饭后再去宋老师家继续补课。

贺成前邀请林燕妮到家中一起吃饭。林燕妮开始是拒绝的，但贺成前一再坚持说近期班里准备评选三好学生，有些事情要和林燕妮商量一下，林燕妮也没好再推托。

吃饭时三杯酒下肚，贺成前的"老毛病"又犯了。他面红耳赤地盯着已经发育的林燕妮，呼吸渐渐急促，开始对她动手动脚。

林燕妮刚要准备大声呼救时，贺成前用手紧紧掐住林燕妮的脖子，对林燕妮实施了奸污。林燕妮反抗得越激烈，贺成前便越觉得兴奋。

发泄完毕，贺成前见林燕妮一动不动，惊出一身冷汗，酒也醒了大半。他逐渐冷静下来，思考如何毁灭证据逃避惩罚，最终他从网上找到了一种自认为最稳妥的方法——分尸。

第二天，贺成前照常上班下班，并没有表现出任何异常。傍晚他从外面买回一柄钢锯，用菜刀和钢锯对林燕妮的尸体进行了分割，然后装进了黑色垃圾袋。

深夜，贺成前驾车驶出城区，沿北良河边路行驶，把三个黑色垃圾袋陆续抛进了河边的垃圾桶和河道里。林燕妮爷爷到学校找贺老师时，他的确是说过学校会报警，但是他怎么可能真的报警呢？

下班时间到了，我刚要离开，李筝把我叫住："刘哥，不知道为什么，我闭上眼总想起林燕妮的卧室。她桌上整齐的书本，还有那条漂亮的星星头绳。她明明还是花一样的年纪……"

"看来这个案子对你的心理冲击太大了，别多想了，回去好好休息吧。"我明白作为一名法医，这是必经的心路历程。

李筝神情有些落寞："我从来没遇到过这样的人。我觉得老师再讨厌也就是严肃了点。学校总会第一时间出来保护自己的学生。没想到，老师可以是衣冠禽兽，学校也可以不作为至此。如今，就算我们破了案，林燕妮也再不能回家了，她桌上的习题还没做完呢……"

李筝抬起头："刘哥，你说，为什么老师这样崇高的职业也会有这么卑劣残暴的坏人呢？"

我沉思了片刻："职业无关高低贵贱，也不能决定人的善恶。像我们这个职业，面对的死者就是最弱势的人，我们能做的，就是找出真相，还他们公道。"

李筝的眼眶有点泛红。我轻轻拍了拍她的肩膀，走出了办公室。

05 学龄儿童接连被害，凶手却被判无罪

我分析说："死者额部表皮损伤比较轻，但颅内有出血，这种外轻内重的损伤更像是摔伤。死者应该是额部着地，俯卧位被碾轧。死者胸背部和右大腿的轮胎碾轧痕也可以佐证这个体位。"

李峥恍然大悟："当时小孩是背对货车的！"

　　周六的午觉被一阵手机铃声打断，电话是姜法医打来的："晓辉，来单位吧，有个现场。"

　　"好，马上过去！"工作性质的原因，我们的手机 24 小时不能关机，节假日出外勤也是常有的事。

　　在单位门口遇上了李筝，我问她："你不是去参加新警培训了吗？"李筝笑着说："我和姜法医说了，只要有案子就告诉我，周末不培训的时候我就跟着出现场，这不算走后门吧？"

　　我笑着摇了摇头，看她的眼神不禁多了几分欣赏。此前觉得她一个娇滴滴的大小姐，看了几本小说、几部电影，一时兴起入了行，多出几次重口味现场肯定就受不了吵着要退出了。没想到她专业素养很不错，还有一股子认真踏实的执着劲。几次任务合作下来，我对她还真是刮目相看。

　　我们同步走进办公室，姜法医说："来了啊，昨晚一家砖厂大车轧死了一个小孩，晓辉、李筝、王猛，你们去看看。"

　　"为啥昨晚的事故现在才报案呢？"我有些疑惑。

　　姜法医摇摇头："具体情况你们去看看再说。"

　　李筝转身去了器材室，姜法医拍拍我的肩膀："我觉得这个李筝很不错，你们好好合作，以后技术科就靠你们撑起来了。"

拿着行头来到院里，王猛已经在勘查车上等着了。

我们驶入案发的砖厂，随处可见堆积如山的红砖。一下车，就赶上了一场"好戏"。

院子里对峙着两群人，一群穿着统一的保安服，手持盾牌和橡皮棍；另一群穿得五花八门，拿着铁棍、板凳、砖块……他们情绪很激动，场面剑拔弩张。

保安们很给力，一个五大三粗的光头大汉拿着橡皮棍比画着："奶奶的，你们谁敢乱来，先问问我手上的棍子答不答应！"

现场的警察招呼我们到一处无人的角落，压低声音说："死者叫苏子文，今年 5 岁，孙家庙村的。昨晚他跟着父母来厂里玩，被拉砖的大车轧死了。本来厂里想赔些钱了事，但赔偿数额没能谈妥。孙家庙村的村民从昨晚一直闹到现在。厂里看局势有点失控，就报了警。"

我们绕过对峙的人群，来到了厂长办公室。

气派的办公桌后坐着的是厂长张善林，身材魁梧，方面大耳。旁边沙发上坐的是保险公司理赔员马史伟，戴着一副金丝眼镜。

张善林把手中的烟摁进烟灰缸里："他们问厂里要 20 万块钱，一分都不能少，我们谈崩了。不过事情毕竟是在厂里发生的，咱复兴砖厂也不会推卸责任。保险公司马经理今天就是特地来帮咱们处理这事的。"

马史伟推了推眼镜："这种死因很明确的事故，根本不用惊动刑警队的，只要交警划分了责任，就可以理赔。"

我看了看他："既然来了，先去和家属谈谈吧。"

一个身穿花格子衬衣的矮胖中年人摆了摆手，骚乱的人群顿时安静下来，他带着一个黑瘦男子向我们走来。

"公安同志，俺是孩子他表舅，这是孩子他爹。子文命苦，俺们也没什么过分的要求，只要厂里赔钱就行。"矮胖中年人递过一张名片，黑瘦男子在旁边点头附和。

我接过名片瞅了一眼，"金阿木，聚利财务有限公司，经理"，看着像是个小额贷款的公司。

我收起名片："按照程序，咱得先进行现场勘查和尸体检验，下一步再赔偿。"

金阿木摆了摆手："孩子已经出事了，俺们可不想他再死无全尸。"

"如果不能确定是刑事案件，我们公安机关不能强制解剖，还是得家属同意才行。"我看着李筝无奈地摇了摇头。

"要不咱先看看尸表吧？"李筝恳切地看着我。

我点了点头："看尸表可以，但尸检报告必须做完解剖，确定死因后才能出。"

一辆警车响着警笛开进了砖厂，交警队事故科的同志赶到了。

一辆福田牌中型货车停在砖窑前的空地上，车头向外，车尾向内，车上没有货物。现场看起来并不复杂。

"货车司机呢？"交警问张善林。"家属情绪很激动，司机躲去办公室了。"张善林答道。

保安把司机叫了过来。"昨晚七点左右，我开车到砖窑上货，倒车的时候忽然有人拍着车门喊叫，我停下车出来看，刚下车就被一群人围住了。"

司机一副心有余悸的样子："他们直接拽着我衣服把我拽到了车尾。有个女的坐在地上哭，车轮下面露着两条细短的腿，我当时都吓傻了。"

王猛转身看向死者的父亲："你说下当时的情况。"

苏有林抹了抹眼角的泪水："昨天傍黑儿（傍晚）俺们到砖窑搬砖，子文吵闹着来厂里玩儿。俺正忙着搬砖，听到有人吆喝，跑过去一看，大车把俺儿卷进车轮子底下了。大夫来看了看，说孩子没治了，孩他娘当时就张（晕）倒了。"

我们在现场拉起警戒线，清理了无关人员。痕检技术员王猛对现场和车辆进行了勘查、拍照。

两道黑色刹车痕迹在平整的水泥地上十分显眼，右后车轮下方发现了已经风干的血痕。货车总高度为 3.5 米，车厢平台距离地面高度为 1.1 米，制动系统良好。

尸体已被家属拉回家中，金阿木和苏有林答应我们去村里对苏子文进行尸表检验。

步行去孙家庙的路上，张善林很健谈："最近真邪门，怎么这么多轧死小孩的事故啊，真是流年不利！"

"上个月我们厂有20多个工人请假去恒安砖厂站场子，据说统一管饭，每人还有五十块钱。"张善林面带嫌恶，"他们就是为了钱。"

"这事我们怎么没听说过，没有报案吗？"我觉着有些奇怪。

"私了了呗，不过这次他们算是踢到铁板上了，咱复兴砖厂可不是软柿子。"张善林似乎话里有话。

走进孙家庙村，一阵凉爽的感觉扑面而来。蜿蜒的小河从村子中间穿过，郁郁葱葱的大树围绕了整个村子。

村里一处平房前，两个男孩和一个女孩正围着一辆破旧的童车玩耍。那是一辆红色四轮童车，车身上有许多污垢。

见到陌生人到来，他们抬头看了我们一眼。金阿木说："这三个孩子分别是苏子文的哥哥、姐姐和弟弟。"

院子里搭了一个布棚，一个小孩躺在木制的架子上。他穿着黑白相间的衣服，蜷着腿，两手交叉于胸前，手指轻轻扣拢成拳，苍白的脸上没有一丝生机。

一位中年妇女瘫坐在地上，呆呆地注视着孩子，皲裂的嘴唇在念叨着什么，目光一刻也不肯离开，泪水在通红的眼睛里打着转。

一位面色苍白的老阿婆拄着拐杖从屋里挪出来，苏有林赶紧过去搀住她，在她耳旁说了几句。老阿婆忽然抽出手来，打了苏有林一记耳光，转身回了屋里。

我们请无关人员到院子外面等候。院子里的人群逐渐散去，聚在院墙外窃窃私语。

金阿木告诉我们，明天会是丧期中最热闹的一天，所有亲属都会过来。苏子文的父母和奶奶担心被大家看到苏子文不能得一个全尸，拒绝解剖尸体。

我向金阿木解释，解剖切口都会选在衣服遮挡的隐蔽部位，尽量避开面部等裸露部位，不会破坏死者的外观完整性。金阿木没立刻表态，"我再和子文他爹多商量商量吧。"

我和李筝对死者进行尸表检验。"他真瘦小。"李筝抬头看了看我，我示意她可以开始了，她低下头熟练地检验起来。

经检验，死者苏子文身高95厘米，体形偏瘦。尸僵较强，尸斑位于背部，指压稍褪色，翻动尸体时，口鼻部有血液流出。

死者前额部有一处皮肤挫伤，大小约 3 厘米 ×3 厘米；右胸背部和右大腿分别有两处皮肤挫伤，面积分别为 15 厘米 ×13 厘米和 15 厘米 ×8 厘米。用手按压死者胸部，可以触及多根肋骨骨折。

金阿木走过来问："不做解剖的话能出鉴定书吗？"我摇了摇头。金阿木叹了口气："那就解剖吧！"

我对李筝说："你让家属把《尸体解剖通知书》签了，然后把尸体拉到解剖室去，我们连夜解剖。"

夜幕降临，我们借着灯光收拾工具。张善林走了过来："大家辛苦了，时候也不早了，咱一起吃个晚饭吧？我尽地主之谊好好款待各位！"

我不动声色地皱了皱眉："张厂长的好意我们心领了，我们今晚要加班，晚饭就不过去吃了。"

我们走出院子，苏子文的兄弟姐妹还在玩着那辆童车。李筝走过去想摸摸小女孩的头，小女孩一下子躲开了。

"公安同志稍等一下！"金阿木和苏有林追了出来，"俺们明天能把孩子拉去火化吗？"我拒绝了他的要求："孩子的尸体要冷藏几天，等鉴定书出来以后，家属没有异议再火化。"

"冷藏费太贵哩。"苏有林一脸无奈，金阿木摆了摆手，苏有林没再说话。

我回头望了一眼，村子已被夜色吞噬。

去解剖室的路上，我们找了家面馆随便吃了碗面。赶到解剖室时，苏子文的尸体刚好运到。

苏子文的皮肤很娇嫩，手术刀轻轻一划就割开了。颅骨很薄，打开颅骨后发现硬膜下有少量出血。肋骨很脆弱，已经断了好几根，剩下的不费力气就割开了。小小的胸腔里全是血，心脏破裂，肝脏破裂，脾脏破裂。

"他生前承受了多大的伤痛啊……"李筝面露不忍。解剖室里一阵寂静，我们默默收拾好工具。

回到分局已是深夜，我连夜整理了孩子的鉴定书。

周日清晨，办公室里洒满了阳光，我倒了一杯茶水。

　　"这是一起普通的意外事故，死因很明确，车辆碾轧胸腹部导致多个脏器破裂出血死亡。"我低头喝了口茶，"但我思来想去，总感觉他头部的损伤有些蹊跷。"

　　李筝说道："死者头部损伤主要集中在额部位置。他应该是面对着货车，在货车倒车时被撞击额部，仰卧位被碾轧。"

　　我沉思片刻，摇摇头："不对。死者额部表皮损伤比较轻，但颅内有出血，这种外轻内重的损伤更像是摔伤。死者应该是额部着地，俯卧位被碾轧。死者胸背部和右大腿的轮胎碾轧痕也可以佐证这个体位。"

　　李筝恍然大悟："当时小孩是背对货车的！"

　　王猛补充道："根据对货车的检验，货车平台高度是110厘米，而死者身高是95厘米，小孩要比货车平台低很多，所以他是被轮胎撞倒的。"

　　"我有个疑问，事情发生时有很多人在现场。孩子背对着大车可能无法发现自己的处境，但大人们面对着孩子，他们要是喊孩子一声，悲剧就不会发生了。"李筝若有所思。

　　我点了点头："这也正是我的疑问。另外还有个疑点，张善林说周边砖厂发生过多起轧死小孩的事故。"

　　王猛站起来说道："咱既然考虑到这些疑点，就必须去证实。晓辉和李筝去找死者亲属，再详细了解当晚的情况。我去其他砖厂转转，打听之前类似的几起事故。"

　　我补充道："如果需要侦查中队增援，咱随时向大队领导汇报！"

　　"好！"李筝飞快地收拾东西，"刘哥，你在局门口等着，我去开车。"

　　把车停在村外，我们步行走进村里，恰好看到苏子文的哥哥、姐姐和弟弟在村头玩耍。他们依然在玩着那辆破旧的童车。我们凑近了打招呼，三个小孩却不理我们。

　　李筝从包里拿出一块巧克力，在三个孩子面前晃了晃："这块巧克力谁想吃？"

　　"俺！"孩子们眼睛里闪着亮光，异口同声地喊道，伸着手凑到了李筝跟前。

"谁和我聊聊天,阿姨就给他巧克力吃。"李筝说完,大些的男孩和女孩后退了一步,脸上满是戒备,那个大约4岁的男孩迟疑着没挪动脚步。

李筝问小男孩:"你们为什么总在玩这辆小车呀?"小男孩挠着头,好像不知怎么开口。那个看起来10岁左右的大男孩一把抢过巧克力,掰成三块分给女孩和小男孩后,对李筝说:"俺替小弟回答你。"

"上周俺爹从外面带回来这辆小车,俺们都很喜欢,可俺爹说小车是二弟的,不让俺们和二弟抢,连小弟都不行。"

李筝说:"那你们平时和二弟一起玩吗?"

李筝这句话可能就是随口一问,但那个最小的孩子却下意识地往后退了一下。

我追问道:"是因为他比较凶吗?"

10岁男孩子不满地摇了摇头:"二弟才不凶,只是突然变得很奇怪。"

"怎么奇怪?"

"他连水都害怕。有次俺娘给他喂水,他一下子就把碗打翻了。"

李筝和我交换了一个眼色,显然我们想到一起去了。

突然,远处传来说话的声音,李筝拽着我的胳膊,迅速把我拉到了一处墙角,三个孩子也跟了过来。李筝拿出三块巧克力:"你们先去玩吧,改天再来找你们玩。"孩子们迅速把巧克力塞进嘴里,骑着童车跑远了。

我疑惑地看着李筝,她捂着胸口说:"你猜我看到谁了?"我摇了摇头。李筝的视力特别好,我只是隐约看到了几个人。

"我看到了马史伟,就是那个保险理赔员!和他在一起的是金阿木和苏有林。"

"事情可能没那么简单,咱先撤吧,别轻举妄动。"李筝点了点头,我们一起回到了分局。

王猛已经在办公室了。李筝惊奇地问:"你怎么这么快就回来了?有什么发现没?"王猛靠在椅子上没好气地说:"别提了!那些砖厂对轧死小孩的事守口如瓶,我什么也没问出来。你们呢?"

李筝仰起头:"我们有了两个意外发现:一是苏子文得了狂犬病,二是保险公司理赔员马史伟和死者亲属私下有接触。"

王猛一下子从椅子上站了起来："走，咱去找领导汇报！"

很快，对金阿木、苏有林、马史伟等人的调查有了结果，解开了所有的疑点。真相让我们大吃一惊，这多起轧死小孩的事故竟都是人为操纵的。

金阿木曾经坐过牢，而他坐牢前是环球砖厂的厂长。被问及为何总挑砖厂下手时，金阿木平静地说："他们不仁不义，我不过是帮大家拿回自己的钱！"

孙家庙的村民之间盘根错节，多多少少都有些亲戚关系。金阿木早年借了亲朋好友的钱，开了环球砖厂，许多村民都在他厂里打工。

他为人不错，从不拖欠工资。尽管村民们在砖厂收入不算高，但总比土里刨食强，不用总看老天爷脸色。

工厂发展得不错，金阿木不满足于小打小闹，高薪聘请了一位学管理的大学生当副厂长，开始大规模投资。

后来厂里发生了一次重大事故，周边几家砖厂趁机落井下石，举报环球砖厂环保不合格。金阿木锒铛入狱，财产被没收，妻子带着孩子改嫁。

金阿木出狱后辗转得知，当年的事其实是大学生副厂长设计陷害的，而那位副厂长现在已经成了环球砖厂的厂长。

金阿木毕竟不同于普通村民，他见多识广，脑子活泛，出狱后去南方打工攒了些钱，回乡放高利贷，成了村里的富人。

当年的事始终让金阿木耿耿于怀，像梦魇一样挥之不去。

两年前，村民李二牛的儿子李小飞查出了白血病，为了给儿子治病，李二牛曾多次找金阿木借贷。

李二牛是一名老实巴交的农民，他把耕地的牛卖了，把媳妇的嫁妆卖了，把家里的电器之类能换钱的物件也都卖了，再卖下去就得砸锅卖铁卖血了。

金阿木这次没有借钱给李二牛，他知道李二牛借了钱肯定无力偿还。

他给李二牛算了一笔账，劝李二牛放弃治疗："二牛啊，不是哥不讲情分，你自己想想，无论孩子能不能治好，你都得把整个家搭进去。再说那个病是治不好的，到头来人财两空，还不如再要个孩子呢。"李二牛气得扭头就走。

一个多月后，李小飞因为交不上住院费被迫出院回家，李二牛又找到金阿木苦苦哀求："金哥，再借点吧，厂里半年多没发工资了，等发了工资我一定能还你。"

"你在哪个厂，怎么拖欠工资这么久？"金阿木知道，现在很多工厂都拖欠工资。"环球砖厂。"李二牛说道。

"环球砖厂"这四个字让金阿木拍案而起："杀人偿命，欠债还钱！"倒把李二牛吓了一跳。"兄弟，我不是说你，我是说那些没良心的家伙！"

他给李二牛出了一个主意：既然孩子眼瞅着没治了，不如干脆让他死得有"价值"些。

李二牛没吭声，转身走了出去，他在孩子健康时最爱去爬的那棵黄桷树下蹲了大半宿，抽空了两包烟。天快亮的时候，他起身跺了跺脚，流下两行浊泪："娃啊，爹对不住你，要怪就怪你生在咱穷人家，下辈子投胎去个有钱人家吧。"

于是在一个傍晚，李小飞被父母带去环球砖厂里玩耍，"意外"被大车轧死了。金阿木迅速组织村民去厂里围坐索赔。

厂里怕事情闹大，和家属签了私了协议，赔了8万块钱，家属向厂里保证不再闹事。

金阿木躲在暗处没露过脸，直到看到李二牛在环球砖厂索赔成功，蓦然生出一种报复的快感，一直沉沉压在他心中的事好像轻了不少。

李二牛拿着赔偿金把孩子的葬礼办得风风光光，在葬礼当天喝得烂醉，几次哭得背过气去。

对于李二牛家的事，村民们好像都有自己的猜测，但谁也没有点破。后来再有李二牛家类似情况的，纷纷找上了金阿木。

金阿木如法炮制，策划了好几起砖厂货车"意外"轧死小孩的事故。恰好，那些砖厂都是他出事时落井下石的几家。

对周边砖厂的报复多次得手以后，金阿木多年积累的怨气好像慢慢消散了。他决定收手，但表妹夫苏有林又找到了他。

苏子文的事说来蹊跷。两个月前，苏子文在村口玩耍，被村里一条狗咬了一口。苏有林当天就带着苏子文去医院打了一针狂犬疫苗，之后又按时打了四针。按理说苏子文是不该发病的，可不知为何，他还是发病了。苏有林没有质疑过疫苗问题，只怪自己孩子命不好。

苏有林家孩子多，本来负担就重，老母亲让他去找金阿木借点钱。

得知小外甥苏子文得了不治之症狂犬病，金阿木权衡后，打算像以前一样再干最后一票。

苏有林忘了当天和金阿木谈了什么，他浑浑噩噩地回到家中，看到几个孩子在抢苏子文的童车，狠狠批了他们一顿，回屋躺在炕上辗转反侧。他试着和家人商量，妻子只一直哭，母亲也坚决不同意。

苏子文的奶奶拄着拐杖找到金阿木，一巴掌打在金阿木脸上："你伤天理啊！"

金阿木眼里噙着泪："姨妈，你说咱能有什么办法？还不是因为穷，得了病要么等死，要么人财两空，您还有好几个孙子呢。"

苏子文的父母瞒着老人带苏子文去了砖厂。

复兴砖厂态度很强硬，坚持要让交警队和保险公司介入。金阿木无奈之下想到了在保险公司上班的远房亲戚马史伟，马史伟和苏有林家也算是亲戚。

马史伟告诉金阿木，这次事故中的货车入了交强险。如果货车有责任，那么交强险就可以赔11万；如果货车没有责任，交强险最多才赔1.1万。

"这次得多要点，他家孩子多，将来负担重。"禁不住表哥金阿木的劝说，马史伟答应去一趟砖厂，于是在砖厂打电话要求出险后，马史伟出现在了厂长办公室。另一方面，金阿木带领村民对厂里施压。

保险公司承诺尽快对事故进行理赔，厂里一般来说也乐得顺水推舟、息事宁人。但因为在赔偿金额上产生了分歧，导致对峙升级，于是砖厂报了警。

而我们的介入，让死者苏子文"开口"讲出了真相。

不幸的家庭各有各的不幸，只是，我从没想过病入膏肓的孩子还可以被当作索赔的道具。也不知道孩子的亲人看着孩子娇弱的身躯被轧在车轮下的时候，是怎样的心情。

随着医学的发展，我相信会有更多的绝症被攻克。但有时需要救治的不是绝症，而是人性。

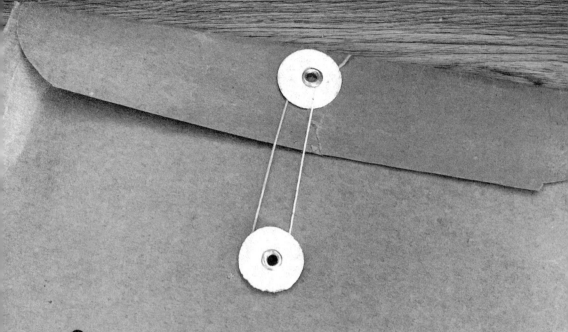

06 女友失踪五年，我亲手毁掉了唯一的证据

我给她发了个"有案子，正在忙"的短信。

她回了句："没事，饺子我包了，只是有点丑，晚上给你煮夜宵，我先去商场取电影票（＾﹣＾）。"

奇怪，过了这么久，我居然连她用的一个表情符号都记得清清楚楚。那个表情脸圆圆的，眼睛弯弯，像她一样。

　　昨天我去找冯大队批两天假，冯大队眼神复杂地看了我半天，想说什么，又只是拍了拍我肩膀，把假批了。

　　工作这么多年，我很少请假，只是这两天太特殊了。

　　五年前的小年夜，我经历了一次大崩溃，几乎完全丧失了一个法医的专业和理智。从实操层面来说，那是我法医生涯中最大的污点，即使最后并没有人怪罪我。

　　那天，我的女朋友徐珊失踪了，三天后，我只找到她的一只断手。

　　当时事情闹得很大，局里大部分人都知道，还衍生出各种版本。很长一段时间，同事都用复杂的眼光看我。只有王猛，当时他还是刚进局里的痕检助理工程师，单身宅男一个，整天乐呵呵的，也不多问我什么，所以后来我和他走得比较近。

　　徐珊和我是高中同学，也是老乡，高中时我就很喜欢。大一那年我们在一起了，异地恋，感情一直很好。

　　我是学法医的，大学读了五年，女友早一年毕业，回家乡一所幼儿园当了老师。我毕业后，在南方有一些不错的机会，但异地恋四年实属不易，为了和她在一起，我选择回去，成了公安局的一名法医。

　　接下来的一年多是我人生中最快乐的时光。

　　徐珊出事的时候，我们已经谈婚论嫁，新房装修也接近尾声。那段时间案子比较多，装修的事情基本上全靠她一个人盯着。

那天本来约好我下班回来包饺子。我不会做饭，唯独饺子包得漂亮，逢年过节露一手很唬人。吃完再去看电影，她想看《赤壁》，里面有她最爱的金城武。

可是下午发生了命案。

那是个大案，两尸三命。废品收购站的两口子在家中被杀，男的趴在院子里，女的侧卧在室内。把女的翻过来，挺着个大肚子，眼角的泪水还没干。

是个孕妇，太残忍了。

到解剖室已经傍晚6点了，如果没有案子，我那会儿应该已经和徐珊一起吃晚饭了。想到她还在等我，我有些心神不宁。我师傅赵法医见了，问我是不是有事。我犹豫片刻，还是摇了摇头，工作比吃饭看电影重要。

而且徐珊也一向善解人意，从来没有因为工作的事跟我发过脾气。我陪不了她的时候，她也能自己打发时间。

我给她发了个"有案子，正在忙"的短信，她回了句，"没事，饺子我包了，只是有点丑，晚上给你煮夜宵，我先去商场取电影票（＾－＾）"。

奇怪，过了这么久，我居然连她用的一个表情符号都记得清清楚楚。那个表情脸圆圆的，眼睛弯弯，像她一样。

我放下手机就专心进行尸检了。

先解剖了男死者，致命伤是颅脑损伤，分析符合铁质钝器多次打击。解剖女死者时，我抬头换了口气，看到窗外飘雪花了，不知道为什么突然想起徐珊来。

想着想着，又有点恍神了，赵法医见我状态不对，让我休息一会儿，剩下的工作他一个人完成，我没答应，坚持完成了解剖。

当我从死者肚子里捧出8个月大小的男性胎儿时，手套不住往下滴血，我才注意到，不知道什么时候割破了手指，伤口很深，血顺着手套流下来了。

我向来冷静，但是这场特殊的"接生"还是让我有些承受不住。感觉胸腔里涌动着什么，一阵恶心翻上来，我强行压下去，出了一身冷汗。

案子现场条件很差，周围也没有监控，线索很少，我们一时也没有什么方向，解剖完之后就先回去了。

夜里 9 点多，我给徐珊打电话，一直接不通。

我以为是电影院里信号不好，就直接去了电影院接她。7 点的电影，9 点半差不多散场了。我一直在电影院门口等到 9 时 45 分，那一场的人走得差不多了都没看见她。给她打电话，她关机了。

我以为是她等太久生气了，又去了她单位宿舍。她室友说她没回来，我在楼下等到 10 点多也没看到人。一种不祥的预感涌了上来。

我当即报了案。据指挥中心的同事反映，当晚 7 点多，曾接到过一个奇怪的报警电话，电话号码正是徐珊的！

我立刻赶到指挥中心，查找报警电话录音，里面有一男一女在对话，声音很小，通话时间很短，只有两句话："你干什么？把手机拿过来！""我没打电话！"

我一下就分辨出女子的声音正是徐珊，而男子也是本地口音，但声音很陌生。不安的感觉越来越浓。我们根据报警信息查到了徐珊报警时的大致位置，地方很偏僻，没有监控。

当晚，公安局出动了大量警力搜寻未果，我心乱如麻，一夜未眠。

徐珊失踪三天后，赵法医给我打电话，告诉我在城郊树林里发现了一只断手。

我心急如焚地赶到现场，看到那只手时，当场就崩溃了。

那只手太熟悉又太陌生了。我牵过无数次，可从来没见过它是这样子的。

手从腕关节处断开。身为法医，我见过无数死者的残肢断臂，比这可怕的不可胜数。只是这一次不同，我感到身体里有什么支撑我的东西断裂掉了，我几乎站立不住。

断手的皮肤苍白没有血色，手背有多处擦伤，修长的手指自然弯曲，指甲部位紫绀，腕部断端骨骼暴露，断处皮肤齐整，可见断裂的血管和肌腱。

同事们在我身边忙碌着，有的拍照，有的提取物证，我好像灵魂抽离了一样，一动不动地立在那里，看着那只曾与我十指相扣的手，陷入了一片茫然的空白。

现在想想，那一天是我的梦魇。两起案子都没有破，徐珊就像人间蒸发一样，只留下一只手，尸体一直没有找到。

我整日浑浑噩噩，脑袋里有两种声音交叠，一个声音说，徐珊没事，她一定还活着，会找到她的。另一个声音说，醒醒吧，你自己就是法医，这种情况，基本就是确认死亡了。

徐珊的案子，局里没让我参加检验，一是案件本身需要我回避，二是怕我受不了刺激。

可是一周过去了，案子还是没有进展。

我再也等不下去，偷偷在师傅电脑中看了检验照片，决定自己做些什么。

徐珊的手背上有多处刺伤和划伤，根据创口特征分析应该是单刀锐器形成，符合抵抗伤。手掌有少许皮肤挫伤，符合生前伤特点。

在分尸案中，对所有损伤要进行生前伤或死后伤的判断，而区别这两者主要看有没有生活反应。生活反应有很多种，如创缘收缩、出血、结痂、血凝块、炎症等，具有生活反应的损伤，可以判定为生前损伤，反之为死后损伤。

除此之外，徐珊手腕部位有环状皮下出血，类似绳索或手铐印，说明很有可能遭到了控制。

手心也有损伤，是矩形的皮下出血，边缘很整齐，像是某种物品衬垫形成。可我一直没想明白是什么物品。

最后是指甲，指甲瘀血青紫，中指指尖有咬痕。

关于手的检验信息，就是这么多。

指甲瘀血青紫，是窒息征象。指尖的咬痕，我曾怀疑过会不会是嫌疑人咬的。但后来仔细分析了那个咬痕，两端深中间浅，而徐珊恰好有两颗瓜子牙，所以我推测是她自己咬的，可具体原因我想不透。

还有一些其他线索，比如嫌疑人的手法很娴熟，手腕部恰好从关节处离断，推测嫌疑人可能具有一定的专业背景。屠夫、兽医、医生都有可能。事实上，赵法医告诉我，假如那天我不是和同事一直在忙案子，估计会成为第一嫌疑人。

刑警队的同事们做了大量的侦查工作，收集了很多线索，根据调查和监控，徐珊那晚做了件见义勇为的事。

视频里，徐珊在商场附近的街道目睹小偷偷走了一个女孩的手机，她提醒了那个女孩，和女孩一起去追小偷，摔了一跤。小偷还有个同伙，骑摩托车在街边接应。小偷拿到手机后，迅速上了同伙的摩托车，消失在街道转角。

后来小偷和同伙都被我们抓了，我当时就要冲上去揍他们，被大家死命拦住。经过审问，排除了他俩的杀人嫌疑。那个被偷手机的女孩也找到了，她说当晚手机没追回来，她谢过徐珊后俩人就分开了。

至此，这条线索也断了，只是解释通了徐珊手掌擦伤的由来。

在推测犯罪动机的时候，刑警队排查了徐珊的社会关系网，没查到什么线索。她的社会关系一向简单，性格又温和，平时没见她和别人起过冲突，基本可以排除仇杀和情杀，推测凶手临时起意的可能性大。

科室里当时还有人怀疑徐珊是不是受了我的连累。法医这个职业虽然是和死人打交道，但也很容易得罪人。我曾接到过许多恐吓电话和匿名信。

案件双方当事人肯定会有一方不满意，我一向坚持公平公正，问心无愧，却不承想会有人对我或者我亲密的人下手。当下的情景，让我不免往自己身上找原因，怕是自己连累了徐珊。

但这些毕竟都只是猜测，法医最看重的还是证据。

我按照最坏的设想分析下去，分尸是需要场所的，而运尸需要交通工具，所以嫌疑人在本地很可能有住所，有车辆。

后来，我们根据徐珊的手机锁定了一辆出租车，手机找到了，但司机却失踪了。

案子到这里，总算有了一丝出口，这个出租车司机有重大嫌疑。

我铆足了劲，顺着这个线索一路往下查。查到出租车司机之后，我因为破案心切，犯了一个自己永远不会原谅的错误。

当时的李大队安排痕检技术员把断手的指甲拿去市局送检，但是市局设备故障，技术员便把指甲放到了物证室，等待去省厅送检。省厅检验的手续繁杂，费时费力，我根本等不起。

于是我给邻市的师兄打了个电话，偷出了徐珊的指甲和在出租车司机家找到的生物检材去找他。

师兄说我这么做不符合规定，因为物证的保管、运输和送检都有一套严格的程序，这样私下检验就算做出结果也可能会成为非法证据，无法指证犯罪嫌疑人。我何尝不知道这些，可当时根本管不了那么多，抱着宁愿被开除也要抓住凶手的想法一再央求师兄。

师兄违例帮了我一回。DNA 做出来，没有比中出租车司机的 DNA，在本地的 DNA 库里也没有比中嫌疑人。这说明很可能存在除司机之外的另一名嫌疑人。

事后，我把指甲又放回了物证室。不久，市局更换了新的 DNA 设备，可以做更多位点，准确率更高，我忙不迭催着痕检技术员把指甲送去检验，却没有检验出有效的 DNA 成分。

我如同坠入了冰窖，从头到脚都被抽空了力气。

断手的五个手指，只有和犯罪嫌疑人用力接触过的食指和中指提取到了犯罪嫌疑人的 DNA。

指甲里的 DNA 很少，本身属于微量物证，且稳定性受环境影响很大。之前送到师兄那里去检验，可能消耗了指甲里的所有 DNA 成分，没有剩余的 DNA 成分可以进行二次检验。也可能是送检耗时太长（往返加检验一整天），车里温度高、湿度大，指甲里的 DNA 霉变失效了。

无论是哪种原因，都是我违规送检造成的。我亲手毁掉了破案的希望。

我把情况如实告诉了市局 DNA 室徐法医。徐法医怒气冲冲地质问我："刘晓辉，你知道这意味着什么吗？这案子可能就因为你的失误，再也破不了了！"

我狠狠地扇了自己一记耳光。

至此，所有的线索都断了。其实我心里很清楚，徐珊很可能已经遇害了。只是我不愿意承认，好像我不承认，她有一天就会回来。

有时候，我甚至希望嫌疑人再次以同样的手法作案，露出马脚让我抓住他。这种念头一闪而过，毕竟我不愿意无辜的人再受残害。

徐珊走后，大家都说我好像变了个人，拘谨、刻板、冷淡、钝感，开心不起来，也没绝望到想死，只剩一副面目模糊的样子。

我选择全身心投入工作中去，严谨到近乎刻板，因为我吃过不严谨的亏。

可能也是因为这样，当初李筝来的时候，我对她的大条很不满。现在看来，那其实只是我对自己曾经犯的错的不原谅。

案子发生后的这些年，每年的那天，无论局里多忙，我都会雷打不动地请假。大队长已经换了三任，一任比一任看我的眼神复杂，假倒是批得很痛快。

很多人劝我离开这里，换个新环境会让我好一些。特别是在破了很多大案后，我渐渐有了些名气，市局和省厅都想挖我过去，我拒绝了。我还有更重要的事情要做，犯罪嫌疑人极可能是本地人，我得守在这里，亲手抓住他。

徐珊的尸体一直没有找到，我们没有给她做墓碑。我自然不会像局里的传言那样，什么在爱人的坟前大醉三天，哭得不成人形。

我只是在她布置的房子里，做一顿饺子。

亲近的朋友和家人都知道我这习惯，从来不会在这时候烦我。

饺子没吃几个，突然听到敲门声，我走到门口，从猫眼往外看。

是李筝。

我心里既失落又烦躁，不知道她是怎么找来的，印象里我从来没跟她说过我家的地址。她平时大剌剌也就算了，今天这种日子，怎么也不让人清静。

我没有开门，想假装不在家，但敲门声一直不停。

我猛地一下拉开门，没想给她什么好脸。

门一开，我愣住了。李筝头上顶着一层薄雪，眼睛通红，明显是哭过，手里拎着个纸袋，里面装了几瓶酒。

我脱口而出："你怎么来了？"

她眼睛红红、鼻子红红地看着我，也不说话。

我让她进来坐，去厨房给她倒了杯水。她愣愣地坐在沙发上，有点拘谨，我咳了一声，她才回过神来。

坐下后，我问她："你怎么来了？还有，你这是怎么了？"

其实，她不说我也能猜到，知道我家的也就那么几个人，跟李筝和我都有交集的就更少了，十有八九是王猛告诉她的。看她哭成这样，肯定也是听王猛说了徐珊的事。

李筝胡乱抹了抹脸："我去找你，他们说你今天没上班，我就去找猛哥……"

果然是他，我叹了口气。

李筝以为我不高兴了，赶紧说："你别怪猛哥，他本来不肯跟我说的，让我别来烦你，是我逼他的。"

我半开玩笑半认真地说："那你还来烦我？"

没想到李筝安静下来，低头想了想，认真道："晓辉哥，许多事，不要都闷在心里。像我，我心里有事就喜欢喝酒，喝醉了也就发泄了。"

说话间，李筝开了瓶茅台，把杯里剩的水往绿萝里一浇，给我俩一人倒了一杯酒，把杯子塞到我手里。

我晃了晃酒杯，酒是好酒，已经挂壁了，估计是十年以上的茅台。

我没有倾诉的欲望，李筝也异常地安静。

我们寡淡地喝了半夜的酒，等我再去倒的时候，发现酒瓶已经见底，李筝趴在沙发上睡着了。

我叹了口气，给李筝盖了条毯子，把她的头变成侧位，防止出现吸入性窒息。关键时刻，法医的职业素养还是要有的。

这一夜，就这么过去了。

07 一个嫌疑人，两套DNA

遗传学上，男女的区别就在于男性有"Y"染色体而女性没有。

每个男性都从父亲那里继承了"Y"染色体，并传给男性后代。理论上同一姓氏的男性家族成员体内的"Y"染色体来自共同的祖先，它体现了种姓的传承。

坐在我对面的女士很有气质，尽管此刻她眼圈通红，眉头紧锁，但仍在努力克制自己的情绪，用尽量平和的语气详细讲述孩子们失踪的经过。

她的女儿叫林莞青，今年 6 岁，暑假结束就要上小学了。上周五，林莞青约了好朋友张嘉琪和周彤到家里玩。林莞青家在湿地公园旁边的别墅群，三个小伙伴拿了小桶和小网准备去公园捞鱼。林妈妈忙着准备午餐，叮嘱莞青她们玩一会儿就回家，没想到三个孩子一去无踪。

家长们找遍了公园的每个角落都没有孩子的下落，当即报了警。警方配合家长搜索，一夜无果。今早，派出所让家长们来分局采集血样。之前我提到过，现在为了提高比中率，所有报失踪的人员一律采集血样进行 DNA 检验。

我们法医的工作不是大家想的只做尸检这样简单，并不是没有命案发生的时候我们都坐在办公室里喝茶。更多的时候，我们身兼警察的职责，伤情检验，执勤，蹲点，看守……此外，写总结，做 PPT，建立未知名尸体和失踪人员系统，参加比武，迎接检查，也都是我们的日常。法医就像一块砖，哪里需要往哪儿搬，这话不假。

我负责本市的失踪人员信息录入，根据林妈妈的描述记录下了失踪儿童的信息。之后我刚要给林妈妈采血，办公室的门一下被王猛推开。他喊着："湿地公园里发现三个孩子。"他看到我对面坐着人，愣了一下，"晓辉，赶紧收拾一下，出现场。"

林妈妈一下从椅子上站起来，转身盯着王猛："你说什么，三个孩子？"

王猛似乎后悔刚才的莽撞，摇了摇头："具体情况我们也不是很清楚。"林妈妈的手抖得不成样子，几欲晕倒，深呼吸了好几次才喘过气来，要求跟我们一起去现场。

把车停在公园门口，在派出所民警的带领下，我们前往公园深处。这个湿地公园位置比较偏僻，但四面环水，草木葱郁，是本地人消暑游玩的好地方。但此刻我无心欣赏，只想快点赶到现场。

我们提着箱子一路小跑，大约十几分钟后看到了被警戒带围起来的一座塔。林妈妈愣了愣，说："我们找过这里，这个塔明明是锁着的啊！"

我的同事女法医李筝安慰家属："大家先别着急，现在还不确定塔里孩子的身份。"民警拉开警戒带，我们走了十几米才来到塔前。

这座塔不算很高，已经有些年岁了，外墙斑驳，塔基的水泥破损了几处，露出了里面的红砖。我们戴上鞋套，踩着台阶来到了塔前，门上的匾额上写着"如意塔"三个龙飞凤舞的大字。

民警指着阴影中的一位中年人告诉我们他叫王健，是公园的管理员，就是他报的警。王健局促不安地蹲在角落，用大拇指和食指紧捏着烟头，深吸了一口，烟升腾起来，模糊了他紧锁的眉头。

王健向我们讲述了发现死者的经过。如意塔年久失修，公园管理部门指示暂时关闭如意塔，以确保游客安全，等雨季过后进行修缮。上周五接到通知后王健就把塔门上了锁。

周末下了几场雨，今天雨过天晴，王健照例来巡视，走进塔，便闻着有一股腐臭的味道。塔里之前常钻进野猫野狗，偶尔有死老鼠，这味道他倒也习以为常。但当他登到塔顶时，却被眼前的一幕吓坏了。

为确保不破坏现场的痕迹物证，痕检技术员王猛首先上塔查看。

李筝拿出记录表发现没有带笔，尴尬地问道："刘哥，你带笔了没？"我笑了笑，从包里掏出一支笔。

眼尖的李筝说道："包里那副眼镜不错，从来没见你戴过呀。"

我刚要解释，王猛从塔里走了出来，摇了摇头："塔里漏雨，现场可能被破坏了。"他还特意跟我补充说明了句，现场没有发现大量血迹。

王猛的话让我陷入了回忆。当年因为兴趣，我选择了法医专业，但在一次实验课上，看到白兔鲜血涌出的那一刻，我径直晕了过去，后脑勺儿磕在了讲台棱上。

醒来后同学们都围着我，我摸了一把后脑勺儿，湿乎乎地沾了一手血，我一看，差点又晕了。老师说我可能不适合干法医，建议我转到影像或其他不用见血的专业，但我没放弃，尝试克服晕血。

老师给了我半年时间适应调整，我采用了最笨的"脱敏"疗法，一有机会就让自己见血。先从照片上的血迹看起，然后央求高年级的师兄师姐，在做动物实验或病理解剖时带上我旁观。我因此出了名，法医系的校友都知道有一个死扛晕血的同门。

很幸运，我晕血的症状逐渐好了起来。因祸得福，旁观了很多病理解剖，相当于提前进行了实战训练，我积累了很多经验，实训课分数遥遥领先。

参加工作这么多年，只有一次出现场感到心慌。那是一个满屋充斥着浓烈血腥味的现场，墙和地面布满了各种血迹。情急之下我借了痕检专业的偏光护目镜戴上，顺利完成了现场勘验。后来我就习惯随身带着一副偏光眼镜，碰到重大案子的时候，我会下意识地摸摸枕部那条略微凸起的疤痕。

我们进入塔内，里面光线比较暗，塔壁上的石刻壁画只能隐约看清轮廓。借着勘查灯的光，我们沿着潮湿的木质楼梯慢慢往上走，每一步都能感受到脚底传来的震颤。

尽管我们戴着手套，却没有去扶两侧的栏杆，生怕破坏了痕迹物证，这是一种职业习惯。鼻腔里开始涌入一股腐败气味，夹杂着发霉潮气，越往上爬，气味越重。

王猛第一趟进塔时已经进行了初步勘查，有可疑物证的地方都用物证标志牌进行了标记。走到第四层时稍做停留，我看到了一个烟蒂旁边摆放着黄色的10号物证牌。再往上一层就是塔顶，死者被发现的地方。

我的视线经过塔顶地面时，首先看到了一只白色的凉鞋。鞋子样式精美，鞋面上有一朵蝴蝶兰装饰，被孤零零地扔在潮湿的地面上，旁边是三具小小的尸体。

三个孩子都是女孩，差不多的体态和身高，只是发型和衣服有些区别。她们身旁分别摆放着三个鲜艳而刺眼的红色标志牌。按照习惯，我们用黄色标志牌标记痕迹物证，用红色标志牌标记尸体。

最靠近楼梯的是 1 号死者，一个穿着小碎花连衣裙的女孩。她趴在地面上，头稍微偏向右侧，红色头绳扎着一个大约 15 厘米长的马尾辫。

她的裙子下摆向上翻起盖到背部，左腿膝盖位置套着一条白色内裤，左脚是光着的；右腿略微弯曲，右脚穿着一只白色凉鞋，和地上的那只一模一样。

把她轻轻翻过来，她面部青紫，嘴角挂着些许暗红色液体，一直延伸到面颊。她的胳膊在身体两侧轻微外展，双手紧握着拳头。根据林妈妈的描述，我猜想这个女孩就是林莞青。

2 号死者是一个穿着背带裙的女孩，位于楼梯口的右手边。她的双臂紧紧抱在一起，双腿紧并着，整个身体蜷缩成一团向右侧卧，似乎想保护自己。

粉红色的发圈下是略显凌乱的短发，刘海紧贴在额头上，脸上显露出青紫色的血管，皮肤依然白皙。此外，她的衣着检验发现内裤缺失。

3 号死者的体位有些特殊，双腿伸直靠坐在墙边，低垂着头，长发遮住了脸。她的黑色短裤连同粉色内裤一起被褪到了右脚踝位置，上身的粉红 T 恤上有少许发暗的痕迹。

我轻轻拨开她的头发，露出圆圆的脸，双眼周围青紫肿胀，嘴角有暗红色液体。她的双臂摆放在身体两侧，手掌是摊开的，手指自然弯曲。右手边约半米处有一只侧翻的红色小桶，潮湿的地面上有五条小鱼，其中一条还在微微颤动。

三个孩子和小鱼，原本鲜活的生命，此刻除了那条濒死的小鱼，都已经变成了冰冷的尸体。或许是之前连续的大雨延续了小鱼的生命，可现场的罪证也被冲刷了。

"畜生！"李筝攥着拳头恨恨地说，"这么小的孩子，居然有人下如此毒手！"李筝的呼吸变得有些急促，手背上青筋凸起，我能感受到她压抑的愤怒。

我试着尽量平复自己的心情，现场检验需要绝对的冷静。

对三个孩子进行了初步的尸表检验，看到许多擦伤和挫伤，但暂时没有发现明显的致命伤。李筝摸了摸三个孩子的颈部，说："三个孩子颈部都有损伤痕迹，很可能是掐颈。"

王猛走过去轻轻拍了拍李筝的肩膀："虽然遭到雨水冲刷，但这个现场还是有条件的，光物证牌就摆了十多个，一会儿你俩帮我再看看有没有其他漏掉的蛛丝马迹。"

打电话让解剖室过来运尸体，我们三个从塔顶开始逐层往下搜寻，在楼梯上发现了一个烟蒂，在栏杆上发现了两个掌纹和一个指纹。

走到第三层时，李筝忽然指着一处阴暗的角落说："那边好像有大便。"王猛问道："啥？"顺着王猛手中的勘查灯看去，在墙角有一处规格比较大的大便，看起来不像是动物粪便。我准备过去，王猛拽住了我："一坨屎有啥好看的？"

我挣脱王猛走了过去，粪便也是重要的生物检材，因为它来自人体，理论上会留下人体的成分，可能会对破案有帮助。

近几年，DNA检验技术的迅速发展，推动了物证提取的改进。有一种说法——接触即留痕，人的皮肤细胞随时在脱落、更新，只要嫌疑人接触过的物品，理论上都存在检出DNA的可能性。当然，多数时候由于检材中有效成分太少，检验难度很大。

走近一看，大便已轻微风干，我取出一个物证袋，把大便整体装了进去（大家可以脑补下装大便的画面）。装的过程中隐约看到大便上沾着一丝红色，我心中一喜："看来这个人有痔疮啊，大便中带血的话，检验就容易多了。"

其实我知道这算是死马当活马医，就算检出了DNA成分，也只能说明此人到过现场，是否与案件有关还不一定。

下到一层的时候，我们三人手中拎着许多物证袋。在如意塔里发现并提取了许多物证，包括脚印、指掌纹、烟蒂、大便……有这么多证据和线索，案子侦破应该会有些眉目。

走出如意塔，一群人正在警戒带那边驻足观望。派出所民警告诉我们来了许多家属，示意我们休息一下。王猛摆了摆手："这座塔是中心现场，还没看外围现场呢。"

眼尖的李筝在塔背面的墙角处发现了一条蓝色内裤，由于塔檐遮挡，这条内裤还比较干燥。围着塔转了几圈，我们又发现了很多物品，矿泉水瓶、烟盒、塑料袋……甚至还有用过的避孕套。

王猛又在一楼的窗户上提取了几枚指纹，在塔旁的地面上发现了一些脚印。外围现场的物证不如中心现场那么重要，而且经过雨水浸泡，很可能已经失去了检验价值，但万一漏提也很头疼。本着多提取、不放过的原则，我们带的物证袋几乎都用光了。

家属们立刻向警戒带靠了过来，我把塔里的情况和尸表情况简单说了下，让家属稍后再仔细辨认一下尸体。其实我看得出，家属们已经确定三个女孩就是他们的孩子。

王猛拿出装着蓝色内裤的物证袋，问家属认不认识那条内裤，其中一位女性家属当场脸色变得惨白："这是我们家彤彤的。"

林妈妈情绪已经完全失控，她颤动着嘴唇说不出一句话。

我告诉他们为了查明死因和判断案件性质，要进行尸体解剖。然后我把《解剖尸体通知书》交给派出所民警，叮嘱他让家属签好后拿给我。我没有做太多解释，此刻所有语言都显得苍白无力，唯有查明真相才是对死者和家属最大的安慰。

我们三人准备离开现场前往解剖室，此时却出现了我一生难忘的场景。

十多个家属竟然齐刷刷跪了下去，这举动把我们吓坏了，我和王猛、李筝赶紧跑过去把他们搀起来。我知道一个人在绝望时如果看到一丝希望，一定会紧紧抓住不放，就如同溺水的人死命抓住稻草。

在群众的心目中，刑警如同一把上了膛的狙击枪，黑洞洞的枪口让犯罪分子心惊胆寒；而我们技术警察，就是这把枪上的瞄准镜，为案件侦破提供线索、确定方向。

赶到解剖室已是下午，林莞青在解剖台上躺着，另外两个女孩分别躺在担架上。解剖室的窗户是开着的，一阵风吹过，窗棂好像传出了呜咽声。

李筝自从离开现场一直没说话，此刻对我说道："刘哥，这次我主刀吧？""你才参加了几次解剖啊。"我半开玩笑地说，"不用这么着急吧？早晚有一天会让你主刀的。"

"我是这里唯一的女法医，我想为这几个女孩做点什么。"李筝低头看着台上的尸体，面色平静，"不站在主刀的位置上，永远无法体会主刀的视角。既然早晚有一天会让我主刀，为什么不可以是今天？"

王猛在她身后悄悄伸出了大拇指，向我眨着眼。我点了点头，把尸体右手边的主刀位置让给了她："你来试试吧。"

翻过尸体，尸斑位于尸体背部未受压部位，指压不褪色；尸僵开始缓解，角膜重度混浊，尸体已经开始腐败，结合最近几天的气温，推断死亡时间在72小时左右（符合上周五下午的时间）。

幼小的胸腔被打开，多脏器都有瘀血迹象，这是明显的窒息征象；打开颅脑，脑组织没有发现明显损伤；颈部肌群广泛出血，舌骨骨折，颈部受力明显，确定是扼颈或掐颈导致窒息死亡。

李筝的解剖操作流畅有序，功底扎实，多锻炼锻炼的话，真会是一把好手。

按照常规提取了检材后，李筝重点检验了女孩的阴部，她皱着眉说："处女膜有新鲜破裂！"女孩大腿内侧靠近会阴的地方有一处表皮剥脱，露出了粉红色的皮下组织。

尽管早有心理准备，我还是感到心脏一阵抽搐，继而一股怒火直冲脑门儿。我又忍不住想去摸摸后脑勺上的伤疤，忽然意识到自己戴着手套。

师傅曾经告诉我，作为一名法医，很多时候需要扮演旁观者的角色，尽量把自己从案件中抽离出来，才能客观全面。然而我到现在也没有完全做到。

"奇怪，阴道损伤不是很严重呢。"李筝说，"按理说性侵女童，会对女童的阴道造成严重伤害。刘哥你看，阴道除了少许划伤，并没有出现撕裂伤。"

另外两名女童的情况大同小异，阴道损伤都不是很严重，我并不认为这是犯罪分子良心发现或手下留情。犯罪分子性侵了三个女童，可能是某种原因，导致女孩们的阴道损伤程度不严重。

我想到林妈妈曾经说过，他们在公园里找孩子时，那座塔的门是锁着的。立刻联系了派出所民警，让他们核实一下如意塔锁门的具体时间。据公园管理员王健回忆，锁门时间大约是上午11点。

也就是说，孩子们在周五11点之前就已经在塔里了，当时孩子已经遇害的可能性很大。但是根据尸体检验，三个女孩的死亡时间要稍晚一些。

之后我都在市局陪着DNA室的同事进行检验，傍晚终于拿到了检验报告。回局后我和王猛、李筝凑在一起，对案子进行梳理。

王猛说现场的掌指纹有很多，但大多残缺不全，能够用到的只有三枚，但在前科人员库里面没有比中信息。

和预想的一样，外围现场的物证多数没有做出DNA，包括那个避孕套。但现场提取的众多烟蒂中，有五个烟蒂做出了DNA，其中四个哈德门牌烟蒂上的DNA属于同一名男性，剩下一个白沙牌烟蒂和现场的大便中分别检出了不同的男性DNA。这说明至少有三名男性到过现场，他们就是本案的三名嫌疑人。

三位女孩的阴道里都没有做出男性DNA成分，蓝色内裤上检出了混合DNA，除去周彤自身的DNA外，另一种DNA和大便中检出的DNA一致，这说明大便的人接触过周彤的内裤。

我们一阵兴奋，在没有监控和其他线索的情况下，烟蒂和大便中的DNA自然成为侦查破案最重要的依据，这给案件侦破带来一道曙光。

可是大家很快又冷静下来，我们国家没有大规模的DNA数据库，仅凭DNA检验结果去找人，无异于大海捞针。

经过和市局徐法医商议，我们决定采用"Y"染色体进行家系排查。我市已经完成了"Y"库建设，本地所有常住家族都完成了采集和录入。

遗传学上，男女的区别就在于男性有"Y"染色体而女性没有。每个男性都从父亲那里继承了"Y"染色体，并传给男性后代。理论上同一姓氏的男性家族成员体内的"Y"染色体来自共同的祖先，它体现了种姓的传承。

我们只需在同族的几代人中分别采集几个样本，就可以确定整个家族的"Y"染色体特征。如果某个嫌疑人的"Y"染色体比中了某个家族，那么可以基本确定他就是这个家族的一员，这就极大地缩小了侦查范围。

市局对三名嫌疑人的DNA进行了Y染色体检验，有了意外发现。白沙牌烟蒂和大便中的Y染色体具有同源性，也就是说，他们俩来自同一个家族。

在进行"Y"系家族排查前，需要对嫌疑人的特征进行刻画。夜晚的大队会议室安静肃穆，各种情况汇拢过来，案件的其他线索非常少，缺乏有价值的侦查信息。听完我和王猛的汇报后，冯大队希望我们从技术上寻找突破口。

关于嫌疑人数量，多数同事认为应该是两到三人，理由很简单：一是有三名男性到过现场，而且其中两人来自同一家族，结伴作案的可能性很大；二是同时控制三名女童，一个人可能有难度。

关于女孩被性侵但是损伤不严重的事，大家展开了讨论，最终形成了几乎一边倒的推论：嫌疑人性功能不行，以至于无法用性器官完成性侵。

看到我一直在沉默，冯大队长让我说说看法。

关于作案人数，我倾向于单人作案，一个人完全可以实施性侵和杀人。因为从尸检看，三个女孩的死亡原因是一样的，都是掐颈导致窒息死亡；而且三个人的损伤方式包括阴道损伤的特点和程度都基本相同。

关于嫌疑人的年龄，我觉着嫌疑人应该是青壮年。因为三名女孩的尸僵都没有出现转移，说明死后位置没有变动，那么塔顶就是第一案发现场，孩子们是活着上塔的。假如是体弱的小孩或老人，对三名女孩形成控制的可能性很小。

我根据尸检提出另一个推断：1号死者林莞青体位是趴着的，但尸斑位于背部，而且大腿内侧有死后伤，这说明她死后被翻动甚至被猥亵过。所以嫌疑人很可能在现场逗留时间较长或作案后回到过现场。

我牢记师傅的教导，只是从法医角度去分析案件，但会议室里还是炸开了锅，大家议论纷纷。

最终冯大队长拍了板，作案人数还是考虑 2 人以上，但年龄被划定在 10 岁到 65 岁之间。根据现场的两个烟蒂，推断嫌疑人经济水平较差。

回到办公室，我没有开灯，李筝过来安慰我，她说我分析得很有道理，只是大家可能已经习惯了 DNA 检测的主导地位，对 DNA 结果深信不疑。

很快，通过与"Y"库比对，白沙牌烟蒂和现场大便中的 Y 染色体比中了齐风市一个褚姓家族。四枚哈德门牌烟蒂上的 Y 染色体比中了齐风市的一个王姓家族。可是这两个家族分支和成员非常多，大家感到一阵头疼。

我找到市局徐法医求助，徐法医告诉我最近他研制了一种新型试剂盒，可以做 60 多个位点。

同源 Y 染色体随着多次复制和遗传，有些遗传物质会逐渐发生微小变异。

位点多的好处就是可以检验和区分这些细微差异，从而细化家族分支，缩小侦查范围。

DNA 室传来捷报，哈德门牌烟蒂 DNA 直接比中了一名王姓嫌疑人，白沙牌烟蒂中的 DNA 比中了褚姓家族的一个人数不多的分支，但是粪便中的 DNA 没有比中本地分支。

拿到检验报告，我们傻了眼，王姓嫌疑人居然是看塔人王健。王猛拍着脑门儿，懊恼地说："我之前咋没想到他就是凶手呢？监守自盗这种事并不稀奇啊！"

我点了点头："这下可以解释林莞青尸斑位置矛盾和死后伤的问题了，王健有塔的钥匙，具备作案的便利条件！至少，他具备猥亵尸体的条件。"

事不宜迟，马上向领导进行了汇报，刑警队派出大量警力，一方面对王健进行传唤，另一方面对比中的那支褚姓家族进行调查。

虽然王健有进出现场的正当理由，但女孩的尸体已经告诉了我们真相。审讯时，王健涨红着脸，承认发现尸体后想找找有没有值钱的物品，在看到女孩们半裸的尸体后，忍不住猥亵了林莞青的尸体。

看来并不是凶手在现场逗留或重返现场，而是王健动了尸体。从犯罪心理学角度分析，假如王健是凶手，他一定会选择转移或隐藏尸体，尽量延缓尸体被发现的时间而不是选择报案，他不太可能是凶手。

回到办公室，王猛说："刚才我问了李队长，褚姓分支里有个叫褚延强的，三十多年前离家出走，下落不明，目前看来嫌疑最大。"李筝点了点头："这只是其中一名烟蒂嫌疑人，另一名大便嫌疑人还一点线索也没有呢。"

窗外的天色渐渐变暗，李筝托着下巴说："是不是我们的筛查范围太小了，万一嫌疑人不是本地人呢？"我点了点头，看来需要扩大筛查范围了。

两名嫌疑人都属于褚姓家族，而齐风市的褚姓家族都发源于褚家村，于是我去褚家村查看了族谱。褚家村的先祖是清朝中期从缙城洪化县迁来的。询问了村里的老人，褚家先祖迁来本地的起因竟然是打架时把对方辫子拽下来了。在清朝，拽人辫子那可是重罪，褚家的先祖吓得赶紧跑路来了齐风市。

冯大队长一方面安排人追查褚延强的下落，一方面派我和王猛、李筝三人前往缙城洪化县寻找褚家村的同源家族，看看能否找到大便嫌疑人的踪迹。

在当地公安部门配合下，我们很快找到了洪化县的褚姓家族。这个家族很庞大，有一百多个分支。我和李筝配合当地派出所筛查找人，承担了褚姓家族摸排采血的任务。在两周内采集了几千份血样，我们拿采血针的手都开始哆嗦了。

血样打包寄回去进行检验，确定了其中一个分支和现场粪便中检出的 Y 染色体高度一致。这个消息让我激动得当晚没睡没觉。

我们对这个分支进行梳理，确定了一名叫褚俊生的嫌疑人，他的 DNA 与现场大便 DNA 一致。找到了大便嫌疑人，大家悬着的一颗心放了下来，我们终于可以回家了。

侦查中队李队长连夜赶来，对褚俊生进行了审讯，可他拒不承认到过距离洪化县两千多公里的案发地齐风市。褚俊生的家人和单位同事都证明他近期一直没有离开过。这让我们陷入了困惑，难道是 DNA 说了谎？

继续在洪化县待下去也没什么意义，我和王猛无精打采地商量着订哪班机票返回。李筝在屋里走来走去，忽然说道："按照咱们做的 DNA 位点数量，检验结果一致，说明似然比在 10 的 10 次方左右，这个概率的话，十亿人中最多有一个人和他结果相同。就算他不是嫌疑人，也一定和嫌疑人有密切关系。"

我们马上查了褚俊生的家庭成员信息，发现他有个双胞胎哥哥叫褚俊礼，在申城工作，是生物科研所的一名工程师。看着电脑屏幕上和褚俊生一模一样的褚俊礼的照片，我向李筝竖起了大拇指。

根据法医物证学的理论，异卵双胞胎来自两个受精卵，DNA 关系类似于兄弟姐妹；同卵双胞胎来自同一个受精卵，DNA 完全一致，他们性别相同，外貌也几乎一样，有时甚至连自己的父母都难以分辨。

以前的 DNA 技术是无法对同卵双胞胎进行鉴别区分的，但现在可以，虽然难度很大。因为同卵双胞胎虽然先天 DNA 一致，但后天某些物质会发生细微的改变，比如 DNA 甲基化。

既然弟弟不是凶手，那凶手肯定就是双胞胎哥哥。和领导汇报后，我们马上订了机票去了褚俊礼所在的申城。

我们在申城一家生物科研所见到了褚俊礼。干猛低声对我说："这戴眼镜的家伙斯文周正，看起来不像坏人啊。"我摇了摇头，不能以貌取人。

褚俊礼的 DNA 结果证实了褚俊礼和褚俊生是同卵双胞胎，他俩的 DNA 都和现场大便 DNA 一致。可褚俊礼的同事们却证实，为了完成一项科研项目，褚俊礼整整一周都在单位加班，不可能出现在齐风市的犯罪现场。

双胞胎兄弟都不是犯罪分子，难道是我们一直信赖的 DNA 说了谎？这种情况超出了我们的认知，我几乎怀疑自己以前学的《法医物证学》都是假的。

晚饭气氛有些压抑，李筝倒了一杯酒放在我的面前："刘哥，我们的努力是不是白费了？"我叹了口气："前面已经没有路了，我们这次恐怕要栽跟头了。"

李筝摇了摇头："我觉着我们的方向没有错。刘哥，你说会不会存在第三个人，他的 DNA 和这对双胞胎兄弟的 DNA 一致呢？我一想到那三个可怜的孩子，就觉着不能放弃，我们一定要找到凶手。"

李筝的话让我无法反驳，总感觉眼前蒙着一层窗户纸捅不破。其实我还想到另一种可能：DNA 检验受概率所限，出现了偶然相似性，茫茫人海中两个毫不相关的人 DNA 出现了一致。

假如是那样，案子可能真的就成了悬案，那是我能想到的最坏结果。我轻轻摸着后脑勺的那道疤，端起酒杯一饮而尽，接着查！

我们去褚俊礼单位查阅了他的个人档案，发现他除了逢年过节，一直在申城上班。只是在一年前，他曾经请了一周假，事由是"去申城第三人民医院捐献骨髓"。

在申城第三人民医院，我们查阅了褚俊礼一年前的病历档案，果然捐献过骨髓。在医院的协助下，我们打听到骨髓受者叫韩国杰，齐风市人。

"骨髓移植！齐风市！"感觉心中划过一道闪电，耳畔响起了雷鸣，我打了个激灵，惊出一身冷汗。我之前设想了各种可能，却没有考虑到人的 DNA 发生改变的特例，不！这不单单是改变，确切地说是拥有了两套 DNA ！

没错，接受过骨髓移植的人，会有两套 DNA 系统。因为造血干细胞来自异体，所产生的血液 DNA 与供体 DNA 一致；而除了血液系统之外的 DNA 并没有改变，还和移植之前一样。真的被李筝说中了，果然存在第三个人，和双胞胎兄弟的 DNA 一致。

这韩国杰正是我们要找的人。我正要把情况和领导汇报，手机铃声响了，是姜法医打来的。

他告诉我褚延强的下落找到了，他在二十多年前因一场车祸死亡，他的妻子带着儿子改嫁给一个姓韩的人，那个儿子叫韩国杰。作为烟蒂 DNA 那条线的重大嫌疑人，目前已经在通缉他了。

我告诉姜法医，韩国杰不但是烟蒂 DNA 嫌疑人，而且还是大便 DNA 嫌疑人，因为他有两套 DNA 系统。这结果印证了我的推论，青壮年男性，单人作案。放下手机，我大吼一声，王猛和李筝吃惊地看着我。

找到韩国杰时，负责抓捕的同事吃了一惊，他并非想象中的凶神恶煞，更像是半人半鬼。他瘫坐在椅子上对着电脑看 A 片，蓬头垢面，脸色苍白，气质阴郁，屋子里全是烟味。他一点也没有反抗，满不在乎地承认了自己的罪行。

父亲褚延强死后，年幼的韩国杰跟随母亲改嫁，从此改姓韩。当初查出白血病后，家人在众筹平台上发起了众筹捐款。幸运的是，不但筹集到了手术费，还找到了配型合适的骨髓。

重获新生的韩国杰在住院期间收获了爱情，和一位病友的妹妹谈起了恋爱。出院后韩国杰在家休养，女朋友时常去看他，然而就在上个月，女朋友向他提出了分手，原因是韩国杰性功能障碍。

骨髓移植手术很成功，可不知为何，术后的韩国杰阳痿了。韩国杰认为自己命不好，社会对他太不公平，心理开始扭曲。

那天，在湿地公园游荡的韩国杰本来有轻生的念头。他看到在河边捞鱼的三个女孩，顿时生出一股邪念，将三名女童诱骗到如意塔。三名女童关系很要好，他只需控制一名女童，另外两名女童就乖乖听话。

其间，公园管理员王健去如意塔锁门，韩国杰威胁三名女童不要出声，王健喊了几声见没人回应，就把塔门锁了。韩国杰对三名女童逐一猥亵，其间也曾尝试过强奸，却发现自己依然不行。

后来听到有人在喊着"彤彤"的名字，那个穿短裤的女孩起身想喊叫，韩国杰把她推到墙边，右手紧紧掐住了她的脖子，直到她瘫软在墙边，小手慢慢松开，小桶里的水洒了一地。

韩国杰说自己最开始没想杀人，但是突发状况让他害怕暴露，于是灭了口，把另外两个女孩也掐死了，其中一个女孩反抗很强烈。

事后，韩国杰忽然想大便，身上却没带纸，于是他脱下了那名反抗强烈的女孩的内裤擦拭。最后，他推开一楼的窗户，跳出窗外，再把窗户关上。

我掩面沉思，同样来自一个家族，有的人就胸怀宽广，捐髓救人，有的人就不懂感恩，仇恨社会。我想到一句话：自救者人恒救之，自爱者人恒爱之。如果一个人放弃了自己，那么谁也救不了他。

思考这个案子的侦破过程，感觉存在很多巧合，但我们一开始就关注到褚姓家族是正确的。正因为韩国杰和褚俊礼属于同族，所以骨髓配型才会成功吧。

DNA检验技术是我们公安机关侦查破案的一柄利剑。有了它，我们可以大幅缩短侦查时间，甚至有时可以直接锁定嫌疑人。上至领导，下至普通民警，都知道DNA的重要性，一切侦查都会围绕DNA展开。

但DNA检验技术目前还处于发展完善阶段。由于DNA检验本身的特点，它有时也会变成一把双刃剑，给侦查破案带来干扰，把我们引入迷局，甚至造成冤假错案。

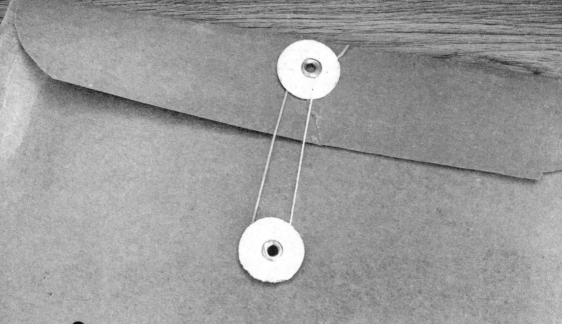

08 死于火灾的人，七天后站在了我的面前

一般的火灾事故中只有一个起火点，如果有两个或更多起火点而且起火点之间相隔较远，那基本就是人为纵火了。

早上一上班，女法医李筝接到政工办通知，让她准备转正事宜。李筝兴奋得不行，差点蹦到桌子上去："终于可以穿上帅气的警服了，我决定，今晚请大家吃饭！"办公室瞬间被点燃，大家七嘴八舌地讨论去哪儿吃才配得上庆祝李大小姐转正。

一阵电话铃声响起，王猛接起电话，脸上的笑容渐渐凝固。他挂断电话，一脸无奈地看着我们："先别吃了，有个火灾现场，在帕尼尔别墅群。"李筝腾地从椅子上站起来，神色有些紧张，问道："几区几号？严重吗？"

"B区26号别墅，凌晨3点的事，死了俩人。那个小区里住的人非富即贵，出事的别墅收藏了很多珍贵字画，虽然消防队去得很及时，可火势太大……"

李筝的表情稍微放松了些："咱们现在就出发吗？"

王猛点了点头："走！"

我们在一栋拉着警戒带的别墅前停下车，烟熏火燎的味道扑面而来。抬头看去，这座三层别墅的窗户大多已被熏黑。幸好庭院之间相隔较远，没有波及其他庭院。

一位戴着金框眼镜的中年男子在警戒带外面踱步，考究的精纺西装上沾了不少黑灰，用发蜡固定好的头发也凌乱地散下来几缕。他点了根烟，给蹲在地上的保安也递了一支。保安的脸已经花得看不清相貌，右手腕上缠着的纱布也黑了，他用左手接过香烟，别在了耳朵上。

中年男子就是别墅的主人沈君弈，平时不在这里居住，别墅住着他的父亲沈文峰和保姆李美华。蹲着的保安是李美华的丈夫，他参与了救火。

王猛面色凝重："这种火灾现场最让人头疼了，高温和焚烧，再加上消防队员使用高压水枪灭火，很多痕迹、物证会被破坏，很考验我们痕检技术员的水平。"

穿上鞋套后，我习惯性地摸了摸后脑勺上的伤疤，定定神，踩着湿漉漉的地面走进别墅。被火焚烧过的物品往往比较脆弱，王猛提醒我们注意安全。

客厅上下贯通，李筝指着客厅中间摇摇欲坠的水晶吊灯说："同志们，小心机关！"我们赶紧侧着身子绕过了水晶灯下方。

客厅里到处是散落的物品，电视墙完全被烧成了焦黑色，超大的液晶电视也被烧得扭曲变形，大理石茶几上摆放着几个玻璃杯。

王猛停住脚步："沈君弈说，他父亲住在客厅南侧朝阳的主卧，保姆住在对面的小卧室，我们先进主卧看看吧。"主卧室的门是虚掩的，大部分被熏成了黑色，门的内侧有些变形，外侧却完好无损。王猛啧啧称奇，"这门的质量不错啊。"

卧室里的物品大多已被烧毁，目之所及全是灰色和黑色。床上有一具仰着的尸体，皮肤、毛发、生殖器等特征都随着大火付之一炬，只剩下炭化的肌肉裸露在体表。李筝感慨地说："我还是第一次见到被火烧成这样的尸体呢，连容貌和性别都看不出来，怎么确定死者身份呀？"

我其实早有心理准备，对李筝说："火场尸体大多都这样，别着急，咱法医有的是办法！"

靠近窗户的地上有一个长方体的物件，看起来像是空调挂机的残骸。窗户的玻璃已经破碎，但地上的玻璃碎片很少，金属窗棂都被烧得变了形。王猛把头探出窗外："玻璃碴都在外面呢，看来起火点就在这间卧室里。"

起火点在相对密闭的室内，燃烧的高温会导致室内气压增大，玻璃破碎后被气流向外推出。门上的烧痕和窗户的情况都说明起火点在这间卧室内。

我们走到尸体跟前，王猛拿出 1 号红色物证标志牌放在尸体旁边。死者的左手缩成一团，而右手已经消失，只剩下炭化的前臂骨茬，四肢呈屈曲姿势。

李筝兴奋地说："这个我知道，这是书上提到的非常典型的'拳斗姿势'！拳斗姿势是肌肉遇高热凝固收缩而出现的现象，人的屈肌比伸肌发达，收缩力较强，四肢常呈屈曲状，类似拳击手在比赛中的防守状态，被称为'拳斗姿势'。"

王猛摆出一个猛男格斗的POSE，一挥拳："李大小姐可以啊，理论知识很扎实嘛。"

李筝狡黠地眨了眨眼，戴上手套，和我一起进行尸表检验。

"看来是被火烧死的。"

我摇了摇头："这可不一定，死后焚尸也可以形成拳斗姿势，看来尸检有难度了。"随着皮肤肌肉烧焦炭化、组织挛缩，伤痕会变浅甚至完全消失。

我和李筝合力把尸体翻了过来，尸体背部有一块发红的皮肤。尸体原先躺着的地方有10厘米见方的蓝色床单和床垫没有燃烧，在炭化的床板上显得格外醒目。

李筝一脸疑惑地问我："死者背部烧伤较轻是怎么回事？"我抬起头对她说："这一方面说明死者背部下面的那部分床垫不是起火点，另一方面说明死者一直在床上躺着，没有翻身或逃跑。"

"勘验火灾现场的首要任务就是确定起火点和起火原因。"我对李筝说，"判断起火点有很多方法，比如燃烧的程度、燃烧的部位、火势的走向、墙体上的痕迹、助燃剂的发现等。起火的原因也非常多，除人为纵火外，一根老化的电线、一个打火机、一个烟头、一床电热毯都能引起火灾。"

残留的床体是靠着东墙摆放的，床到窗户有两米的距离。我指着床上的尸体对李筝说："死者右手损毁，说明右侧比左侧火势大，起火点应该在死者的右侧。

"现场没有发现助燃剂或易燃剂的痕迹，有些助燃剂或易燃剂燃烧后不会留下痕迹或气味，比如酒精；而有些会留下燃烧产物或明显气味，如汽油、煤油等。"

眼尖的李筝在床边那一堆灰烬中发现了一个金属片，虽然它已经被烧成黑色，而且有些变形，但还是和其他物品不同。

王猛拍照后捡起那个金属片仔细查看："这金属片的样式和打火机上的很像。"他拿出物证袋，把那片金属放了进去。

李筝若有所思地说："既然在主卧找到了起火点，那么对面的小卧室应该是被引燃的。"王猛大手一挥："走，看看去。"

我们进入主卧对面的小卧室，正对着门口的是一张尚未完全烧毁的床，王猛拿出 2 号红色物证标志牌放在床上的尸体旁边。

李筝看了看床上的尸体说："这具尸体同样呈现出拳斗姿势，皮肤和肌肉烧焦炭化，已经无法辨别死者性别和容貌。"

当我们翻过尸体，在背部发现了一块完整的皮肤。李筝点了点头："2 号死者和 1 号死者一样，被火烧的过程中一直没有变换体位。"

小卧室里的物品和尸体燃烧程度丝毫不比主卧里的差。在观察了门窗和尸体后，我惊讶地发现："死者远离房门的一侧烧焦炭化程度居然更高。"

"怎么会这样呢？起火点不是在主卧室吗？"李筝疑惑地问，"火势从主卧室蔓延过来的话，应该是靠近门口的一侧燃烧更剧烈才对啊。"我思绪一沉："照目前的情况看，这里也是起火点。"

一般的火灾事故中只有一个起火点，如果有两个或更多起火点而且起火点之间相隔较远，那基本就是人为纵火了。如此看来，这很可能是一起刑事案件。

从小卧室出来，我们走进一间书房，墙上挂着几幅残缺不全的字画，地上散落着许多没有烧完的木棍，像是装裱字画的天杆或地杆。

我们在厨房里提取了一个砂锅和一些碗碟，然后去二楼和三楼勘查了别墅内的其他房间。

二楼有间装修豪华的浴室，浴缸里放满了水。三楼有一个面积不小的露台，摆满了各种花草。可能由于扑救及时，二楼和三楼烧损程度比较小，同时也说明起火点就在一楼。

露台的地面上有一层薄薄的尘土，王猛蹲在地上仔细观察，找到了几个脚印。他叹了口气："可惜别墅里没有发现鞋子，死者的脚也烧焦变形，暂时没法进行比对排除。"

李筝有些疑惑："刘哥，我怎么感觉这两个人好像很配合，一点也没有挣扎呢。他们在发现起火后不会逃跑吗？要是他们能跑到楼顶来，或许就得救了。"

看来李筝还是经验不足，我说："哪儿那么容易！大火往往伴随着浓烟和一氧化碳等有毒气体，假如第一时间吸入大量有毒气体，很可能在被烧死之前就已经中毒，失去行动能力。"

结束勘查，我们拿着许多物证袋走出别墅。沈君奕走了过来，他说想让死者早日入土为安，问我们是否可以给老人和保姆办后事。由于现场存在疑点，这很可能是一起刑事案件，最终我们说服家属对死者进行解剖。

通知解剖室过来运尸体，叮嘱派出所暂时封锁现场，任何人不得进入。沈君奕面露难色："警察同志，我爸收藏了很多字画，那些东西怕火和烟，我想尽快采取措施挽救。"

王猛陪他一起进去，半小时后，他们走了出来，从沈君奕的表情上可以看出情况不太好。王猛说刚才沈君奕发现书房里的字画损坏严重，还有些数目对不上。

我们先去市局进行送检，简单吃过午饭，来不及休息，匆匆赶到了解剖室。

解剖室里弥漫着奇怪的气味，那是一种尸体本身的气味和血腥味，以及轻微腐败、烧烤的肉香掺杂在一起的气味，难以言表。

从尸表看，两名死者都呈现出烧死的一些特征，尸斑鲜红、尸表油腻、四肢屈曲呈拳斗姿势、全身皮肤多处假裂创。我们需要通过解剖，确定两名死者的身份和死因。

此刻躺在解剖台上的是主卧室里发现的 1 号死者。我径直站在了死者的右手边主刀位置，死者的肌肉由于挛缩炭化，变得致密而坚硬。

我小心翼翼地把死者胸腹部的肌肉割开，然后把右侧胸部肌肉和肋骨分离，剩下左侧由李筝操作。李筝拉开架势，手起刀落，但她似乎低估了烧焦尸体的肌肉硬度，只割开了一点点。

李筝抿着嘴说："我就不信割不动！"

"小心别割到手！"我话音未落，李筝倒吸一口凉气，缩回了左手。

李筝拥有扎实的理论基础，也拥有一名合格法医的勇敢和无畏，但毕竟是个刚出校园的小丫头。所以说实践是检验真理的唯一标准，光纸上谈兵是不靠谱的。我工作能这么快上手，也多亏了当年晕血脱敏治疗时，观摩过大大小小的解剖现场。

其实在很多时候，解剖不仅考验理论知识，还考验技巧、耐心甚至是体力。有时我们明知是失血性休克导致死亡，可为了寻找那一根断裂的血管，可能需要花上三四个小时，解剖不但是一项技术活，还是一项体力活。

"赶紧把手套摘了，用水冲洗！"我恨铁不成钢地跟她说，"用力挤压手指，让伤口流血。"王猛疑惑地看着我："那得多痛啊，不是需要止血吗？"

"刘哥说得对！"李筝迅速冲洗着伤口，"遇到这种锐器伤，第一时间先把伤口附近的血挤出来，可以降低病毒细菌入侵的可能性。"

虽然现在不像以前条件那么艰苦，我们的防护设备也越来越全，但毕竟要和尸体近距离接触，风险还是很大的。法医不可能每次都知道自己面对的尸体有什么传染性疾病，只能自求多福，希望躺着的尸体没有肝炎、肺结核、艾滋病……

我准备独自完成解剖，可李大小姐的倔脾气又上来了，她重新戴上了手套。

"听我的，把手套摘了！安排你个更重要的任务，你负责记录，记得详细些。"

李筝没有再坚持，默默摘下手套，重新洗干净手，拿着《尸体检验记录表》站在我的身旁。

我边解剖边描述："死者胸骨有骨折，说明死者胸部曾受过外力。死者的肋软骨已经严重钙化，可见死者年龄比较大。"李筝认真做着记录，嘴里嘟囔："这是一名老年人，那他应该就是沈文峰啊。"

我点了点头："我也这么认为，但是还是要确认下性别。"在切开几根肋骨后，手术刀片崩断了，我换了咬骨钳，把剩余的肋骨全部剪断。

取下胸骨和前肋，整个胸腹腔暴露在我们面前。一股夹杂着烧烤和血腥的气味腾腾升起，李筝捂了捂口罩。我对这气味十分熟悉，不觉着很难接受，所以干脆没戴口罩。

法医不戴口罩自然会有风险，毕竟尸体气味刺激性很强，但不戴口罩最大的好处就是可以辨别尸体发出的各种气味。有时候，不同的气味意味着不同的死因。

打开胸腹腔后，我决定先从颈部开始检验，气管和肺是火场尸体的重点检验部位。

首先探查了舌骨，没有骨折迹象。然后切开气管，内壁呈红色，这是气管被高温灼伤的表现。有些灰黑色的物质黏附在气管内壁上，说明火场中的烟尘随呼吸运动进入了肺部。

我随后又剪开支气管，李筝像只好奇的小猫一样，探头探脑地问我："看起来是烧死应该没问题，但支气管深处的烟尘却很少，是不是当时呼吸运动比较弱呢？"

"再看看肺和心脏吧。"我低下头，从甲状软骨处把气管横断，然后握住气管，缓缓用力向外拽。

"力道不能太猛，不然气管会被拽断，力道也不能太小，不然拽不出心肺。"这些都是多年的解剖经验积累，要自己试过才能掌握好火候。我抬头看了看李筝，她正认真地做着笔记，我感到很欣慰。

心脏没有损伤，双肺表面有许多出血点。

"窒息征象很明显。"李筝问道，"是不是因为火场里氧气稀少？"

我摇了摇头："火场里的尸体一般窒息征象不太明显，反而一氧化碳中毒征象比较常见。"

切开双肺，有黄褐色液体流出，这个情况让我们大吃一惊。李筝攥紧了手里的记录表："我咋看着像是溺死呢。不过在火场里被溺死，有点太不可思议了。刘哥，你说这会不会是一起别墅谋杀纵火案？"

我打断了李筝的话："小说看多了吧？法医要用证据说话，别天马行空编剧本。"

李筝俏皮地歪了歪头。

用手术刀蘸取了一些黄褐色液体，凑到鼻子上闻了闻，竟闻到了一丝草药的气味，我割了一小块肺放进了物证袋。打开死者的胃，胃内容物是黄褐色液体，同样有中草药的气味。

我特意打开死者的盆腔，没有发现子宫和附件。李筝煞有介事地说："死者是男性，他就是沈文峰！"

解剖完毕，提取了心血、胃内容、肋软骨等生物检材。解剖室工作人员把次卧室里的2号死者抬到解剖台上。我换了副手套，开始进行检验。

通过解剖，确定2号死者是一名女性，并且戴着节育环，她应该就是保姆李美华。她的窒息征象很明显，打开气管后，里面竟然没有烟灰，但是有很多气泡。打开双肺，发现肺泡里全是清亮的液体。

李筝惊讶地说："这很明显是溺水死亡啊，我们差点被骗了！"虽然此刻我的内心在翻腾，但作为一名老法医，可千万不能在菜鸟面前翻了车，于是我尽量装出一副波澜不惊的样子，轻轻点了点头。

李美华明显是溺水死亡，而不是被烧死的。这个案件绝不是意外失火那么简单。解剖的重要性在此刻体现得淋漓尽致，两名死者最初看起来都像是烧死的，但随着解剖的进行，他们开始透露出越来越多的信息。

李美华溺水征象明显，说明在起火之前就已经溺水死亡。沈文峰既有溺水征象又有烧死的征象，说明他生前先后经历了溺水和火烧。我不由得想到二楼浴室里放满水的浴缸。

沈文峰和李美华肺里和胃里的溺液不同，需要做进一步检验。

但无论怎样，除非是躺在床上发生溺水，否则溺水的人是不可能自己回到卧室躺在床上的，肯定存在第三个人。

摘下手套，洗干净手，解剖告一段落。稍微放松下来，才听见肚子咕噜咕噜叫了好几声，高强度的工作总是让人饿得特别快。

李筝忍着笑说："晚上8点才开会，咱们先去吃个饭吧。我都订好啦，说好今天要去庆祝我转正的，案子一来都忙忘了。"

王猛一听到有人请吃饭瞬间眉开眼笑的："太好啦，赶快走吧。李筝，你订的什么呀？"

李筝说："黄记烧烤。"

此言一出，我们的笑容都僵在了脸上。李筝也反应过来，瞬间装作干呕的样子。

"我申请换个地儿吃饭。"王猛虚弱地举了举手,一脸菜色。

我们最后去了单位门口的中餐馆。坐下后,王猛招呼服务生拿来啤酒:"快先喝一杯压压惊,这一个月我都不想再听到'烧烤'这两个字了。"

李筝略一迟疑:"待会儿还要开会,咱能喝酒吗?"

"放心吧,咱这边法医有个传统,干完活必须喝酒,局领导也经常那么说呢,对吧,晓辉!"

"好像是有这么个说法,一是消毒,二是解乏。不过待会儿还要开会,咱少喝点。"

我笑着拿起酒杯:"祝贺你,李法医!"

李筝豪爽地和我碰了下杯,举起酒杯说:"祝李筝同志转正快乐,感谢大家的支持!"

"法医确实是一个高风险职业,以前我还不信,结果今天就挨了一刀。"李筝痛饮了一大口,"不过,这点小伤小病,是打不倒我的!"

干技术的总有个毛病,三句话不离本行,就算是吃饭,话题也不知不觉转到了今天的案子上。我们一边吃饭一边把案子梳理了一遍,为晚上的案情会做准备。

晚上 8 点,大队会议室里坐满了人,我们找了个靠边的位置坐了下来。王猛首先介绍现场勘查情况,门窗没有发现攀爬和撬盗痕迹。别墅里丢失的字画和发现两个起火点引起了大家的热议。

我介绍了尸检情况,死者沈文峰气管内有少量烟灰,有轻微呼吸活动,说明遭遇火灾时他还活着,或者在濒死状态中被火烧,符合先溺水再被火烧导致死亡的特征。另外,他右胸骨骨折,怀疑遭到了虐待或殴打。李美华的死因是溺水。

讲完尸检情况,坐在我身旁的李筝用胳膊碰了碰我手肘,低声说:"帅嘞!"我突然觉得脸上有点发烫。

侦查中队李队长介绍了前期侦查情况,小区的治安状况很好,保安 24 小时巡逻。小区监控设备不错,至少可以保存一个月,但恰巧当晚设备室停了电,直到第二天才有电。

小区保安说，当晚没有发现可疑的人进出小区，但最近常看到一男一女前来沈家拜访，每次都是李美华出门迎接。另外，隔壁家保姆常来这家串门。

李队长略一停顿，说道："根据财物被盗和死者的特殊死因，我认为案件应该定性为刑事案件，图财害命的可能性大。"

"事发小区相对封闭，人员并不混乱，嫌疑人应该可以自由进出小区或本身就是小区里的人，很可能是熟人作案，熟悉老人情况，知道他家里有名贵字画。"

冯大队长最后拍板，经常拜访老人的一男一女是重点怀疑对象，隔壁家保姆也有作案嫌疑。

冯大队长立刻派警力进驻小区，对小区内的居民和从业人员进行排查，并对小区一个月内的监控进行观看。警情就是命令，大家立刻行动起来。

第二天一早接到电话，送检的结果出来了，我拿出纸笔进行了详细记录。

沈文峰的胃内容和肺组织内检出了相同的成分，初步判断是一种中药，和厨房里提取的砂锅内的残渣成分一致。具体是何种中药还需要进行中药指纹图谱检验，短时间出不来结果。

对提取的心血进行化验，沈文峰血液中碳氧血红蛋白含量为 15%，这说明他有轻度的一氧化碳中毒。李美华血液中碳氧血红蛋白含量为 10%，这个含量属于正常值的上限，说明李美华没有一氧化碳中毒。

客厅里的水杯检出了一名男性 DNA 成分和一名女性 DNA 成分。这和我们此前的推断吻合，水杯上的 DNA 很可能就是经常拜访老人的那对男女所留。

经过对二楼浴缸里的水进行检验，除李美华的 DNA 外，还检验出另一名女性的 DNA 成分，不同于水杯上的女性 DNA。对别墅里提取的其他物品进行检验，发现很多物品上都有和浴缸内相同的女性 DNA 成分，说明此人曾接触过别墅内很多物品。

然而我们怀疑的隔壁保姆却失踪了。隔壁别墅的主人说，他家保姆赵建玲，从失火的那晚后就再没见到她，但她的衣物还在，可见走得很匆忙。

侦查人员找到了那对常来拜访老人的男女，他们是字画商人，男的叫路鸣，女的叫孟静雅。他们的 DNA 与现场水杯上的 DNA 一致。

警方在他们家中找到了许多字画。经过沈君弈的辨认，那些字画中有一些正是家中丢失的字画，包括两幅名贵的明代真迹。

在审讯室里，路鸣抬起头平静地说："沈家失火和我没有关系。我之前是经熟人介绍，从沈文峰手中买过一些字画。我看上了他的两幅文征明的字，但老头不肯割爱。"

被问及两幅珍品怎么到了他们家中时，他俩支支吾吾说不清楚。人赃俱获，路鸣二人却拒不承认犯罪事实。作为字画商人，他俩自然具备杀人夺宝的动机，审讯力度肯定还需要加强。

本案另一个关键人物——隔壁家的保姆赵建玲恰好在这个时候失踪，她的嫌疑也非常大。

刑警队立刻派人前往赵建玲的老家去找人，在当地公安机关的配合下，带回了赵建玲在家务农的丈夫。

当晚，我在询问室见到了那个红脸庞的农村汉子。以目前的证据看来，他与本案没有直接关联，所以我们用的是询问室而不是讯问室。询问室主要用来询问证人，不能采取强制措施；而讯问室主要用来对犯罪嫌疑人进行讯问，具有强制性。

他说赵建玲独自一人在城里打工，唯一的好朋友就是隔壁家的保姆。他们有一个在外地上大学的儿子，我们决定对他们儿子做 DNA，然后通过亲子关系进行网上追逃。

与此同时，路鸣供述了那两幅珍品字画的事情。

那天早上，他从朋友那里听说了沈文峰别墅失火的事，不由得担心那两幅画的下落。

他忽然收到一条短信，大概意思是："如果想要两幅字画，下午两点把 10 万块钱放到城北十和桥下第二个桥墩旁。机会只有一次，过期不候。"经查证，路鸣手机中的短信已删除。

路鸣知道这肯定是有人趁火打劫，也不知道那人如何知晓自己想要那两幅字画，而且要价实在很低。

他抱着姑且一试的想法，取了 10 万块钱准时放到了桥下第二个桥墩处。很快，一个戴着头盔的人骑着辆无牌摩托车沿着河边小路冲到桥下，拿走了装钱的黑色塑料袋。从身高和体形看，应该是个男的。

很快，路鸣收到了第二条短信，说了一个地点，他马上赶过去，找到了梦寐以求的字画。拿到字画后，路鸣为了避免惹上一身骚，就把短信删除了，并在开始讯问时隐瞒了这个情况。如此说来，很可能还有个男性嫌疑人，把10万块钱拿走了。

所有的证据都指向赵建玲和她的同伙。当我把赵建玲儿子的DNA结果输入系统时，一下子惊呆了，他和李美华竟存在亲子关系！难道他是李美华的儿子？

我摇了摇头，忽然想到了一种可怕的情况：死者其实不是李美华，而是赵建玲！赵建玲的身份一下子从嫌疑人变成了受害者。

侦查人员根据技术手段抓住了那名拿走路鸣10万块钱的人，他叫陈红兵。

我在审讯室见到陈红兵时吃了一惊，他正是案发当天我们在现场见到的那个受伤的保安——李美华的丈夫。我按照常规给陈红兵采血，顺便查看了他右手腕的伤，那很明显是咬伤。

对陈红兵租住的地方进行搜查，发现了一些字画和手表、首饰等物品，还发现了一个中年妇女。见到我们时，那名中年妇女脸色苍白，瘫软在地上。她正是沈文峰家的保姆李美华。

所有线索与证据汇集起来，整个案子的脉络就清晰了，事情的起因只是个意外，但后来变成了谋杀。

沈文峰患有慢性疾病，长年服用中草药，每次都是保姆李美华煎药喂他喝。沈文峰脾气本来就比较暴躁，再加上喝够了难喝的草药，就开始耍脾气。李美华虽然一直隐忍，但性格刚强的她心中的火气也越来越大。

她偶尔向丈夫诉苦，但丈夫更看重她这份工作能赚钱。于是她经常和隔壁家保姆赵建玲唠嗑。

事发当天，路鸣二人又来拜访沈文峰，买卖没谈拢，他们留下名片，希望沈文峰回心转意，随时给他们打电话。他们走后，沈文峰把名片摔到地上，让李美华丢到垃圾筐，嘴里一直嘟囔："一百万就想买我的珍藏品，简直痴心妄想！"

晚上喂药的时候，沈文峰耍脾气不喝药，甩手打了李美华一记耳光。李美华再也控制不住内心的怒火，强行将药给沈文峰灌下。李美华把沈文峰摁在床上，用膝盖顶住他的胸部，把药灌进他嘴中，大量药液瞬间呛入了气管，沈文峰开始剧烈咳嗽，脸涨得通红，很快就不动弹了。李美华吓坏了，赶紧去找丈夫商量对策。

脑子活络的俩人很快商量出一套连环"妙计"。陈红兵先去监控室断了电，然后悄悄潜伏进别墅的露台。李美华先把浴缸放满水，然后去隔壁家找到赵建玲，说老头沈文峰在浴室晕倒需要救助，把她诱骗到了浴室。

赵建玲进入二楼浴室没有看到沈文峰老人，她感觉不好想要离开，恰好此时陈红兵从门外冲了进来。他抓住赵建玲的胳膊往浴缸的方向拖，赵建玲情急之下低头咬了陈红兵的右手腕。

陈红兵疼得松开了手，李美华见状用力推了赵建玲一把，把赵建玲推倒在浴缸里，然后用力摁住赵建玲的头将她溺死在浴缸。所以浴缸里检出了他们两人的DNA。

夫妻二人把赵建玲的尸体抬到二楼的小卧室，在搜刮了许多值钱物品后，李美华趁着夜色离开，临走时从垃圾筐拣出路鸣的名片交给了丈夫。陈红兵从厨房找来几瓶白酒分别倒在两张床上，用随身携带的打火机点燃，然后把打火机随手一扔。

起火后，陈红兵混入了救火的人群，得知两名死者已经被烧焦后，心里松了一口气。他去买了一张不记名电话卡，给名片上的电话发了条短信，然后继续留在小区里观察家属和警方动向。下午，他骑着摩托车出去了一趟，顺利拿到了钱。

按照夫妻二人的计划，陈红兵之后会以李美华被烧死为由向沈君弈索赔，然后等风头一过，二人便携带钱物找个地方隐姓埋名，没想到警方这么快就抓到了他们。

据李美华交代，之所以选择隔壁家保姆赵建玲当替身，除了身高、体形接近外，主要是因为赵建玲时常说起待遇的优越和主人的友善，李美华内心充满了羡慕嫉妒恨。赵建玲撞见过李美华往老人的饭菜和草药里吐口水，这也让李美华如鲠在喉。

这夫妻二人的计划确实很精妙，一方面大火可以隐瞒老人和赵建玲的真正死因；另一方面安排了"替身"，不但可以索取赔偿金，还将矛盾点引向买画的人。

他们以为计谋天衣无缝，没想到面目全非的尸体也会说话。而我们，是听懂尸语的人。

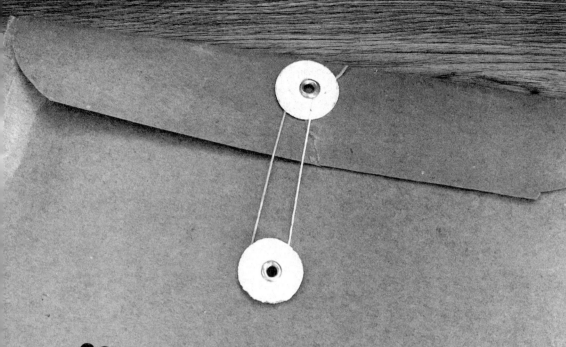

09 工地埋尸案：藏在颅骨深处的线索

其实侦查破案和新闻报道很像，重要的是弄清楚 5W+1H——When（什么时候），Where（什么地方），Who（谁），What（什么事），Why（为什么），How（怎么样）。而对于法医，首先要弄明白"Who（谁）"的问题。只有确定了死者身份，案子才有搞下去的可能。

在一片被围墙圈起的空地上，停着一辆挖掘机。在挖掘机前方有一棵歪倒的小树。李筝只是远远地看了一眼，就看出那是一棵桃树："可惜了这桃树，才刚结果子就被连根挖起。"

挖掘机旁站着派出所民警、工地的工头和开挖掘机的小伙子。

开挖掘机的小伙子来自著名的"布鲁弗莱"学院——蓝翔。他万万没想到，离开传奇校园到工地干活的第一天就出了事。

这里原来是一片荒地，现在准备盖楼。小伙子操纵挖掘机的巨铲一下子将桃树连根挖起，旁边的工友挥舞着双臂却连连喊停，因为在那杂乱的根系里有一颗人头，确切地说是一个颅骨。

工人们议论纷纷："是不是挖到别人家的坟了哟？可真是作孽啊。"工头闻讯赶来，看情况不对，果断报警。

工头愤愤地说："老板之前请风水先生看过，这块地风水绝佳，才花了大价钱拍下。这刚一动工就挖到头骨，也不知道这片是不是曾经的墓地，真晦气！"

我没有理会工头的抱怨，戴上手套，用刷子轻轻刷着骨头表面的尘土，一个较为完整的颅骨逐渐呈现出来。我轻轻用力，想把颅骨从树根中取出，却发现没有想象中的那么容易。

桃树的根系已经和颅骨生长在一起，恐怕不能简单地徒手让它们分离。我对李筝说："工具箱里有把锯！"

伸手接过李筝递过来的锯，熟悉的感觉涌上心头。

这把锯大约30厘米长，比普通钢锯宽许多，我的师傅赵法医戏称它为"手动开颅锯"。

以前分局没有电动开颅锯，赵法医开颅全靠它。后来有了电动开颅锯，这把锯就用得极少了，没想到今天又派上了用场，但他已经不在了。

这么多年过去，锯齿一直没有生锈，木质的锯柄微微泛红。我曾开玩笑地问师傅是不是红木做的锯柄，师傅笑骂我是财迷。

手起锯落，木屑簌簌落下，和颅骨相连的树根纷纷断开，树汁让锯面变得湿润。

李筝在旁边好奇地看着，感叹道："这把锯看起来好厉害呀！"

我点了点头，情绪莫名低落："这是师傅留给我的秘密武器。"

失去了树根的捆绑束缚，下颌骨和颅骨分离开来，掉在地上。李筝弯腰捡起那块下颌骨："看来死亡时间比较长了，下颌关节的肌肉组织已经完全消失，所以下颌骨无法固定。"

我手中拿着颅骨，对派出所民警说："让工人继续挖掘吧，不过要小心点，一是看看有没有其他骨头，二是注意有没有棺椁或墓碑。"

我拿着颅骨找了个相对僻静的空地，伴随着远处挖掘机的轰鸣声，开始细细打量这个颅骨。

颅骨通体发黑，上面有两个孔洞、一个圆形金属片。左上方的一颗磨牙在微微闪着光，那是一颗假牙。

颅骨上没有其他附着物，皮肤和肌肉组织已经完全消失。

把裹在颅骨外面的树根扯掉，我小心翼翼地清理着颅骨内的树根。忽然，指尖一阵刺痛，我抽出手一看，手套已经被划破了。

"没事吧，晓辉哥？"李筝关切地问。

取下手套，中指指尖有一个小小的凹痕，凹痕周围没有血色，皮肤并没有破损。我暗自庆幸没被划破，否则一针破伤风是免不了的了。我故作镇定地笑了笑："哥摸过多少骨头了，这点分寸还是有的。"

透过死者双眼所在的孔洞看去，原来罪魁祸首是一枚钢钉，大约有 10 厘米长，在颅腔内闪着金属光泽。颅骨外面的圆形金属片就是这枚钢钉的钉尾。

"这不就是传说中的钢钉入脑吗？原来这种杀人手法真的有人会用呀！"李筝显得有些惊讶。

王猛听不下去了："你真是电视剧看多了，都什么年代了，谁还用钢钉杀人啊！"

李筝忍着笑："猛哥，你不是法医，有些事情可能不太了解，奸夫淫妇合伙谋杀亲夫，灌上蒙汗药再钉上一个铁钉，在古代这就是悬案！"

王猛无奈地摇了摇头："李大小姐，你入戏太深了。"

李筝越说越来劲："对哦，我忽然想到这个案子很可能也是这样，你们看这个颅骨的颜色发黑，很可能是被下了毒！"

我彻底被李筝逗乐："好了，你俩别吵了。钢钉和颅骨颜色的问题咱们稍后再研究。李仵作，你先说说这两个孔是怎么形成的。"

颅骨上有两个比较大的孔洞，分别在左顶部和右枕部。李筝指着左顶部的孔洞说："这个孔很明显是钝器打击形成的。晓辉哥，你看，这孔洞周边有许多放射状骨折线，延伸到右枕部的孔洞，这样两个孔洞就被骨折线连接起来了。"

"右枕部孔洞是怎么形成的呢？"

"这俩孔洞大小相似，形状也很接近，又有骨折线相连，应该是同一种钝器打击形成的吧。"

我笑着说："钝器可是有很多种类的，你说说看是什么样的钝器呢？"

李筝用手在颅骨上比画着："这应该是一种圆头铁锤，直径，嗯，大约 10 厘米。哟，好大的铁锤！"

她忽然皱起眉头，轻轻抚摸着左顶部的孔洞："不过这个孔的边缘怎么如此不整齐呢？"

"因为是多次打击。"我从李筝手中接过颅骨，"而且，锤面应该没有你说的那么大。"

李筝一脸的疑惑，我指着左顶部孔洞的一处边缘说："你看，这里有一处弧形颅骨压迹，靠近孔洞的地方低，远离孔洞的地方高，颅骨在这里形成了一个斜坡。"

看着李筝还是一头雾水的样子，我有点小骄傲，尽职科普："这个孔洞边缘有很多这种弧形颅骨压迹，形成了有点类似波浪状的边缘。虽然整体看上去是一个类圆形孔洞，但一次打击是无法形成的。"

李筝张大了嘴巴，恍然大悟："哦，原来如此！这压迹的斜坡就像是体育场的看台一样，外围高，内围低，这是一个花边形的体育场！"

李筝的想象力真是天马行空，我点了点头："多次打击集中在同一部位，要么说明嫌疑人打击准确度比较高，要么说明嫌疑人力量不是很大，需要多次打击才能确保杀伤力。"

李筝的眼睛一亮："我们可以根据这些弧面，找到它们各自的圆心位置，然后推算出弧面的直径，那圆锤的大小就可以计算出来了。"

我有些惊讶，这方法我没有想到。李筝真的很聪明。

"对了晓辉哥，枕部那个孔洞的边缘十分整齐，是咋回事呢？"

我脸色有些发红："我暂时也没想明白，待会儿把颅骨带回去再详细检验吧。"

我晃动颅骨，颅骨内的树根纷纷掉了出来，忽然听到"啪嗒"一声，我向地面看去，两瓣裂开的桃核和一块扁平状的骨头掉了出来。

"呀！颅骨里面怎么还有桃核和骨头啊？"李筝蹲下身子捡起它们，摊开手放到我面前，"晓辉哥你看。"

我接过那块骨头仔细观察，又对着颅骨比画了一阵，发现那块扁平状的骨头并不是颅骨的一部分。

然后我拿起桃核观察，发现那并不是完整的桃核，只是桃核的空壳。这就有点意思了。

通常情况下，桃树苗会把桃核顶出地面，或者长出树苗，桃核留在土中。也就是说，这棵桃树很可能是颅骨里长出来的。

我说了下我的猜想，李筝和王猛都惊呆了。刚才被李筝智商碾轧的挫败感总算补回来一些。

现场勘查完毕，没再挖掘出骨骼或棺椁、墓碑之类的东西。王猛让派出所民警督促工地继续挖掘，有消息及时通知他。

我们准备离开现场，王猛回头看了一眼空地上的那棵桃树："要不咱把桃树带回去吧，不然我算是空手而归了。"

"对，我差点忘了，那棵桃树可是关键证据。"我忽然想到，有一个问题必须从桃树入手才行。

北方的深秋昼夜温差很大，走到分局门口，一阵寒风袭来，李筝打了一个喷嚏，紧紧抱着胳膊："看来要加外套了。"

王猛嘿嘿一笑，从后备厢把小桃树拿出来："来吧，运动下就暖和了。这个宝贵的取暖机会哥就让给你了！哎，别跑！"

我和李筝径直来到法医实验室，实验室位于器材室旁边，里面摆了两副人体骨架，还有许多瓶瓶罐罐，装着福尔马林浸泡的人体组织。

我把颅骨放在操作平台上，让李筝取来骨骼测量仪，准备对颅骨进行法医人类学检验。

王猛扛着那棵桃树走了进来，把桃树放在墙角，一屁股坐在椅子上，喘着粗气："累死哥了，这棵小树还不轻呢，少说也得四五十斤，亏得我身强力壮，武艺高强，健步如飞……"

李筝冲他做了个干呕的动作。王猛哼哼两声："你们赶紧的，干完活咱一起去吃饭。"

李筝白了他一眼："要不我给你炖个大骨头？"

眼看他们又要杠上了，我赶紧叫停："猛哥，你先休息一下，我们看完颅骨再看你健步如飞扛上来的桃树。"

这个案子很棘手。案件性质没有问题，很明显是杀人案，而且很可能是杀人抛尸。

但要想破案是需要大量信息的，现在却只有一个颅骨。而且由于死亡时间较长，我们长期以来依靠的制胜法宝——DNA，失效了。

我叹了口气，看来只能让颅骨多告诉我们一些信息了。

其实侦查破案和新闻报道很像，重要的是弄清楚 5W+1H——When（什么时候），Where（什么地方），Who（谁），What（什么事），Why（为什么），How（怎么样）。

而对于法医，首先要弄明白"Who（谁）"的问题。只有确定了死者身份，案子才有搞下去的可能，否则就只能靠机缘巧合或者嫌疑人投案自首。那就有点撞大运的意味了。

假如案发时间太久远，很可能会成为悬案。

刚才在室外没注意，到了室内可以闻到颅骨上散发出的一股淡淡的腐败气息，说明颅骨的年岁不是太久远，这让我对案子稍微有了些信心。

接下来，我将运用法医人类学知识，对颅骨进行检验，确定死者的性别、年龄等身份特征。还要运用法医病理学知识，对颅骨上的损伤进行检验，确定成伤机制，推断致伤工具。

我从李筝手中接过骨骼测量仪，放在平台上，对李筝说："咱们先根据颅骨推断性别和年龄，你对颅骨了解多少？"

李筝胸有成竹："颅骨由脑颅骨和面颅骨两大部分组成，其中脑颅骨有8块骨骼，分别是额骨、一对顶骨、枕骨、蝶骨、颞骨及筛骨……"

我笑了笑："书背得不错，那你说说这个颅骨的主人是男的还是女的吧。"

李筝撇了撇嘴："我要是什么都会，怎么能体现出你的厉害呢，刘老师？"

这李筝，心理素质很可以，至少在抗打击方面是很过硬的。这不，都叫我老师了，我不拿出点真本事可不行。

我指着台子上的颅骨说："根据颅骨判断性别，准确率可达92%，主要从三个方面入手，分别是表面特征、颅骨测量分析方程和下颌骨测量分析方程。我们先看看表面特征。"李筝点了点头，抿着嘴认真地听着。

颅骨表面特征是最容易观察的，男性颅骨粗大、厚重，女性颅骨光滑、纤细。

但是大小、厚薄、深浅、粗糙、光滑，这些都是比较抽象的概念，没有具体的数值量化，基本上靠经验辨别。此外，还需要对颅骨和下颌骨进行测量，用方程式进行推算，才能准确下定论。

我把下颌骨递给李筝："你试试？"李筝接过了下颌骨。

"另外还要测试年龄，判断年龄关键要靠牙齿，下颌骨上有一半的牙齿。"

李筝没说话，把下颌骨轻轻放在台子上，转身出了实验室，不一会儿捧着书和笔记本进来了。

李筝拿起放大镜，仔细观察下颌骨，一边翻书，一边在本上写着画着。

我开始对颅骨进行检验，先看外观，然后用骨骼测量仪测量颅骨的各种数值。很快，我得出了结论——这个颅骨的主人是一名男性。另外，根据上颌骨的牙齿，我推断出死者年龄在 39 岁左右。

我看李筝还在专心地忙活，就拿起笔在笔记本上写了起来。

十几分钟后，李筝那边也有了答案，她抬头看着我："死者是男性，年龄在 41 岁左右。"

我和李筝得出的结论基本一致，死者是一名男性，而年龄判断略有差异，这点在我意料之内。

根据牙齿推断年龄本身就会有一定的误差，因为不同的人饮食习惯和饮食结构不同，牙齿磨损程度也有快有慢。

我和李筝对于牙齿特征点的观察和判断也存在差异，这就导致结果在一定范围内波动。

有了性别和年龄，就有了一个大致的查找方向。但我们还需要一个切入点，不然在茫茫人海里找人的难度还是相当大的。

好在这个颅骨还携带了其他信息，比如那两个孔洞和一枚钢钉。左顶部的孔洞已经分析得差不多了，就是钝器多次打击形成。但右枕部的孔洞有些蹊跷，貌似普通的打击不容易形成。

李筝近距离观察颅骨，鼻子都快碰到上面去了。她认真的样子，还挺可爱。她皱了皱眉头："晓辉哥，这个孔的边缘没有压迹，不是体育场形状的。看着有点像悬崖，直上直下的。"

我回过神来："刚才我一直在思考这个孔洞的问题，我觉得不像是打击形成的。"心里隐约已经有了答案，我指着孔的边缘，"你看，这边缘很光滑，就像是切割的一样。颅骨内层和外层的边缘是一致的，说明内外层受力比较均匀。"

"有道理，打击的话，肯定是外部受力大，而摔跌又不会形成这么规则的孔洞……"李筝困惑地歪了歪脑袋，"那什么情况才能形成这种孔洞呢？"

沉默了几秒，忽然，李筝猛地一拍桌子，旁边的王猛吓了一跳："干吗呢，暴力女法医啊，哎哟我的小心脏……"

"猛哥，来，我给你揉揉！"李筝掰了掰手指，指节咔咔作响。王猛赶紧往我身后一缩："不用了，不用了，我皮糙肉厚的，不劳李大小姐动手。"

"晓辉哥，我想到了！"李筝得意地回过头，"这是开颅减压术形成的孔洞！"我笑着点了点头："那你知道咱们之前发现的那块扁平的骨头是什么骨，有什么作用吗？"

"看起来像是一块肋骨。"李筝摇了摇头，"但我想不出来是做什么的。"

"眼力不错，这的确是一块肋骨。开颅减压术后一段时间一般会进行颅骨修补术，而颅骨修补术的材料可以有多种选择，有的医院用金属材料如钛合金网，有的医院嘛，就用自体肋骨或髋骨。"

我拿起那根肋骨放到枕部的孔洞处："你看，长度刚好和孔的直径相同。"李筝恍然大悟地点点头。

我取出工具，把颅骨上的那枚钢钉取了下来，这看起来就是一枚普通的钢钉，并没有什么特别的地方。王猛时不时瞅一眼墙上的表，我猜他一定是饿了。

从工具箱里取出那柄锯，我对王猛说："猛哥，很快就行了，要不你和李筝先去点餐，我随后就赶过去。"

"哪里话啊？革命同志从来都是同甘共苦。"王猛嘿嘿一笑，"不过今晚这顿应该让刘老师请，今天他可是大展神威，对吧李筝？"

"我看行！"

"没问题啊，你俩商量商量吃什么，我先把桃树锯了。"我半蹲着，拉开架势，准备锯开桃树。

"晓辉哥，你为什么要锯它啊，已经开始结桃子了呢，多可惜啊！"李筝露出不忍的神情，"我本来还想着过后把它捎回家种在院子里呢。"

李筝心也是够大的，从颅骨里长出来的桃树她也敢往家里栽。

"那你能从外表看出这棵桃树多大年龄吗？"我抬头看着李筝。李筝摇了摇头："推断桃树年龄有什么用？"

"我也不能，所以只能用最笨的办法。"我低下头，从靠近根部的地方把桃树锯断，然后拿起树干进行观察。"一、二、三、四，这棵桃树一共有4圈年轮。"

"居然用的是小学生都会的数年轮法！你老是考我专业知识，这最简单的我反而没想到！根据桃树的年龄就可以推断死者的大致死亡时间。"

但李筝很快又摇了摇头："万一是桃树长出来以后再埋的头颅呢？"

我把手中的桃树枝干放在墙角，转身看着李筝："你再想想。"

李筝刚要说话，王猛打断了她："想啥啊，连我这不爱动脑筋的都猜到了。桃核在颅骨里呢，桃树肯定是从颅骨里长出来的，只能是先有颅骨后有桃树，甚至可能是同时的。"

说完，王猛朝李筝得意地一瞥，李筝又掰了掰手指。

我赶紧打着圆场："咱把线索全部捋一捋。"

"死者是一名40岁左右的男性，这一点应该没问题。桃树是从颅骨里长出来的，而且已经生长了4年，说明死者的死亡时间在4年以上。"

我重新坐回椅子："我准备明天去趟市局，在市级失踪人员系统里筛选符合条件的男性。那边的数据库容量更大，更容易找到符合条件的失踪人员。"

李筝托着腮："我还是感觉死者中了毒，所以颅骨才会变黑。"

"尸骨发黑的原因很多，并不能说明就是中毒死亡，一并送检吧！"我站起身，"收拾一下，咱先去解决温饱问题。"一听到吃，王猛立刻来了精神。

我们把情况向大队长做了汇报，毕竟很可能牵扯到一桩命案。大队长十分重视，但对于40岁左右男性这一身份特征似乎并不满意。

大队长认为目标太多，大面积排查并不现实。由于案子不存在破案紧迫性，大队长让我们想办法尽快再明确一下死者身份，以便于开展后续侦查工作。

简单吃过晚饭，我们三个都没有回家，在办公室里思考着对策。王猛接到派出所打来的电话，现场再也没有挖掘到有用的东西。

对颅骨和土壤进行检测也出了结果，排除了中毒。因为尸骨长期与土壤里的微量元素，尤其是重金属超标的土壤接触后，易发生氧化反应，生成氧化钙。

另外因埋葬位置的原因，尸骨发生碳化，也会令骨骼变黑。

"要不咱试试颅像重合？"王猛打破了沉默，"不过目前好像只有省厅可以做，咱也不清楚效果咋样。"

"我觉着还是要从现有的证据入手。"李筝说道，"毕竟这个颅骨提供了许多信息呢。我大体能在脑海里刻画出这个人，可就是觉得有些模糊。"

"李筝说得有道理，咱们尽量先根据已经掌握的材料做文章，实在不行再去求助省厅。"我不紧不慢地说道，"而且我觉得现有的条件已经足够多了。"

此话一出，李筝眼睛发亮地看着我，似乎对我很有信心，我突然有点小激动。

"刚才我们抓住主要特征不放，忘了颅骨还告诉了我们一些细节，或许我们可以剑走偏锋。"

"死者曾经做过开颅手术，每家医院在某个时间段内都有自己相对固定的术式，只要确定了在哪家医院做的手术，就可以根据病历资料筛选患者。"

"失踪人员系统还好说，估计符合条件的不会太多，可是医院……"李筝摇着头，"我们市大大小小的医院可不少呀，这工作量太大了吧！"

"医院是很多，可是能做开颅手术的医院并不多，而且这个开颅手术做得很漂亮，估计是出自大医院的名医之手，所以咱们只需要排查二甲和三甲医院就可以，而且以三甲医院为重点。我市一共有6家三甲医院和17家二甲医院。"

我端起桌上的茶杯喝了一口，换了尽量轻松的语气："万一我们运气好，说不定在排查第一家医院时就有了结果。"

"但愿吧！"李筝笑了笑，"我感觉有点像大海捞针。"我拍拍李筝的肩膀："别怕，我们还有另外一条路。"

"从牙齿磨损程度看，死者的饮食条件很好，社会阶层应该不低。而且那枚假牙上有个字母，可以考虑去口腔诊所问问。"

李筝一扫丧气，拍着胸膛："我赞成！刻着字母的假牙，我想起了防空洞里人骨拼图的那颗金牙，那可是我参加工作后遇到的第一个案子呢！"

我尽量鼓励大家，但其实我心里很清楚，我们所有的思路都是有前提的，那就是死者是本地人，而且开颅手术是在本地医院做的。

王猛看了看窗外的夜色："时间也不早了，都回家养足精神，明天开始战斗！"

第二天一早，我和李筝带着颅骨去了市局，对颅骨进行微量元素检测，看看是否存在中毒的迹象。另外我在信息中心查询了市级失踪人员系统，拉出了一份名单。

这份名单里一共有 8 个人，相对于女性和老人，青壮年男性在失踪人员中所占的比例并不高。

李筝叹了口气："我真希望死者就在这份名单里。"

"别急，我们正在接近真相！"

为了提高效率，我们三人兵分两路，李筝和王猛去医院查找病历资料，我去了同学兼死党尹泽天的"小尹口腔诊所"，他对本地所有的口腔诊所都很了解。

"天天，我又来看你啦。"尹泽天闻声走了出来，嫌弃地看我一眼："刘晓辉，我这儿看牙，脑袋的毛病治不了！"

我嘿嘿一笑，把那颗带有字母"C"的假牙递给他。他翻来翻去看了一阵，把假牙还给我："你怎么净搞金牙案。"

我摊了摊手。

还没等我开口问，尹泽天说道："这是一颗比较昂贵的金合金假牙，出自崔氏兄弟之手。"

"确定吗？"

"不确定！滚！"

我笑着揽住尹泽天的肩膀："等案子破了请你喝酒。"

"哼，你要说话不算话，我带着老虎钳去找你！快滚吧，我忙着呢。"尹泽天把崔氏兄弟的诊所地址给了我。

再说王猛他们那边，起初医院不太配合，李筝不知道给谁打了一个电话后，医院的院长就亲自出面协调，很快开始了排查工作。但脑科医院里脑外伤的病人实在太多了，他俩此刻正忙得不可开交。

我去了崔氏兄弟的口腔门诊，跟崔医生说明来意后，他很配合地拿出记录本，我一边翻着记录本，一边随口问道："听说你们在牙上刻字母是跟老郭学的？"

崔医生一愣神："是啊，以前我们经常在一起玩，不过已经很多年没见了，听说他弟弟继承了那家诊所。"我点了点头，老郭弟弟的那家口腔诊所我曾经去过。

在翻看了十多页记录之后，我忽然有了一种"踏破铁鞋无觅处，得来全不费工夫"的幸福感。

我在崔医生的记录本上找到一个熟悉的名字——蔡致远，他正是失踪人员名单上的一位。

还没来得及高兴太久，我就惊住了，因为在记录本上发现了另一个失踪名单上的人：高晟。

我感觉这事情太戏剧性了，有点不真实，居然一下子发现了两个人。

不过好在终究是有了线索，按图索骥总比毫无头绪要好。我记下了蔡致远和高晟的相关信息，离开了口腔诊所，赶往脑科医院。

当我把两个人名输入医院的病历系统后，我们三个都惊呆了。蔡致远和高晟竟都在脑科医院做过开颅手术，而且二人是在 5 年前的同一天做的手术。

我们面面相觑，王猛呆呆地说："这是……难兄难弟？"

很快，我们发现他俩还真的是名副其实的难兄难弟。

首先两人的身份有些特殊，蔡致远竟然是脑科医院的医生，而高晟是脑科医院的司机。更加诡异的是，他俩的家属在同一天分别报了失踪。

我们确认了两位难兄难弟的下落，得知他俩目前都还是失踪状态。我摸了摸后脑勺，心想莫非两人都遇害了？

不管怎样，案子总算有了眉目。死者身份初步确定，我们找到了蔡致远和高晟的身份照片，从照片上看，蔡致远长得一表人才，高晟也很干练。

我们敲开了蔡致远的家门，一位气质很好的中年女子开了门，她是蔡致远的妻子。

当我们问及蔡致远是如何失踪时，从卧室里跑出一个男孩："是爸爸回来了吗？他的任务完成了？"

"你快回屋做作业去，你爸还没回来呢。"蔡太太看小男孩进屋后，叹了口气，"我和孩子说，医院派他爸爸去参加一项光荣的援助任务，任务完成就会回家，这一晃都四年了。"

"今天你们来，是不是有什么发现？"蔡太太抬起头看着我。

"我们也不确定是不是和蔡医生有关。"李筝放缓了语气，"我们想了解一下蔡医生当年受伤和失踪的详情。"

蔡太太回忆，蔡致远自从当了科室主任后，工作日益繁忙，时常在医院加班。

五年前的一个夜晚，蔡致远被分院邀请参加手术会诊，途中发生了交通事故，被救护车拉回医院做了开颅手术。

失踪是在四年前，蔡致远和往常一样在单位值夜班，却再也没回家。

从蔡致远家出来，我们径直去了高晟家。他家客厅不大，桌上摆着一些水果，卧室的门紧闭着。高晟的妻子叫黄秋婉，是脑科医院的医生，颇有些姿色。

招呼我们坐下后，她端起果盘对李筝说："吃个桃吧，这是我昨天回老家摘的，很甜呢。"李筝推托不过，拿了一个桃子握在手中。

从黄秋婉口中了解到，原来当年那起事故中，高晟和蔡致远同时受了伤，一起被拉回脑科医院做了手术。

被问及高晟如何失踪时，黄秋婉神色有点不自然，但随即摇了摇头："早知道这样，那天晚上我说什么也不让他替班。"

李筝轻声问道："这些年，你都是一个人过吗？"黄秋婉点了点头，唉声叹气。

安慰了她几句，李筝忽然问道："你认识蔡致远医生吗？"黄秋婉愣了愣："蔡主任啊，认识，以前我们是一个科室的，但不熟。"

回去的路上，李筝一反常态，十分安静。我觉得她可能受到了家属情绪的影响。我的情绪也有些低落，所有的线索都已经用完了，但还是没有确定死者是谁。

案子暂时陷入僵局，我们的日常工作还要继续。李筝坐在办公桌前拿着笔发呆。

　　"我替你把桃吃了吧？"王猛又去逗她，伸手去够李筝面前的那个桃。李筝拍开了王猛的手："别介，这种小事就不劳您了。"

　　"嗯，很甜！"李筝狠狠地咬了一口。

　　王猛直勾勾地盯着李筝手中的桃子。我摇了摇头："待会儿我去给你买。"

　　"买不到，这种桃只有蜀州才出，又甜又脆，每年产量就那么点，哪儿是你说买就能买到的。"王猛气鼓鼓的，像条胖头鱼。

　　我叹为观止："这都能看出产地？这是怎样的吃货精神啊！"

　　王猛还在生闷气："你懂什么，我一闻香味儿就知道了，皮薄肉厚，白里透红，香味浓郁。"

　　说话间，李筝已经快把一个桃都吃完了。

　　"哎哟，李筝你就不能慢点啃吗？你这是暴殄天物，和猪八戒吃人参果有什么区别！"王猛都快跳起来了。

　　我转身去整理资料，懒得听王猛瞎扯，哪有这么玄乎。

　　王猛看我不信，急了，这关乎一个资深吃货的尊严。他硬把我拖到李筝桌前："你看，这桃子最明显的特征就是桃核偏细长，两头尖，和本市常见的品种不一样。我们平时常吃的桃，核都是扁圆的，中间鼓，底部平，根本没有这么长的！这和颅骨里那个桃核一样，可都是最好吃的桃啊！"

　　"等等……你说什么？和颅骨里的那个桃核一样？在本市很难买到？"李筝顾不上擦嘴，"这是昨天黄秋婉给我的那个桃，她说是从她老家带的。"

　　"我一直觉着黄秋婉有问题，那天我看过她家鞋柜，里面分明有成年男人的鞋子，而且不止一双，看起来都很新。"李筝停顿了一下，"只是我觉着不一定和案子有关，就没多想。"

　　王猛一下子蹦起来："这么说，这黄秋婉很有嫌疑啊。"

　　我们把情况汇总后做了汇报，大队长拍板调查黄秋婉。这一查竟牵扯出许多陈年旧事。

　　侦查人员兵分两组，一组对黄秋婉的住处进行搜查，在卧室里发现了一个男人，他不修边幅，形容枯槁，但面色平静。黄秋婉和那个男人都一声不吭，暂时无法确定男人的身份。

128

另一组侦查人员去了黄秋婉的老家临青县，在黄秋婉家的桃林里发现了一辆废弃的面包车，在车里找到了一把圆头铁锤和许多钢钉。通过比对，那些钢钉和颅骨里的钢钉型号一致。

审讯室里，男人说自己就是高晟，这让大家十分诧异，因为他和照片上的高晟分明是两个人。取了他的血样送去做 DNA，才确定他真的就是高晟。

在证据面前，黄秋婉和高晟很快就供述了罪行，我们根据供述抓获了另一名犯罪嫌疑人，一名护士。

原来，蔡致远和黄秋婉是大学同学，毕业后同时考进了脑科医院，又被分到了同一个科室。朝夕相处，二人之间有了一丝说不清的情愫，黄秋婉觉着蔡致远看自己的眼神有些火辣。

某天，医院的高干病房住进了一位患者，陪床的是一个姑娘。不久之后，那位患者康复出院，而蔡致远和那位姑娘准备结婚的消息传遍了科室。

黄秋婉伤心又不甘，在一个雨夜，黄秋婉敲开了蔡致远值班室的门，两人紧紧搂在一起。

蔡致远结婚了，新娘不是黄秋婉。黄秋婉接受了医院司机高晟的追求，心里却放不下蔡致远。于是她一边和高晟谈着恋爱，一边和蔡致远保持暧昧，她很满足，很沉醉。

世上没有不透风的墙，高晟听到了许多风言风语，心中埋下了仇恨的种子。一天，高晟开车载蔡致远去分院做手术，雨大路滑，车撞在了路边的树上，蔡致远和高晟都受了重伤。

蔡致远恢复上班后，黄秋婉想趁着夜班去探望一下老情人，却发现一个年轻护士从蔡致远的值班室里蹑手蹑脚地走了出来。

黄秋婉和护士吵了一架才知道，原来蔡致远同时和她俩保持着暧昧关系，还对护士说准备离婚后娶她。黄秋婉瞬间感觉自己的青春都喂了狗。

两个女人同仇敌忾，想惩罚滥情的蔡致远。黄秋婉其实早就怀疑当年的交通事故是高晟制造的，她觉得想要对付蔡致远，需要把高晟也拉进来。

于是由护士出面，约蔡致远去了一处偏僻的地方，高晟开车撞倒了蔡致远，黄秋婉拿起事先准备好的圆头铁锤打了上去，高晟在车上找了枚钢钉，用铁锤钉进了蔡致远的头颅。所有爱恨情仇都有了一个了断。

黄秋婉比较迷信，她找了一个吃剩的桃核，塞进蔡致远的嘴中，希望能镇住蔡致远的冤魂。然后她用手术刀割下蔡致远的头埋进荒地，让他死无全尸，不得超生。外科医生动手，干净利落。

蔡致远的躯体被高晟连夜运到黄河边，扔进了滚滚的河水中。高晟开车去了黄秋婉老家躲了起来，黄秋婉第二天报了失踪。后来高晟悄悄回了家，但很少在公共场合露面。

天长日久，仿佛这件事情就这么过去了。可人算不如天算，没想到颅骨里的桃核发了芽。

蔡致远的躯体一直没有找到，假如连头一起被扔进黄河，恐怕这个案子就真的成了悬案。

王猛一直说想把桃树砍了做成桃木剑，挂在家里辟邪。某天趁没人，他蹑手蹑脚地去了物证室。李筝悄悄跟着他，从后面拍了一下他的肩膀，把他惊得差点跳起来。

李筝狡黠地眨了眨眼："桃木剑你尽管做，我是想提醒下你，它是怎么长出来的。"

王猛落荒而逃。

10 浴缸男尸案：一封日期造假的遗书

电流斑是电流通过皮肤时，在接触部位产生的焦耳热和电解作用所形成的一种特殊皮肤损伤。

耳道并不是常规解剖部位，平时并不会专门看那里，难怪我们会漏检。

如果确定那是电流斑，很可能就是一起杀人案，我感觉后脑勺儿有一股冷汗冒出来。

　　年底是每年命案最少的时候，好像再大的恩怨都可以等过了年再说。但这时也是小偷小摸案件最多的时候，大概小偷们想发力冲一下 KPI。

　　于是我和李筝稍微闲一点，可以在办公室整理一下全年的卷宗，而王猛整日忙得脚不沾地。毕竟作为痕检技术员，除了要配合法医勘验命案大现场，更多的是要勘查一些小现场，比如盗窃抢劫这类的侵财类案件。

　　正惦记着王猛，他一个电话打了进来，李筝接的电话。隔着两米远我都听见王猛的大嗓门："你和晓辉赶紧过来趟，多带几个防毒面具！"李筝在本子上记着地址，我起身走向了器材室。

　　我开着车驶出分局，李筝打开手机导航："发生了煤气泄漏，可能有人员伤亡。"我紧盯着前方的路面，猛踩了一下油门。

　　盛景小区位于老城区，道路被小摊贩占了一半。各种食物的香气不断往车里钻，没来得及吃早餐的我，清晰地听到肚子里传来"咕"的一声响。李筝就坐在旁边，我很不好意思，欲盖弥彰地把收音机的声音调大。她把头转向窗外，嘴角的梨涡浅浅的。

　　我们七拐八拐来到了一栋楼前。空地上拉起了一条警戒带，旁边站满了人。王猛大老远朝我俩又蹦又跳地挥手，配上他敦实的身躯，感觉地面也震颤了三下。这要是给大队长看到，又该教训他不稳重了。他急匆匆跑了过来："快给我拿个防毒面具！"

"敢情你就是让我们送防毒面具的啊。"李筝板着脸，"我俩还以为有命案呢，这一路赶！"

"这事儿也说不准。"王猛嘿嘿一笑，指着二楼西户说道，"他家没有动静，我找物业拿了钥匙，先进去看看。"

我们戴上了防毒面具，提着箱子爬上二楼，王猛打开了西户的门。

虽然现在是白天，可由于户型设计的原因，客厅采光很差。李筝伸手要去开灯，我赶紧一把拽住她，责备地瞥了她几眼，但防毒面具可能把我严肃的目光削弱了不少。

这可不是闹着玩的，李筝太鲁莽了。就像电影里演的，当房间里的可燃气体达到一定浓度时，一丝明火就会引起爆炸，而电器开关可能会产生电火花。

王猛在客厅里稍一打量，径直去了厨房。我选择了最近的一间卧室走进去，李筝去了另一间卧室。

我和李筝返回客厅，正好看到王猛从厨房出来。

"没人。"李筝的声音有些瓮声瓮气的。

王猛向我们比画了一个"OK"的手势，挥了挥手，示意我们撤离现场。

路过卫生间时，李筝向卫生间瞥了一眼，顺手推了一把虚掩的门。

"里面有人！"李筝几乎跳了起来，一下子抓着我的胳膊躲在我身后。她的手有些冰凉，抓得我生疼。我赶紧向卫生间看去，里面黑漆漆的啥也看不清。

王猛打开现场勘查灯。有个人躺在浴缸里，歪着头，嘴角有点弧度，表情似笑非笑。我顿时觉得头皮一阵发麻。

不知道是惯性还是风吹的，老旧的卫生间门又开了一些，生锈的门轴发出拖长了的"吱吱"声。

王猛一个健步闪到了我身后，想把自己完全藏起来，李筝也紧紧抓着我的胳膊肘。饶是久经沙场，我一时也有点 hold 不住，心跳得要飞出来，头发也竖了起来。

我深呼吸了好几次才缓过来，拍了拍李筝的肩膀："别怕。"

我习惯性地摸摸后脑勺上的疤，率先走进了卫生间。

一个裸男，静静地躺在浴缸里，像睡着了一样。

他看上去四十来岁的样子，鬓角有许多白发，面颊消瘦，皮肤苍白，胳膊和手搭在浴缸外面，双脚搭在浴缸的边缘。

我上前探查男子的生命迹象，发现已经出现较强的尸僵，说明死去多时了。

我们撤出现场来到楼下，在车上稍事休息。戴着防毒面具，我感觉有些头晕。

王猛摘下防毒面具，大口喘着气："过一会儿咱再进去看现场，戴着这玩意儿忒憋屈了。"

我挽起袖子，胳膊有些发红。李筝尴尬地笑了笑："不好意思啊，晓辉哥，我刚觉着那人是在对我笑，太瘆人了。"

"李大小姐，这可不像你的风格啊！"王猛一脸坏笑，"分明是趁机揩油啊。"

"滚！"李筝挥舞着拳头，恢复了霸气。

王猛岔开了话题："我这可是一次看了两个现场呢！本来东户报的盗窃案，我勘查时发现西户的防盗窗也被剪了，又闻到了煤气，这才让你们带防毒面具过来。"

"死者是在浴缸里的，不会是溺死吧？最近这浴缸有点邪门啊。"李筝皱了皱眉头。

半小时后返回现场，屋里的煤气味已经非常淡了，我们开始对现场进行细致的勘验。

客厅不算大，居中摆放着一个原木色的茶几。茶几上放着一个果盘和两个水杯，其中一个水杯是空的，另一个水杯里有半杯水。

靠墙是一排老式沙发，浅蓝色的沙发垫已经有些褪色。正对着沙发的是一个深红色的电视柜。王猛指着那台八九十年代的方块电视说："这可是古董级别的，现在很少见了！"

客厅的墙壁上贴满了奖状。"这家的孩子挺优秀的，而且至少已经上大学了。"李筝若有所思。王猛疑惑地问道："这你也能看出来？"

"因为这张奖状是高三获得的。"李筝指着一张高处的奖状，那张奖状已经离屋顶非常近了，"日期写的是前年呢。"我眯了眯眼，愣是没看清日期。

我们来到主卧室，床头上方的墙壁上挂着一张结婚照。照片中的男人留着分头，长脸，八字眉，单眼皮，高鼻梁。女人圆脸小眼薄嘴唇，手捧着一束花偎依在男人怀里，两人脸上洋溢着幸福的笑容。

"死者就是他！"李筝指着照片中的男人，我点了点头，男人容貌变化不大。

床上的物品有些凌乱，被褥是散开的。衣橱开着门，里面的衣服乱作一团。王猛拿着刷子沾上碳粉，小心翼翼地在衣橱上刷着指纹，嘴里嘟囔着："果然是进了小偷。"

主卧勘查完毕，我们来到了和主卧挨着的次卧室门口。

次卧室里有一张单人床、一张书桌和一个书架。

"对了，待会儿找一找，看看死者的手机还在不在。"我忽然想到，手机可算是重要物证，里面经常有许多有用的信息，而且说不定还能直接抓住嫌疑人呢。

"书桌的抽屉有一道缝隙！"李筝指着书桌，我顺着她的手指看去，书桌的抽屉的确有一道很宽的缝隙，像是拉开了一截。

王猛小心地拉开抽屉，发现抽屉里有一些现金和票据，现金除了两张百元大钞外，以五角、一元居多。除此之外，抽屉里还有一个软皮的黑色笔记本。那个笔记本估计经常使用，边角被磨得起了毛。

王猛拿起笔记本随意翻了翻。"等一下！"李筝忽然喊道，"里面夹着张纸！"

王猛仔细翻了翻，在笔记本中发现了一张信纸，他撇了撇嘴："我算是彻底服了，眼神真好！"

"唉，没办法，或许这就是天赋吧。"李筝抿着嘴，一副无奈的表情。她用手轻轻捏住那张信纸，慢慢展开。片刻后，李筝抬起头来说道："这是一封遗书，看来是自杀。"

我把头凑过去，看了看李筝说的遗书，大致意思是已经身患癌症，不愿拖累家人，希望老婆孩子以后好好生活。从格式和内容看，这的确是一封典型的遗书，落款署名"许风"，时间是昨天。

一般来说，有些自杀的人会留下遗书交代后事。有些自杀的人会不告而别，没有遗书的自杀案件，家属一般会质疑。他们认为死者没有自杀倾向，缺乏自杀的理由和动机。

其实人的心理活动很复杂，很多时候，只有自杀的人才能理解自己的自杀动机，而其他人甚至是至亲都无法理解。

我舒了一口气，有遗书就好办多了，至少在和家属解释时就有了依据。我感到一丝轻松，目前看来这就是一起自杀事件，只不过他采取的方式有些危险，万一发生煤气爆炸，周围的邻居就跟着遭了殃。

次卧室的南边有一个阳台，我们在阳台上发现了一个编织袋，袋子里有很多纸包。我拿起一个纸包闻了闻，有一股刺鼻的中草药气味。

看完卧室，我们又来到厨房。王猛指着煤气阀门说："刚才阀门是开着的，而他家的炉灶没有熄火保护功能，所以导致了煤气泄漏。"

"好在是因为阀门没关，要是管道破裂，恐怕就危险了。"我凝神看着那个阀门，对李筝说，"待会儿提取一下生物检材，假如做出死者自己的 DNA，就更能说明是自杀了。"

透过窗户，可以发现厨房外面的防盗窗被剪断了一截。"厨房里怎么没有菜刀啊？"李筝感到十分疑惑，"你们看，刀架上怎么一把刀也没有！"

"不懂了吧？我来教教你。"王猛告诉李筝，经常爬楼盗窃的小偷，在进屋后第一时间会把厨房的刀藏起来。

见李筝还是不太明白的样子，我对她说："对多数人来说，发现家里进了陌生人，第一反应往往是冲进厨房找菜刀。有经验的小偷把刀先藏起来，就会降低被砍的危险。"

"原来如此，看来哪个行业也有自己的一套成功经验啊！"李筝一副恍然大悟的样子，"可是那些刀被藏到哪里了呢？"

王猛指了指角落里的橱柜："一般就在橱柜里。"李筝打开那个橱柜，果然发现了几把刀。

炉灶上有个乳白色的砂锅，砂锅的表面有许多褐色的斑迹，炉灶上也有一些褐色的液体。

　　我打开砂锅，里面的药液大约剩下一半，我趴下头闻了闻，一股浓浓的草药味。我又伸手把炉灶上那些液体蘸在手套上，凑到鼻子上闻了闻："看来是熬药的时候沸出的药液把火浇灭了，所以才导致煤气泄漏啊。"

　　"那不就变成意外了吗？"李筝疑惑地抬起头，随即好像想明白了什么，"当然，如果死者故意那么干的话，还是自杀。不管是自杀还是意外，这个人都算是得偿所愿了。"

　　"别急着下结论，咱还没看尸体呢。"我准备离开厨房去洗手间对尸体进行检验。

　　"哎呀！"李筝忽然蹲下了身子，我赶紧看过去，李筝正抚摸着角落里的一只猫，那只猫四脚挺直，紧闭着双眼。

　　"这只虎斑好可爱啊！"李筝忽然摇了摇头，"可惜它已经死了。唉，一定是怕主人一个人走得太孤单就去陪主人了。"

　　"不就是一只猫吗？先别管它了，你和晓辉抓紧去看看死者。"王猛有些烦躁，毕竟我们已经来到现场一个多小时了，估计外面的人也很着急。

　　卫生间不算大，浴缸就占去了一小半面积，浴缸里是浅褐色的液体，可以闻到淡淡的草药味。死者的头颈部、双上肢和双脚露在水面外，其余部位浸在水里。

　　我用手撑开死者眼睑，看到角膜透明、瞳孔散大，说明已经死亡了一段时间。"猛哥，咱俩把尸体从浴缸里抬出来吧。"王猛对着死者拍了几张照片，然后把手中的相机放在了洗手盆上。李筝想凑前帮忙，我示意李筝闪开："死者这么瘦，估计不会太沉。"

　　王猛跳上了浴缸的台子，双手拽着死者的胳膊，我从另一头紧紧握住死者的脚腕，我俩猛一用力，把死者抬了起来。

　　这时我却感觉死者并非想象的那么轻，手中明显有些吃力，而此时王猛喊着"快，我的手有些滑！"李筝赶紧伸手托住死者的背部，我们合力把死者轻轻放在卫生间的地面上。

　　王猛咧着嘴："多亏你啊，不然这死者恐怕要挨一下摔了。"李筝"哼"了一声："谁让你俩逞能了，多个人不是多一分力量嘛。"

我笑了笑："这活儿很容易弄脏衣服，俺俩爷们无所谓，你可别湿了身。"刚才的水花溅了我们三人一身，无一幸免。

水花事件只是个小插曲，法医在日常工作中经常会遇到这种情况。这次这个死者还比较"新鲜"，而且水质看起来不算很脏，比起当年我和王猛从粪池里捞起的那具尸体可差了十万八千里，事后王猛一直念叨着他那身刚买的运动服。

我低下头，开始对死者进行尸表检验。死者此刻平躺在地面上，由于尸僵，保持着在浴缸里的姿势。体表没有明显的损伤，尸斑位于背部和臀部，指压稍褪色，看来他的确是死在了浴缸里。

人死后血液循环停止，血液沿着血管网坠积于尸体低下部位，皮肤呈现暗红色斑痕，就是尸斑。尸斑的形成过程分为坠积期、扩散期和浸润期。在坠积期和扩散期，假如尸体的体位发生变动，可以形成新的尸斑，这是判断有无移尸的重要依据。

李筝皱着眉头问道："晓辉哥，按理说一氧化碳中毒的死者，体表会有特殊的樱桃红色尸斑，可这名死者的尸斑颜色怎么不典型呀？"

"死因现在还不清楚，就算他是煤气中毒死亡，可煤气的成分很复杂，不一定就是一氧化碳中毒。"老法医和新法医最大的区别就是实践经验是否丰富，我指着那个浴缸说，"死者是在浴缸里死亡的，水中尸体的尸斑或许本身就会不太一样。"

李筝若有所思地点了点头："没有发现明显外伤，需要解剖吗？"

"尽量解剖吧，不然咱也不放心，待会儿我和家属谈谈。现在看来最可能就是自杀，但也不排除意外。"

"至于他杀……"我忽然想到了一个问题，这本来是一个密闭现场，人员相对单一，所以不算复杂，但现在却不一样了，那个小偷的闯入让整个案子变得复杂起来。毕竟小偷行窃时被发现，恼羞成怒而杀人的例子并不少见。

结束尸表检验，我们按常规提取了检材，然后准备撤离。外面一阵嘈杂，走廊里传来争吵的声音。"我是他哥！""你现在不能进去！咱技术人员正在勘查现场。"

我们走到客厅，看到门外派出所民警正在拦着一位中年男子。那男子面色焦急，见不能进来，就一屁股坐在了地上。

这名男子是死者许风的哥哥许林。我简单介绍了情况，虽然有遗书，但死因还不确定，需要解剖查明死因。没想到许林十分配合，他点着头说："查吧，阿风不可能自杀，我昨天还见过他。"

就在这时，一名中年女子上了楼，"哥，许风怎么了？"许林瞥了一眼女子，表情有些淡漠，他叹了口气，"人没了，公安局正在调查！"

"都怪我，我昨晚要是在家守着他就好了。"那女子一脸失魂落魄。

女子是许风的妻子魏静怡，她认为许风是因煤气泄漏意外死亡，但不同意解剖尸体。遗书如此确凿，家属却不认为许风是自杀，这情况有些出乎我们意料。

王猛把家中进了小偷的情况一说，许林和魏静怡开始怀疑是小偷故意放开了煤气。然而，一切还是要靠证据说话。"因为涉及盗窃案，不查明死因没法处理后事，你们再商量商量吧。"我平静地说。魏静怡和许林嘀咕了一阵，在《解剖尸体通知书》上签了字。

"你们家那只虎斑也死了。"李筝对魏静怡说道。

"死了就死了吧，权当去陪他了。"魏静怡对那只猫的死表现得很冷漠。

我们把情况向大队长做了汇报，因为死者的手机不见了，我们怀疑是被小偷拿走了，大队长指示我们尽快查明死因，他安排人手抓捕小偷。

午后的阳光十分温暖，我们赶到了解剖室。李筝转正后我想多锻炼一下她，所以这次解剖由李筝主刀。解剖很顺利，但我们却一无所获。

除了死者双侧腋下有轻微的皮肤挫伤，足底有皮肤擦伤，没有发现其他损伤。死者的多个内脏有轻微出血，倒是有点像窒息的感觉，但是气管和肺里都很干净，没有溺水现象。

按照常规提取了心血、胃内容，因为从肉眼无法看出明显的死因，我们还特意提取了多个内脏组织，准备进行病理学切片检验。

我们把现场和尸检提取的检材都进行送检，并且把内脏组织送去病理室固定、染色和切片。一氧化碳的检验比较快，很快就拿到了结果，DNA 和其他毒物检测以及病理检验耗时会很长，我们先回了分局。

回到办公室，李筝先给窗台上那盆绿萝浇了些水，然后从抽屉里取出一小包咖啡豆，放进桌上的小型研磨器。片刻后，咖啡壶里飘出诱人的香气，寒冷的冬夜有了一丝温暖。

李筝给每人倒了一杯咖啡，我们围坐在一起。不知从何时起，我们三人养成了出完现场后回局讨论一下的习惯。

"本来以为这案子挺简单，没想到这么棘手，一氧化碳中毒居然排除了。"王猛端起咖啡喝了一口，"好喝！"他的眉头舒展开来，"都谈谈吧，只管大胆猜测，不用刻意求证。"

"从尸检看，可以排除机械性损伤导致死亡，会不会是泡澡时引起突发的心脏病？"李筝果然开始了大胆猜测，"电视上都那么演呢。"

我刚要反驳，却觉得李筝说得似乎有些道理。一方面煤气泄漏会导致室内缺氧；另一方面，泡澡会引起毛细血管扩张，血液循环加快。缺氧和循环加快，都会对人的心脑血管造成压力，有时会诱发一些潜在的心脑血管疾病。

"对！我表舅就是泡澡时突发脑溢血，现在还没出院呢！"王猛使劲点着头。

"从现场看，肯定是进了小偷，是不是小偷杀害了许风呢？"王猛挠了挠头，叹了口气，"要是不进小偷，这案子或许就不用这么费力了。"

李筝托着腮："我有个疑问，虽然卧室里翻动得很厉害，可为啥小偷没拿抽屉里的钱呢？这小偷太不敬业了。"

"事出反常必有妖。"我端起杯子，一股香甜的热气涌入鼻腔，"可能小偷赶时间或者遇上了什么事，所以走得比较匆忙，来不及仔细搜刮。"

大家你一言我一语，越说越兴奋。"我还是觉得那只猫有点儿可怜。"李筝神色黯淡下来，"接下来咱就干等着吗？"

王猛捏着下巴，抬起头看着我们："事发时间应该是晚上，要不咱来个夜探现场？"李筝眼里放光，拍着手说："好！"

我们先去派出所拿了一串钥匙，然后开门进入现场。李筝径直走向了厨房，我紧跟着她，见她竟蹲下端详起那只猫，我摇了摇头，准备再去洗手间瞧瞧。

"晓辉哥，快来看！"李筝抱起了那只猫，指着猫的肚子说，"这里好像有烧焦的痕迹。"我凑近了观察，猫的肚子是鼓着的，上面有几个小灰点，形状不太规则，隐约闻到一股烧焦的气味。

"我咋看着像是电流斑呢。"多年的经验告诉我，那些小灰点不像是烧烫伤，但到底是不是电流斑，其实也说不准，确定电流斑还是要做病理学检验，在显微镜下观察。

"我开始还以为它是煤气中毒死的呢，现在看来它很可能和主人一样，都不是死于煤气中毒。"李筝说完，忽然猛地拍了一下自己的腿，"晓辉哥你说，这只猫会不会和死者的死因相同呢？"

我摸了摸后脑勺儿："你的意思是……你想解剖这只猫，看看它是怎么死的，然后再去反推死者的死因？""对咯！"李筝看了看表，"咱要是现在去解剖室的话，估计 12 点之前就能干完。"

"太疯狂了吧，深夜解剖一只猫？"王猛有点哭笑不得，"晓辉，你快劝劝这个疯丫头！"

"是该劝劝，"我转过头对王猛笑了笑，"我觉着该劝劝你，和我们一起去解剖室。"其实我是想再去检验一下死者，毕竟今天的尸检让我感觉有些挫败。

赵法医曾说过，多数情况下一次解剖就能查明死因，但是有时候需要反复多次进行检验，因为每次检验都可能会有更多的收获。

"我可没那闲工夫。"王猛板着脸，一副不情愿的样子，"现在都几点了！"

"晓辉哥，待会儿咱俩去黄氏烧烤！"李筝使出了撒手锏。王猛摇了摇头："真服了你俩，走吧走吧，吃苦受累的活儿怎么能少了我？"

"得嘞，是吃烧烤少不了你吧。"李筝没事总喜欢逗王猛。

下到一楼，王猛提出要去地下室看看，我们一起打开了那扇写着"202"的地下室门，一股发霉的气息扑面而来。地下室里堆放着很多杂物，墙角有一辆破旧的自行车，还摞着很多空纸箱。在勘查灯的照射下，可以看到厚厚的灰尘。地上堆着一团看起来很新的电线，上面没有灰尘。我们离开时把那团电线也捎上了，准备第二天送去市局检验一下。

随后我们把那只猫带去了解剖室，李筝先把它的毛剪掉，然后仔细观察猫的体表，除了腹部的小灰点再没发现损伤。她双手合十，嘴里叨念着："小猫啊小猫，我这是为了帮你查明死因，反正你也不会疼，祝你下辈子脱离牲畜道……"

李筝拉开架势，对猫进行解剖。观察猫的内脏后，李筝点了点头："有电流斑和窒息征象，这只猫应该是被电死的。电击会引起心室纤颤或心跳骤停，还可以使呼吸肌强直性或痉挛性收缩，造成窒息。"

李筝特意把猫身上的伤口缝了起来，说待会儿找个地方把猫埋了。

"要不，咱给它火葬吧？"王猛说道，"你看毛也剪了，内脏也清理了，只需要放火上一烤……"王猛嘿嘿笑着。

"滚！"李筝这次真的生气了。

王猛瞬间蔫头耷脑："我错了，我就想讲个笑话开心一下。"

李筝不理会他，转过来跟我说："它的主人会不会也是被电死的？小偷被主人发现，采取了极端措施？"

"可没必要把猫也电死啊，怕猫告密？"我不解，"再说，尸体上没发现电流斑。"

"要不再找找？"李筝很坚持，我隐约觉得自己忽略了什么。

我们几乎找遍了尸体身上所有的隐蔽部位，还是没有发现明显的电流斑。我准备放弃，找了个理由安慰自己：假如电线插入水中，也会导致触电，可能不会形成电流斑。

李筝指着死者腋下的皮肤挫伤痕说道："这不会是咱们抬尸体时形成的吧？""你再仔细瞧瞧。"我其实早就发现了那处损伤，当时还怀疑是移尸形成的。

作为一名法医，区分生前伤和死后伤可是一项基本能力。李筝很快就恍然大悟："这是生前伤啊！可这个损伤是怎么形成的呢，会不会是在浴缸里形成的？"

"应该是被拖拉形成的，因为足底有擦伤。"我看到王猛有些打瞌睡，"其实可以做个现场试验，猛哥，咱俩演示一下，你扮演死者。"

王猛没吱声，瞪了我一眼，捂住耳朵："我什么都没听到，我要去吃烧烤了。"

李筝抿着嘴笑，他俩又闹开了。我有点无奈地摇摇头，看着王猛死捂着耳朵，突然呆住了："我怎么没想到呢！"

在勘查灯的帮助下，我在死者左侧外耳道壁上发现了一个灰色斑点，看起来干燥而坚硬，中央凹陷，周围稍隆起，边缘钝圆，形似浅火山，外周有充血环，十分符合电流斑的形态特征，右侧外耳道也有一个相同的斑点。

电流斑是电流通过皮肤时，在接触部位产生的焦耳热和电解作用所形成的一种特殊皮肤损伤。

耳道并不是常规解剖部位，平时并不会专门看那里，难怪我们会漏检。能发现外耳道的电流斑，机缘巧合的成分居多，但以后我们再做尸检时，肯定会常规检验外耳道了。

我们提取了那块形似电流斑的皮肤，准备和猫的皮肤一起做病理学检验。是不是电流斑，肉眼只能大体分辨，确诊的话需要进行病理学检验，在显微镜下进行观察。

如果确定那是电流斑，很可能就是一起杀人案，我感觉后脑勺儿有一股冷汗冒出来。但我随即摇了摇头，假如是电击杀人，为何死者看起来好像很配合呢？

忙完已是深夜，我们向领导汇报了情况，各自回家休息。

第二天一上班，就听到了好消息，那个小偷已经被抓住了，从住处搜出了死者许风的手机，人赃并获。胡永军，男，22岁，本地人，无业，曾因盗窃入狱两年，刚出狱不到半年又被我们抓了。

虽然年纪不大，但胡永军算得上是老油条了。他死死咬住只是拿了一部手机，既没有盗窃其他财物也没有谋财害命，看来他对法律摸得比较透。

采了胡永军的指纹和血样，马上送去检验。很快，连同之前检材的检验结果一起出来了。

现场的抽屉和衣橱上检出了指纹，不是许风夫妇的，也不是胡永军的，说明有另一个人对现场物品进行了翻动。

死者和猫身上的斑点通过病理学检验，确定是电流斑。

煤气阀门上做出了多人 DNA 成分，除了死者许风和妻子魏静怡之外，还有两名男性 DNA 成分，其中一人正是胡永军！煤气阀门上的另一名男性 DNA 居然与地下室电线上的男性 DNA 相同。客厅的水杯上也做出了男性 DNA 成分，但是和阀门上的不同。

看来胡永军说了谎。他很可能至少有一名同伙，他们分工合作进行盗窃。他和同伙都接触过煤气阀门，而且同伙还接触过电线，并负责对卧室进行过翻动。

尽管胡永军是老油条，可只要有了证据，自然能撬开他的嘴。

死者胃内容里检出了大量镇定安眠类药物成分，厨房的砂锅里也检出了相同的成分。这说明死者生前曾服用了安眠药。

这个情况解释了我此前的疑惑，死者如果处于昏睡状态，就可以毫无反抗地配合电击。但新的问题又来了，安眠药来自哪里？谁下的药？我感到有些心烦意乱。

下午大队召开了案情分析会，侦查队李队长介绍了侦查情况。小区的监控设备已经坏了一周了，所以想通过视频找人是行不通的。

据死者邻居反映，当晚停了两次电，第一次停电后大约 10 来分钟就来了电，可是第二次停电时间较长，至少半小时后才有电。

死者手机当晚接通的最后一个电话是 21 时 12 分魏静怡打来的，通话时长 1 分 26 秒。此后还有两个未接电话，分别是 22 时 05 分来自妻子魏静怡，22 时 37 分来自妻弟魏少新。

审讯组介绍了新的进展。小偷胡永军咬定自己没有同伙，他详细讲述了当晚的作案过程。他盗窃东户得手后又剪开了西户的防盗窗，翻窗进入后先把刀藏好，他闻到一股煤气味，发现煤气阀门是打开状态，顺手就关上了阀门。

他在客厅衣服架上找到一部手机和一个钱包，忽然听到楼道里有脚步声，于是匆忙翻出窗外离去。

有用的线索并不多，会后大家继续各自忙碌去了。

"他老婆神经真大条，丈夫不接电话也不回家看看。"李筝在办公室里嘟囔着。

快下班的时候，王猛突然狠狠一拳砸在桌子上，吓了我们一跳。

李筝一把揪住王猛的耳朵："王猛，你改名王大锤好了，损坏公物是要赔偿的，OK？"王猛咧开嘴嘿嘿一笑："我有重大发现！"

王猛指着桌上那个笔记本："还记得许风的遗书吗？"

我们点点头。王猛故作神秘地说："遗书是真的！"

"切。"李筝把头扭向一边。王猛没有着急，一字一顿地说道："但是，遗书上的时间是假的！"

"怎么说？"我追问道。

"遗书确实是死者写的，但时间很久了，而且当时没写日期，遗书上的日期是后来别人加上的。"王猛有些得意，"我不但看出了笔迹不同，还看出了书写时间不同，厉害吧！"

"这么说这封遗书是伪造的？"李筝疑惑地问道，"谁画蛇添足加上了日期，这样做的目的是什么呢？"

"掩盖真相，误导我们的侦查思路！"王猛意味深长地点了点头。

我摸了摸后脑勺儿："原来如此！"

这是一个密闭现场，能进入现场的人并不多，每个能进入现场的人都有作案的可能。除了小偷是翻窗而入，其他人想进入，要么有房子钥匙，要么能敲开死者的门。

"熟人作案？！"李筝捂着嘴，"怎么可能，没理由啊！"

"小偷会费心劳力去伪造遗书日期吗？"我看着李筝，"小偷能把安眠药喂进死者肚子里吗？"我知道李筝的内心其实已经动摇，"地下室的锁是完好的，难道小偷有地下室的钥匙，用完电线放回了地下室？"

我缓缓说道："你听说过甩包袱吗？"

"可是……他妻子并不在场呀。"李筝陷入沉思，"莫非是他哥哥？没理由啊！"

"他妻子并不在场，可她给许风打过电话，而她不在家的那晚，恰好发生了那么多离奇的事情。"我从椅子上站起来，"走，咱当面告知家属死因，顺便会会他俩。"

我们告知魏静怡，许风是被电死的，她眉头都不皱一下，说小偷真残忍。我们提到安眠药，她也说许风时常失眠，有服食安眠药的习惯。

从魏静怡家出来，李筝嘟囔着："可算见识到什么叫睁眼说瞎话了！"

我们又去了许林家问询，没得到什么有价值的线索。

当晚做出了 DNA 结果，客厅水杯上的 DNA 是许林的，煤气阀门和电线上的 DNA 与魏静怡存在亲缘关系，真相昭然若揭。审讯室里，魏静怡和魏少新声泪俱下。

许风查出癌症已是晚期，医生说最多能活一年，他特意写了封遗书，交代好后事就出去旅游了，回家后只等死神来临。

许风除了每天坚持服用中草药和进行药浴，该吃吃该睡睡。说来也奇怪，一晃八年过去了，他还活得好好的，连医生也觉得有些不可思议，不知是中药起了作用还是心态改变了命运。

许风看到了活下去的希望，渐渐地不像从前那么洒脱，他开始"怕死"，仿佛谁不顺他的意就是想让他死。他还怀疑妻子在外面有了人，竟跟踪自己的妻子。

许风病退后工资变少，再加上长年累月的治疗，让本不富裕的家庭雪上加霜。一年前，魏静怡东拼西凑借来了儿子上大学的学费，却被许风拿走一千买了药，魏静怡心中的委屈彻底爆发，两人大吵了一架。

真正让魏静怡起了杀心的，是一个月前许风因琐事把魏静怡打得住了院。弟弟魏少新于心不忍："这样下去你早晚被他打死，倒不如先下手为强。"魏静怡犹豫片刻，重重地点了点头。

眼看时机成熟，魏静怡趁许风不在家，偷偷给遗书添上了日期，为伪造自杀做准备。她提前把安眠药加入砂锅，告诉许风要去弟弟家打牌。21 时 12 分，魏静怡给许风打电话，说晚上不回家了，让许风记着把砂锅里的药温一温喝了。

许风接电话后，就打开煤气温药，准备喝药后泡个药浴就睡觉。他喝了半碗药，觉着还不够热，就先去药浴，打算回头再喝。结果药劲发作，他在浴缸里睡着了。

22 时 05 分，魏静怡又给许风打电话没人接，她给弟弟魏少新使了个眼色，魏少新起身离开牌桌，说要给大家买消夜。

22 时 37 分魏少新站在姐姐家门口，给姐夫打了个电话，响铃几十秒后，用姐姐给的钥匙开了门。一进门就闻到煤气味，他去厨房看到煤气阀门是开着的，心中暗道："天助我也！"

他听到洗手间里传出声音，发现姐夫正在浴室里躺着，意识有些模糊但是还睁开眼看了看他。

魏少新有点害怕，许风看见了他，他怕姐夫醒来找他算账。他认为单纯靠安眠药可能杀不死姐夫，而煤气好像弥散得太慢，必须采取其他办法。

他按照之前的备用方案去地下室寻找电线，这个时间空当，正是小偷胡永军潜入许风家中行窃的时间。

魏少新返回时发现煤气阀门居然关上了！他觉着一定是姐夫关上了阀门。这时忽然传来一声猫叫，让他大惊失色。他看到姐夫躺在浴缸里打起了呼噜，心中稍微镇定了些。他取出电线插进了浴缸，不知为何许风却没有反应。

他心想可能是方法不对，就拿着电线来到厨房，把罪恶的电线伸向了那只可爱的猫。猫很快就被电死了，而电路发生短路导致了跳闸停电。

魏少新总结经验，觉得应该用电线直接接触才行，他去楼下合上电闸，拿着电线返回洗手间，却发现姐夫已经不在了。他心里一惊，赶紧在屋里寻找，发现姐夫在卧室的床上躺着。刚才的电击让本已昏睡的许风清醒了片刻，居然自己走到了卧室。

魏少新看着沉睡的姐夫，心中有些摇摆不定，但最后为了姐姐的幸福，他还是狠下心来，把姐夫拖回了卫生间。他把电线两端插进了姐夫的耳朵里，很快，许风开始抽搐，接着就不动弹了。当时他想，要是电不死，就把姐夫摁进浴缸里淹死。

电路再次跳闸，屋里一片漆黑，魏少新摸索着下楼合上电闸。做完一切后，魏少新觉着还缺点什么，于是他又打开了煤气阀门。

他把被褥和衣橱弄乱，还把次卧室的抽屉拉出了一小截。因为做贼心虚，下意识不想让人发现死者，他临走时随手就把卫生间的门虚掩上了，这才有了开头那惊悚的一幕。

按照魏静怡姐弟俩的初衷，让许风毫不痛苦地死去，然后放煤气制造自杀假象。没想到中途闯进了小偷，把简单的自杀案子变得复杂了。

虽然小偷让我们走了弯路，可是从另一个角度考虑，反而引起了我们的重视。我们又一次让死者说话，剥去意外或自杀的外衣，露出杀人真相。

温暖的午后，李筝托着腮看着窗外："他们设计好的自杀，为什么后来改口说是意外呢？""因为自杀的话，保险公司不给理赔。"我把手中的案卷材料往桌上一扔，里面有一张大额保单。

"胳膊还疼吗？"李筝的话把我带回了当时的场景，一想到死了的许风脸上那诡异的笑容，头皮就阵阵发麻。

"我以后可不敢在浴缸里泡澡了。"李筝伸了伸懒腰，埋头整理尸检报告。

11 爆破楼里的女尸，与三个男人的DNA

李笨顿了顿："还有一种特殊的颈椎损伤叫挥鞭样损伤。"

挥鞭样损伤，是指由于身体剧烈加速或减速运动，而头部的运动与之不同步，致颈椎过度伸、屈而造成的损伤，常见于车辆急刹车或被后方车辆猛烈撞击。

这一年的年关真是不太安生，往常这时候我们也就整理整理这一年的卷宗，写写总结，准备过年了。但今年大案不断，过年前我们还在外跑现场，一天下来发现我们被人投诉到纪委去了，说年前公务员人心涣散，消极怠工，不按时到岗，伤情鉴定报告一直拖延，上班时间办公室大门紧闭，要求上头好好考核我们。我们也不知道该找谁说理去。

刚吃完午饭，还没来得及消化，一个电话，我们又去了一个等待爆破的大楼地下室。可能路上有点呛风，地下室又有股潮霉味，我胃一阵痉挛，差点把午饭呕出来。

"这格局和上次电击案的地下室好像啊！"李筝话音未落，王猛手中的勘查灯忽然灭了。一瞬间，黑暗中只有我们三人明显加快的呼吸声。

寒风让我打了个冷战。几秒钟后，眼睛逐渐适应了黑暗，杆体视觉细胞开始发挥作用。我看到了一丝亮光，那里有一扇破碎的玻璃窗，是地下室里寒风的来源。

"王猛别闹，你吓死我了。"李筝有些恼火，"开玩笑也要看看场合！"

"是真没电了！"王猛赶紧解释，"刚才走得急，忘了检查勘查灯的电量。车上还有个，你们等着，我去拿。"

经这一闹，我倒是镇定下来了，打开了手机的手电筒，拍了拍李筝的肩膀："没事，别怕。"

不多时，王猛拿着勘查灯回来了，地下室被照亮。

借着灯光环顾四周，靠墙有个木质架子，架子上布满了灰尘，反射着灰白色的光，地上散落着一些旧报纸和泡沫塑料。墙角有一个鼓鼓囊囊的大编织袋，上面有红白蓝相间的格子。

报案的拾荒者老贾说，他在金山小区一户地下室中，发现了一具用编织袋装着的尸体。

金山小区位于老城区核心地段，准备拆迁后建一个大型综合商场。开发商给的补偿很到位，居民们在几天前就已经全部搬出，小区里的水电设施也已经全部拆除，只等明天一爆破，这里就会被夷为平地。

可事情偏偏就这么巧，老贾上午在小区里"打秋风"时发现了一个编织袋。其实整个小区已经被老贾"搜刮"得差不多了，今天他打算最后走一趟，去了之前没有涉足过的地下室。

这个大编织袋装得鼓鼓的，看起来是个捡漏的好机会。老贾满怀希望地拉开编织袋，却看到了一个女尸的人头。他当场吓破了胆，跑出小区才神魂未定地报了案。

"这种红蓝相间的编织袋很常见，不太可能查到来源。"王猛把勘查灯照在编织袋上，袋子被拉开了1/4，露出了些长头发，"咱把袋子弄到外面吧，这里光线太暗。"

"别急，先固定和提取物证！"我从勘查箱里取出棉棒，对编织袋的拉链和表面进行擦拭提取。

弄完后，我和王猛抬起袋子往外走。李笋想来帮忙，我让王猛把勘查灯交给李笋："你帮我们照明。"李笋笑着接过勘查灯："好吧，二位壮士加油！"

王猛边走边咧嘴。我打趣道："这袋子不算沉，也就一百斤左右吧。猛哥，你可是单膀一晃千斤力……"

走出地下室，午后的阳光非常刺眼，我们把编织袋轻轻放在地上。

"二位猛男辛苦了！"李笋把勘查灯放进包里，拍了拍手说道，"晓辉哥，这次我来操作，你来记录吧。"

"看来还是李大小姐最猛啊！"王猛竖了个大拇指。

李筝做了个健美先生拱肱二头肌的动作，但就她那小身板，全身上下都很平，实在达不到猛女效果。

她戴上手套开始检验。我取出尸体检验记录表，开始在封面上填写现场环境状况。派出所民警把头凑到我的耳边："刘哥，你们这法医小姐姐彪悍啊！"我知道他的潜台词是李筝太泼辣，不像个女孩子。我把脸一沉："小屁孩别乱说，干法医没点魄力怎么行？"

把编织袋全部拉开，一具蜷缩着的尸体呈现在我们面前。

这是一具女尸，一头卷曲的枣红色长发，衣着完整，上身穿一件藕粉色的外套，下身穿一条灰色侧开口长裤，脚上是一双灰色麂皮高跟鞋。

李筝帮她清理了一下面部，我们发现死者五官非常精致。她眉头微蹙，高鼻梁，长睫毛，尖下巴，皮肤紧致细腻。如果不是面色苍白，嘴角有血，看起来就像睡着了一样。

我呼吸一紧，不自觉地握紧了拳头，指甲深深陷进了肉里，李筝抬头疑惑地望着我。王猛在一旁说："你晓辉哥最恨杀女人的……"我瞪了他一眼，王猛闭了嘴。

我指着死者左侧下颌和颈部交界处："这里有一处皮下出血。"

李筝看了我一眼，低头继续进行检验，不时说一下检验情况，我在表上飞快地记录。

"死者女性，身高165厘米，枣红色长发，发长30厘米，上身穿高端定制女装。"李筝有条不紊地说着。

王猛问了句："什么品牌？"李筝翻开领子内侧的"S&S"给他看。

"这衣服不便宜吧？"王猛好奇地问，"你怎么看一眼就知道？"

李筝一时语塞，含混地说："上次逛街的时候看到过。"

李筝朝着死者的鞋子努了努嘴："这双鞋，菲拉格慕的，六七千吧。"说着她脱下了死者的鞋子，放在旁边。

"一双鞋六七千，女人的世界我真是不懂。"王猛瞪大了眼睛。

王猛拍完衣着照片，我们准备带尸体回解剖室继续检验。小区里的居民已经全部搬走，倒不必担心引来围观群众。

等待解剖室车辆的间隙，王猛接了个电话，表情有点奇怪："大队长刚才来电话了，让我们……尽快离开现场。"

"怎么能这样呢？"李筝皱着眉，"咱这刚来现场，还没详细勘验呢！"

"是啊，我本来还想明天再来复勘一下呢，咱干技术的都知道，勘查现场从来都是慢工出细活。"王猛叹了口气，"可冯大队说这是政治任务，不能影响大局。"

沉默了一阵，我握了握拳头，下定了决心："人命关天，不能草率，我去找冯大队！"

"我和你一起去！"李筝附和。

我把现场情况给冯大队复盘了一遍，冯大队一言不发，不停地抽烟，直到我讲完，他把烟头狠狠地摁进烟灰缸，用食指向上指了指："上头给的压力很大，拆迁工作一旦停下，上头、开发商、工程队……各方的利益关系实在难以平衡。"

他从椅子上站起来，背着手在屋里走了两圈，拍了拍我的肩膀："我最多给你们三天时间，三天之内破案，否则大家一起倒霉。"我暗暗盘算了一下，点了点头。

这一耽搁，赶到解剖室已经晚上 8 点多了。按照此前的嘱咐，死者已经被摆放在解剖台上。

死者尸僵很强，本想直接剪开衣服，却被李筝制止了，结果我们费了好大劲才把死者的衣服脱下来。

李筝抚摸着死者颈部："这里是不是应该有条项链？"

我仔细看去，死者颈前有轻微的串珠形皮肤压迹，像是项链衬垫形成的。可以推测，死者死亡时戴着项链，由于体位等导致受压，形成衬垫痕迹。我点点头，李筝的观察力很强。

"她平时应该长期戴着手镯和戒指。"李筝拿起了死者的左臂，左腕部和左手中指接近指节处皮肤颜色比周围略浅。

死者身上的首饰不见了，我脑海中立刻出现"谋财害命"四个字。

我们把死者体位变成右侧卧，检查死者背部并拍照，发现死者右髂部和腰部交界处文了一个字母"D"。

"这个字母是什么意思?"王猛"咔嚓咔嚓"拍了几张照片。

李筝看着那个字母:"我觉得应该是代表了什么,但究竟是什么呢?"我没有说话,以前在尸体上见过很多五花八门的文身,像这种单个字母的比较少见。

尸表检验结束,李筝鼻尖微微冒汗:"晓辉哥,除了左下颌有局部皮下出血,体表没有明显损伤。"

我说:"这是女性死者,还需要检验她有没有受到性侵。"李筝点头,找出棉签,取了阴道拭子。

我提醒李筝:"提取生物检材要全面才行,万一死者曾经遭受性侵,单纯提取阴道拭子是不够的,口腔和乳头等部位也是要提取的。"

李筝一一照做:"还是晓辉哥仔细,我疏忽了。"

我把手术刀安装在刀柄上,把钳子等工具摆放在解剖台上,准备开始解剖。

划开胸腹部皮肤后发现肋骨完好无损,打开肋骨后发现胸腔没有积血,心肺和其他脏器都没有发现异常。

剃掉死者的长发,对死者头皮进行检验,没有发现损伤。沿耳后切开头皮,我换了副手套取出开颅锯。李筝忽然说道:"晓辉哥,开颅让我来吧,我还没做过呢,你指导我。"

我把手中的开颅锯递给李筝:"给!开颅可不光是技术活,还是个力气活。"

"不怕,我可是怪力少女。"李筝又秀了秀自己单薄的肱二头肌。王猛在她背后笑得脸直抽抽。

于是我给李筝当助手,用手固定住死者头颅,李筝拿起开颅锯,打开电源,伴随着刺耳的吱吱声,颅骨表面扬起了白色的骨粉。

几十秒后,开颅锯忽然停了,解剖室一下子安静下来,我和王猛不明所以。"那个……手麻了。"李筝尴尬地笑了笑。这大概是她第一次体会到开颅锯高频振动的威力。

"要不换我来?"我想给她换把手。

李筝倔强地摇了摇头："没事，我行。"

颅骨终于打开了，虽然用的时间有些长，李筝长舒了一口气。

"不错，我们的李大小姐又多了项技能。"我用鼓励的眼神看着李筝。

"我就说了我能行，别愣着，继续干活。"李筝低下头，嘴角微微翘起，梨涡又浮现出来。

李筝把死者的大脑取出："死者颅内没有损伤或出血，颅底没有骨折，可以排除颅脑损伤。"

死者胃内容较多，有红酒和牛肉成分，死前应该吃过西餐，而且在饭后短时间内死亡。

打开死者颈部，出乎我们意料的是，竟然没有肌层出血，舌骨也没有骨折。

"怎么会这样？"李筝疑惑地看着我，"奇怪了，莫不是病死的，需要做病理和毒化才能确定死因？"

"不对！"我忽然想起刚才翻动尸体时，死者颈部的尸僵很弱，这和当年在路边发现赵法医的情景很像，"我怀疑死者颈椎有损伤。"

对死者颈椎进行解剖，果然发现第5、6颈椎椎体脱位、颈髓挫伤、部分离断，死因终于找到了！

这种损伤在交通事故中比较常见，莫非又是一起交通事故后抛尸的案子？我随即否定了自己的想法，因为死者衣着和体表都完整无损，没有发生交通事故的痕迹。

"脊柱和脊髓的损伤，大多由暴力使之过度前屈、后伸、受压、剪切或者旋转所引起。"李筝顿了顿，"还有一种特殊的颈椎损伤叫挥鞭样损伤。"

挥鞭样损伤，是指由于身体剧烈加速或减速运动，而头部的运动与之不同步，致颈椎过度伸、屈而造成的损伤，常见于车辆急刹车或被后方车辆猛烈撞击。

没想到李筝不但理论知识很扎实，推理能力也很强。我点了点头："还有一种更特殊的挥鞭样损伤，不是由于伸、屈造成的，而是由于旋转。"

"啊，我知道了，你是说像特种兵偷袭的时候，从背后掰着敌人的脖子一扭，咔嚓一声，人就死了。"李筝隔空掰着自己的脖子。

离开解剖室，我们立刻去市局送检，然后匆匆往回赶。按照惯例，案情讨论会在等着我们。这是一起发生在拆迁节骨眼上的命案，我说不清人命重要还是大局重要，但在法医眼中，无论出于什么原因，每一位亡魂都不能被忽视。

虽然冯大队顶着压力给我们争取到了三天时间，但到现在为止，我们连死者是谁都不知道。

当我们仨到达会议室时，里面已经坐满了人。侦查中队李队长正在介绍案件侦查情况，从他紧锁的眉头可以看出情况并不乐观。

"我们走访了几家商店，那种编织袋有很多卖的，很难确定是从哪里买的。我们联系了房主，房主多年前就搬走了，房子一直在出租，换了多个租客，最后的租客是一对夫妻。我们正在联系那对夫妻，明天再落实一下。"

"别等明天，今晚就去找！"冯大队脸色阴沉，"晓辉，你说说尸检情况。"

我把尸检情况做了汇报，推断死者经济条件比较宽裕，嫌疑人应该是一名青壮年男性。

冯大队咳嗽了一声，大家安静下来。"案子的紧迫性大家心里都有数，就算三天不睡，我们也得把这个案子给破了！目前主要有两方面工作：一是围绕现场和周边，扩大侦查范围，寻找嫌疑人；二是尽快确定死者身份。"

开完会已是深夜，但刑警队没有休息，立刻领任务出去了。

第二天一早，我们兵分两路，王猛继续去现场勘验，我和李筝去市局查看检验结果。在路上，李筝说："老贾发现死者的时候应该动过拉链，是不是找他来排除一下？"我马上给派出所打了个电话，让他们帮着取一下老贾的指纹和血样。

"死者口腔内做出了一名男性 DNA 成分，阴道内做出了两名男性 DNA，这说明死者近期曾和三名男性发生过关系。"我口述，李筝做记录。

李筝笔下一顿："不应该是和两名男性发生过关系吗？口腔里的 DNA 应该是接吻留下的啊。"

我解释道："接吻留下 DNA 的可能性很低，除非是咬破了。还是发生关系的可能性大。"

李筝愣了愣，好像想明白了什么，脸上有点发红，低头继续飞快地记录着。

"有钱、私生活乱……莫非是个外围女？"李筝说着自己的猜想，见我没发表意见，又说，"晓辉哥，我们顺路去趟千隆广场吧？"我有些诧异，不知道她葫芦里卖的什么药。

当跟随李筝来到一家商店时，我忽然明白了李筝的用意，因为那家店正是"S&S"。

导购一看见李筝就礼貌地迎了上来："您好，请问有什么可以帮您？"

我诧异地看了眼李筝，只见她面色不变，也不说话，朝导购点了点头就往里走。

李筝指着一件藕粉色外套说她要看看。外套和死者身上的那件是同款。导购去找了合适的尺码，熨好拿过来。李筝没有接过衣服，说："我想看看这套衣服的销售记录。"

导购一脸为难："这不合规定……"

李筝没有说话，脸上露出些不快。导购立刻住嘴了："请随我来。"

导购打开了电脑，示意李筝过去看，片刻后，李筝说："可以了，今天就到这儿吧，我改天过来试衣服。"

导购不敢怠慢，礼貌地送我们到门口。

走出"S&S"，李筝又恢复了平时的样子，没有拒人千里之外的架子了，转身对我说："给我纸和笔！"我从包里取出笔记本递给她，李筝在本子上写了一大串东西，把本子递给我。

我拿过本子，上面写着一个名字"袁诗瑶"，后面有三组数字，分别是身份证号、手机号和银行卡号，从身份证号码可以看出年龄是 25 岁。我把李筝拽到墙角，问："你怎么能确定是她？"

李筝故作神秘，点了点我的额头："你猜。"

我挡开她的手："别卖关子了，快说。"

"全市只有这么一家店，而且是会员制的，买家信息都在他们系统里。店里陈列的衣服都是当季新款，上的时间不会太久。近期只有两名会员买了刚才那套衣服，其中一个是 42 岁。"李筝的思路很清晰。

回局的路上，李筝拨打了那个电话号码，对方手机关机了："看吧，十有八九就是她！"

我们立刻把情况向领导汇报，很快确定袁诗瑶失踪了，而她留下的银行卡信息却不是本人的，而是一个叫"任海东"的人，那张银行卡还涉及多宗大额珠宝交易。

这个任海东是个名人，他是本地第二大珠宝品牌万福珠宝的老板。袁诗瑶持任海东的卡进行消费，说明二人关系不一般，我心里隐隐有了猜想。

"这就对了！死者身上文了个'D'，那不就代表任海东的'东'嘛！"李筝猛地一拍大腿，"而且，富豪情妇的身份和死者的衣着也搭得上。"

一方面，我们联系了袁诗瑶的家属，准备进行身份识别；另一方面，我们去找任海东，希望可以了解更多关于袁诗瑶的信息。没想到事情如此顺利，看来三天之内破案还是有可能的。

我们先去了万福珠宝总部，扑了个空。然后转道去任海东家，见到了任海东的妻子张素，她对我们的到访略感诧异。

张素坐在沙发上，让用人给我们上了茶："说吧，他是不是犯事了？"

"我们有些事情想找他当面谈谈。"

"你们直接去找他呗！"

"我们在公司没有找到任总，所以才过来。"

"不瞒你们说，我也半个月没见过他了。不知道他在外面跟哪些女人鬼混，听说他前段时间刚在北郊买了套别墅。"

我们告别张素时，她嘴里还嘟囔着："别让我抓住现行，不然……"我摇了摇头，没想到富豪太太脾气这么火暴。

我们把情况做了汇报后，侦查中队立刻去寻找任海东，任海东是名人，很快就查到了他在北郊的别墅，然而侦查中队没有把任海东带回来。李队长给我打来电话，叫我们抓紧过去一趟，任海东死了！

别墅被一片大树环绕着，从外面看起来非常隐蔽。

窗外已是黑漆漆的寒夜，窗内却十分温暖。卧室里的灯光不是很亮，让原本喜庆红色的床品有点瘆人。空气中弥漫着一股怪异的香气，夹杂着尸体腐败的气味，李筝背过身去，捂着嘴干呕了几下。王猛手中相机的闪光灯一阵闪烁，记录着死者的原始状态。

死者赤身裸体，尸表一目了然，面部青紫肿胀，胸腹部隆起，布满了腐败静脉网，体表没有明显损伤。估计是由于室温高，尸体腐败得很快。

腐败静脉网是尸体腐败后，尸体内部器官及血管中的血液受腐败气体的压迫，流向体表，使皮下静脉扩张，充满腐败液，在体表呈现出的暗红色或污绿色树枝状血管网。一般在死后 2 至 4 天出现，早期多见于腹部和上胸部，逐渐扩展至全身。

我们几个人合力才把死者抬上了担架，送上了尸体运输车。我和李筝帮着王猛对别墅里的其他房间进行勘查。整栋别墅门窗完好，小区戒备森严，陌生人闯入的可能性很小。

和袁诗瑶关系密切的任海东死了，无法从任海东口中了解袁诗瑶的情况，但任海东的死或许可以让我们发现更多线索。留给我们的时间不多了，我们希望把勘验做细，一次性发现所有线索。

衣帽间很大，靠墙摆着三个衣橱，拉开衣橱，里面满满的全是各种女式衣服。我和王猛叹为观止，李筝面色平静。其他很多房间里也放置着女性用品。

"别墅里女人的东西很多，但是男人的东西却不多。"李筝想了想，"看来这里常年住着一个女人，男人只是偶尔光顾。"

王猛笑了笑，"这就是金屋藏娇啊。不会是玩大了导致马上风吧？"我没说话，在没解剖之前，一切都只是猜测。

我们在别墅里发现了一本相册，照片里的一男一女，正是袁诗瑶和任海东。

得知任海东的死讯，张素叹了口气："就他那副身子骨，早晚死在狐狸精身上。"

赶到解剖室又是深夜，已经连续两晚在解剖室混了。解剖室的通风设备有些老化，此刻正弥漫着腐败尸体的气味。

我开玩笑说："这气味还不够浓郁，当年我去过一个现场，死者在家里死了一个多月才被发现。那气味有多强不好描述，但衣服洗了好几次都有味，最后不得不扔掉了。想想也没办法，我们总不能光着屁股做解剖吧。"

王猛嘿嘿笑着。李筝也有些忍俊不禁，笑过之后又摇摇头："以前觉得当法医很酷，没想到是真苦。"

"开工吧，明天再破不了案就悲催了。"我拿起手术刀，对准了死者颈部。

暗红色的液体沿着刀口流出，手术刀一路划到耻骨联合上方。我把刀口向两侧分开，暴露出胸腹腔。

死者腹部膨隆，除了本身肥胖的缘故，还因为此刻他的肚子里满是腐败气体。我示意李筝和王猛后退几步，用手术刀片戳了下去。"噗"的一声，死者的腹部以肉眼可见的速度变小，同时一股腐臭气味扑面而来。我赶紧往后退了两步，挡住李筝。

等死者的腹部大小不再变化，我划开了他的胸腹部皮肤。"肋骨断了。"我用手触摸着，"左侧断了三根，右侧断了两根。"剔除肋骨上附着的肌肉，王猛对肋骨断端进行了拍照。

切开肋软骨，取下胸骨和前肋，死者的胸腔有少量积血。

"这些积血是哪里来的？"李筝探过头来问。

我指着肺脏表面的一处小创口："肋骨骨折，断端刺破了肺脏。"

"那有点类似胸外按压造成的医疗损伤啊。"李筝说得有道理，在进行胸外按压心肺复苏时，经常会有类似的情况发生。

"我并不认为凶手是为了救他。"我拎出死者的肺，把两片肺叶分开，"你看，肺间有大量点片状出血，这是窒息征象。打开心包腔，心脏表面也有出血点，窒息征象十分明显。"

"窒息死亡没问题，但不是勒颈或扼颈吧？"李筝摸了摸死者的颈部，"舌骨没骨折啊。"

"窒息死亡的尸体，90%以上都是颈部受力。"我理解李筝的疑惑，"也有些特殊情况，但原理是相同的，只要阻断了呼吸，就可以形成窒息。"我看着李筝，"在床上弄死一个仰卧位的人，最好的办法是什么？"

李筝低头看着解剖台上的尸体，好像在做场景模拟："用枕头摁在口鼻上！"

我笑着点点头："死者的口腔黏膜有挫伤，正是口鼻部受力的表现。"

"太可怕了，法医简直都是杀人专家啊！"王猛像受惊的水獭一样捂着胸口。

我想起我大学老师曾经说过的一个惊人观点：法医学是一门研究杀人的学问，我们要研究得比犯罪分子更透彻，才能揭穿犯罪。

我盯着手中的手术刀，缓缓说道："利刃和技能本身没有善恶，人心才有！"

"对！"李筝抬起头看着我，"我们研究死亡是为了帮死者说话，还死者公道。"

"这话我听着耳熟！"王猛嘿嘿一笑，"真是有其师必有其徒啊，你俩说话的风格越来越像了。"

警察犯罪甚至是法医犯罪，破案难度的确会大很多。但天网恢恢，疏而不漏，这世上不存在完美的犯罪，真相总有一天会被揭穿。

解剖结束，李队长打电话说袁诗瑶的男朋友找到了，让我去给他采个血。

袁诗瑶的男朋友叫李林，瘦高个，戴着一副黑框眼镜，给他采血时感觉他的手有些凉。李林说他好几天没见到袁诗瑶了，得知袁诗瑶的死讯，他在审讯室里号啕大哭。

但无论他表现得怎样悲恸欲绝，作为死者的男朋友，是本案的嫌疑人，都需要继续审讯。

我们带着尸检的检材和李林的血样去市局送检，忙完已是凌晨。

时间越来越紧迫，只剩下不到一天时间，我们反而平静下来。慌乱不能解决问题，我们能做的就是把检验做到极致，让线索的作用发挥到极致。

一大早，我和李筝又去了市局。经DNA检验，死者确定是袁诗瑶。她阴道里的一份男性DNA是任海东的，这也在我们的意料之中。

编织袋拉链上做出了两个人的DNA，其中一人正是拾荒者老贾，这个很好解释。但老贾的DNA居然和死者阴道里的另一份男性DNA成分相同！

"没想到是他！"李筝张大了嘴巴。

更让我们感到意外的是，李林的DNA没有比中死者身上的男性DNA成分。作为死者男友，居然不是死者身上三份男性DNA之一。那么，死者口腔中的 DNA 是谁留下的？案子更加扑朔迷离了。

马上拘传了老贾，老贾一开始没有认识到问题的严重性，拒不交代问题。但 DNA 怎么会说谎呢？老贾的精液可不会自己流到死者阴道里。而且从他的住处搜到了手镯、戒指和项链，万福珠宝的。

老贾老脸通红，低着头交代了事情的经过。老贾是个光棍，靠着捡废品也能勉强维持生计，但是身边一直缺女人。

刚发现死者时，他吓了一跳，但发现死者十分美貌，心里就起了歹念，他环顾四周无人，褪下了死者的裤子……老贾在奸尸后还拿走了死者的手镯、项链和戒指。

李林在审讯室里交代了很多关于袁诗瑶的事情。李林其实听到过关于袁诗瑶和任海东的风言风语，但李林深沉而卑微地爱着袁诗瑶，他给不了袁诗瑶充足的物质条件，也不愿女友受苦，只要袁诗瑶不离开他，哪怕她爱别人，他也爱她。

只是最近袁诗瑶有些反常，对他很冷淡，不让李林碰，甚至暗示要分手。李林感觉事情并不简单，某天偷偷跟踪了袁诗瑶，发现她和一个年轻小伙儿在一起。

就这样，本案中涉及的第四个男人终于进入了我们的侦查视野。凌晨 5 点，侦查中队在一处居民楼中找到了袁诗瑶的小情人元栋，还在他住处搜出了一部属于袁诗瑶的手机。

在证据面前，元栋很快交代了犯罪事实，而背后的策划者竟然是任海东的妻子张素。

原来，袁诗瑶在男朋友李林之外，勾搭上了富豪任海东。作为富豪的妻子，张素自然不是省油的灯。摸清了情况后，她准备以其人之道还治其人之身。在一次私密 party 上，一个浑身荷尔蒙的帅小伙儿让张素眼前一亮，这人就是元栋。

俩人各取所需，很快就厮混在一起。两人相处一段时间后，张素开始盘算长久之计。某天她在床上和元栋商量，元栋和她耳语一阵，把手掌横放在颈部做了个扭动的姿势，张素略一迟疑，狠狠点了点头。

但事情要做得干净利落，还得把自己择出来。苦思冥想之下，他们想了一个堪称完美的办法：借小三袁诗瑶的手除掉任海东，张素便可以独霸财产，和元栋双宿双飞。

按照设计好的套路，元栋开始接触袁诗瑶，投其所好。本就空虚寂寞的袁诗瑶很快就喜欢上这个帅气健壮又体贴入微的小伙儿。为了表达爱意，袁诗瑶甚至在身上文了一个"D"，代表元栋的"栋"字。

任海东很快就发现了那个文身，袁诗瑶说文身代表了"东"字，是爱的证明。任东海十分开心，送给袁诗瑶一张银行卡，就是后来袁诗瑶买衣服用的那张。

和袁诗瑶深入交往后，元栋时常给她讲一些谋杀亲夫后伪装成意外死亡的案子，还透露出想和袁诗瑶长相厮守的打算，袁诗瑶渐渐动了心。

那天，她像往常一样和任海东在一起时，忽然想起了元栋说过的那些案子，于是她趁着任海东兴奋过后比较虚弱，跪在任海东胸部用枕头闷死了他。

任海东死后，两个人喝红酒庆祝，然后开始亲热。元栋其实也有点喜欢袁诗瑶，但他舍不得强大的靠山——张素，而且他知道张素的手段，所以必须和袁诗瑶有个了断。

此外，他怕万一杀害任海东的事情败露，自己跟着受牵连，于是他一边享受袁诗瑶的温存，一边下定决心提分手。元栋没想到，此时袁诗瑶口中留下了他的 DNA 成分，也就是第二份男性 DNA。

袁诗瑶勃然大怒，她没想到自己成了别人的棋子，她可不想人财两空，便以鱼死网破相要挟，让元栋放弃张素和自己远走高飞。俩人起了争执。元栋见不能善了，杀心顿起，练过武的他扭断了袁诗瑶的脖子。

元栋把袁诗瑶的尸体藏到马上要爆破的拆迁楼里，盘算着第二天她的尸体就会被永远掩埋在废墟下。

老贾的出现，让死者体内留下了第三个男性 DNA 成分，也让整个案子更加扑朔迷离，但是因为有了老贾的报警，才让案子浮出水面。

袁诗瑶曾经告诉元栋，她设想着假如罪行被发现，就说任海东是在性活动中意外死亡，毕竟他年纪不小了，身体也不是很好，但没想到她自己也死在了情人手上。

过程虽然曲折，但好在三天之内破了案，冯大队长舒了一口气，拿烟的手都有点抖。真相大白，金山小区在一夜之间被夷为平地。

在爆破现场，我看到了李林，他一脸憔悴地站在那里，好像眼前轰然倾塌的不是砖瓦，而是他的内心。

我突然很能理解李林的心情。很久以前，我也是在一夜之间失去了爱人的能力。

我知道这时候说什么都没有用，只是拍了拍李林的肩膀，希望他有一天会好起来。

分别时，李林伸手跟我告别，我突然注意到他右手手腕处的文身，三个黑色的字母：YSY。三个男人里，任海东贪图袁诗瑶的美貌，元栋靠她敛财，真正爱她的只有卑微的李林。

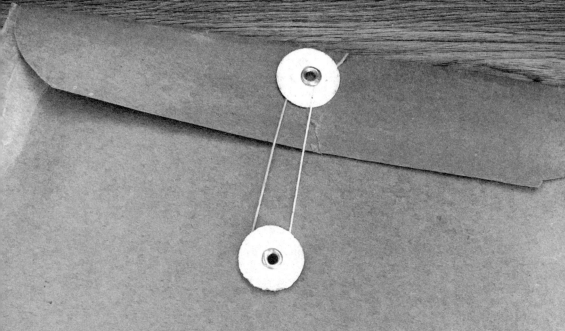

12 谁都知道他杀了人，但就是无法定罪

酒和头孢类的抗生素一起服用，可抑制体内乙醛脱氢酶活性，使乙醛无法降解，造成乙醛中毒现象，也就是所谓的双硫仑样反应。双硫仑样反应可以引起面红耳赤、心率快、血压低，重者可致呼吸抑制、心肌梗死、急性心衰、惊厥及死亡。

　　"晓辉，你们都到了啊。"王猛提着箱子气喘吁吁地跑到我们面前，身上一股火锅味，看样子是直接从饭桌上赶过来的。

　　20分钟前，我们接到出警通知，盛凯健身俱乐部泳池里有人溺水，120来看过，人已经没有生命迹象。

　　盛凯是本市知名的健身俱乐部，设施齐全，有健身区、舞蹈区、瑜伽区、桑拿区，还有室内室外两个游泳池。环境和服务都不错，离单位近，我去过几次。

　　室内是恒温游泳池，人比较多。我喜欢在室外的冷水池游，池底有一朵巨大的百合花拼图，我印象很深。

　　走进俱乐部大门，前台左边挂着一幅巨大的海报，上面印着两个女孩，一个有马甲线，一个肚子上三圈肥肉，下面配文"二月不减肥，三月徒伤悲"。

　　李筝戏谑地瞥了眼王猛的肚子。王猛猛吸一口气，愣是把肚子收回去两寸，但可能晚上火锅吃得不少，三秒后就破了功。

　　我们乘电梯去地下一层。派出所民警带着俱乐部经理和几个壮汉迎了上来。

　　"泳池已经封锁了，死者身份已经基本确定，正在进一步核实。当时泳池里还有三个人在游泳，岸边还有一名救生员，正在录口供。"派出所民警的做法很正确，第一时间固定现场和人证。

　　在民警带领下，我们穿过更衣室，来到游泳馆内。偌大的游泳馆里空荡荡的，相对于外面的嘈杂，这里面十分安静，碧蓝的池水倒映着天花板上辉煌的灯光。

我向对岸看去，距离泳池约 1.5 米处一大块白色毛巾盖着的，大概就是死者了。我摸了摸后脑勺，进入战斗状态，感官变得敏锐起来。

闪光灯伴随着快门声，王猛在用手中的相机详细记录着现场的情况。

在距离死者两米处，李筝放下了手中的勘查箱，把检验记录表递给我："我来检验吧。"说着从勘查箱里拿出一副手套戴上。

我们来到死者跟前，李筝捏着毛巾的一角，轻轻揭开，一具穿着深蓝色泳裤的男性尸体展现在我们面前。

死者五十来岁的样子，体形健硕，仰卧位，四肢伸开，头歪向一旁，浓眉、高鼻梁，面色苍白，口鼻部有泡沫。

死者颈前有一个精致的玉观音吊坠，细金属链缠绕在颈部，左手腕有一个塑料环，上面有个号码"67"。

"俗话说，淹死会水的，看来还真是那么回事啊。"王猛在一旁感慨。

李筝蹲下身子，摸了摸死者的头部："颅骨没有明显骨折。"

"角膜透明，瞳孔散大，直径 6 毫米，双侧瞳孔等大等圆，睑结膜有少量出血点。"李筝逐项检验，我在记录表上做着记录。

"皮肤苍白，尸斑浅淡，尸僵出现早，口鼻部蕈样泡沫，鸡皮样皮肤……"李筝抬头看着我，"非常典型的溺水征象。"我点点头。

体表没有发现明显损伤，尸表检验很快就接近尾声。李筝按了按死者的胸部："咦？肋骨和胸骨好像有骨折。"李筝抬头看看我，又低头用力按了几下，死者口鼻部有液体溢出。

"可能是抢救过吧，做过胸外心脏按压。中老年人骨头比较脆，大力按压很容易导致骨折。"我回答道。

尸表检验结束，王猛开始对现场进行勘查，完事后说："这是个标准泳池，各项指标都没问题。"

我们走出游泳馆，派出所民警把我们领进一间办公室，将汇总的情况做了介绍。

死者叫邵明泽，51岁，本地人，是健身会所的常客，今晚6时50分来的，8时13分出的事。

我们在另一个房间内见到了当时的目击者——泳池内其余三人和救生员。

当时泳池内一共有三男一女，各自占据一个泳道。救生员上了趟厕所，回来发现水面少了一个人，立刻跑去看怎么回事，却发现有个人在水底趴着。

救生员将他救起，并立刻实施了胸外心脏按压。女生跑回更衣室取出手机拨打了120。医院的急救人员赶到后，发现人已经死亡。

两名男子回忆说根本就没注意出了意外，而据最靠近死者泳道的那位女子反映，她看到死者跳入水中，既没有挣扎，也没有呼救，以为他在玩潜水。

由于是室内现场，人员并不复杂，而且有多人目睹了事情的经过，可以互相印证。主要的是，尸表检验没有发现异常。我们三人对视一眼，心下判断这就是一起简单的溺水事故，接下来就是向死者家属解释死因和处理善后了。

外面一阵嘈杂声，一名中年女子闯了进来，柳叶眉，大眼睛，脸色有些苍白，自称是死者的妻子。她撑着椅子慢慢坐下，我简单和她说了一下尸表检验情况。

"他说今晚去喝酒，怎么死在泳池里了呢？"女子定了定神，摆着手说，"不管怎么说，游泳馆是有责任的，这事儿可不能就这么算了！"

看样子，接下来的事，恐怕需要健身会所和家属交涉了。

"这样吧，尸体先运去解剖室冷藏，等你们商量好了再处理。"这种意外事故很常见，我给出了一个合理建议，但愿双方能谈拢。

回家已是深夜，简单洗漱后我倒在床上就睡着了，难得周末，一觉醒来已经9点多了，刚伸了个懒腰，就接到了王猛的电话，想骂他扰人清梦，但他的话让我安静下来。他说，一大早死者家属就去了派出所，要求解剖尸体查明死因。

怀着疑惑的心情，我赶到了局里。原来昨晚死者家属提出，邵明泽水性很好，之所以会溺水，可能与饮酒有关，要求追究和邵明泽一起喝酒的那几个人的责任。看来家属不但要追究健身俱乐部的责任，还要追究共同饮酒人的责任。

派出所昨晚和邵明泽妻子一起找到了那几个和邵明泽喝酒的人。他们听说邵明泽出事都十分痛心，但是一提到责任和赔偿的事，众人态度出奇地一致，要求解剖尸体，查明邵明泽的死是否和饮酒有关。潜台词很明显，这锅他们不背！

"唉，活着是兄弟，死了闹成这样。"我感觉有些无奈，"看来大家都把焦点集中到死因上了，可就算死者喝了酒，除非是中毒量或致死量，否则也说明不了饮酒与死亡的关联啊。"

我摇了摇头："不管那么多了，既然家属提出解剖尸体，咱就把死因查清楚，也算给死者一个交代。"

这时李筝也赶到了，大周末加班，她并没有不痛快的表情。

室外阳光明媚，解剖室里却略显阴暗。解剖室是法医的重要工作场所，这里的所有摆设和器具我都十分熟悉，甚至闭着眼也能摸到想要的器具。

戴手套时，我特意瞥了一眼手上的疤痕，心里像被隐隐扎了一下。

按照常规检验流程，重新看了一遍尸表。看着我重新检验尸表，李筝有些不解："不是在现场看过了吗？"

我能听出李筝语气有些疑惑和不满，好像重新检验尸表是对她初次检验的不信任，于是解释道："有些损伤比如皮下出血，在刚死亡时并不明显，反而过一段时间后会更明显。"

我指着死者胸前一处瘀青，对李筝说："我们不能放过任何一次发现真相的机会。"李筝没有说话。

"除非不解剖，只要解剖就一定要全面细致，不能遗漏也不能失误。"我见李筝的气势已经渐渐弱了，示意她和我一起翻过尸体，对死者背面进行检验和拍照。

此时尸体的尸僵已经很强，整个人就像一块铁板。我们用力翻回尸体，在尸体颈部垫上垫板，开始解剖。

我首先割开了胸腹部皮肤。

"晓辉哥，你割断血管了！"李筝瞅了我一眼，"你也有失手的时候啊。"

我疑惑地看着李筝指着的地方，断了的血管是锁骨上静脉，属于新法医经常割断的血管。

　　我把那条血管捏在手中，靠近了仔细观察，血管破口不规则，而且脆性明显增高："这可不是我割断的，他的血管本身就很不健康。"

　　死者左侧肋骨断了4根，胸骨也断了，骨折断端有少许出血。切开肋软骨，连同胸骨一起，把前肋取下，发现死者的左肺和心包有破裂口，胸腔内有积血500毫升。

　　这些胸部损伤的生活反应不是很明显，应该是濒死期或者刚刚死亡时形成的损伤，极有可能就是行胸外按压心脏时形成的。

　　"这是一种常见的死后人为现象，或濒死期的人为现象。"

　　"这个我知道，为进行复苏对病人进行胸外按压，如用力较大，可致肋骨或胸骨骨折，甚至可发生骨折断端刺破软组织、胸膜和肺组织，引起皮下血肿、皮下出血、气胸、血气胸和肺萎缩，严重者还可引起肝、脾等上腹部器官的破裂，并发腹腔积血，甚或胸腔出血……"

　　李筝一口气背了一大段书，我和王猛都有些忍俊不禁。

　　"这种损伤其实很常见，毕竟是出于救人的目的。"我忽然想到了什么，"这处损伤咱们在写鉴定书的时候要考虑一下怎么写，既体现真实情况，又让死者家属理解胸外按压的必要性。"李筝若有所思地点了点头。

　　打开肺和支气管，里面有大量液体，看来死因就是溺水窒息。按照常规依次检验了腹部和头部，没有再发现其他损伤。

　　打开胃壁，一股酒味扑鼻而来，死者胃里大约有500毫升液体和少量食糜，这也和了解到的情况一致，死者是喝过酒的。当然，胃内容物需要进行理化检验，才能确定具体成分。

　　解剖完毕，我们立刻到市局进行送检，对死者心血和胃内容物进行酒精检测和常规排毒，主要排查各类常见农药和镇静安眠类药物。

　　我们把提取的死者内脏器官送去病理室进行病理切片检验。为了尽快出结果，我叮嘱病理室帮我们做了个加急切片。做病理是为了看死者是否有自身潜在疾病，假如有心脑血管疾病，在游泳时也可能发生意外。

　　在外面简单吃了饭，我们回到局里，三个人围坐在一起，开始了讨论。

　　王猛忽然一拍脑门儿："我差点忘了个事，派出所已经详细询问了和死者一起喝酒的那五个人。当晚邵明泽喝了一杯白酒后去了趟洗手间，回来后说不喝了，要去健身会所游泳。

"据他们反映，邵明泽酒量很大，一杯白酒对他来说就是小菜一碟，众人也没在意，大家以为邵明泽找了个借口开溜，以前邵明泽也经常打着喝酒的幌子去寻欢。"

"寻欢？"李筝有些不解，王猛没有再解释。

"你们有没有想过，死者到底为什么会溺水？是因为喝了酒反应迟钝才引起溺水吗？可种种迹象表明，喝酒对他的行为能力影响不大啊。"我提出了自己的疑惑。

"没错！"王猛点了点头，深以为然，"我也在喝酒后游过泳，虽然会比平时累些，可也没什么事啊。游泳池不比温泉，水温也不高。"

"会不会是在饮酒和游泳的双重刺激性下，诱发或加重了原有疾病，导致溺水死亡？"李筝转了转手中的笔，"可能是本身有心脑血管疾病，也可能是饮酒使血管扩张，体表循环加快，遇冷水刺激，引起应激性休克，而溺水掩盖了这些潜在因素。"

"有道理，假如有晕厥或休克，就非常容易溺水了。病理结果要明天才能出来，咱们先查查死者的情况吧，看有没有高血压、糖尿病之类的慢性病。"

"会不会是吃了什么药，在酒精的作用下……"李筝的话引起了我的注意，因为酒可能跟很多药物发生反应，最常见的就是酒和头孢类的抗生素一起服用，可抑制体内乙醛脱氢酶活性，使乙醛无法降解，造成乙醛中毒现象，也就是所谓的双硫仑样反应。

双硫仑样反应可以引起面红耳赤、心率快、血压低，重者可致呼吸抑制、心肌梗死、急性心衰、惊厥及死亡。除了头孢类抗生素，还有很多药物也可以引起双硫仑样反应，所以在服药的时候切记不能喝酒。

"存在那种可能。"我盯着李筝，"而且解剖发现死者血管脆性增高、破裂出血，我怀疑死者血液循环系统有问题，可能是长期服用某种药物的副作用。"

既然事情没有头绪，多做几项检测也是好的，我联系了市局理化室，看能不能加做容易引起双硫仑样反应的药物和循环系统常用药。

第二天，死者的病理报告和化验报告都做出来了。死者心肌缺血，供血不足。头孢类药物没有检出，但胃内容里检测出酒精和一种降压药成分，属于钙拮抗剂，含量很高。

另外，死者的血液中有两种不同的降压药成分，其中一种和胃内容里的成分相同，含量较高；另一种降压药的含量却非常低，是一种利尿剂。

高血压患者服用两种或多种降压药的情形也是存在的，服用不同机制的降压药，可以起到更好的降压效果，但服用降压药时饮酒就是大忌了。

"这么说，死者是服了降压药，同时又喝了酒。"李筝在办公室里来回走着，"这邵明泽也太不注意了！"

"我怎么觉着死者的名字很熟呢？"李筝忽然停下了脚步，挠了挠头。

"对了，他来过法医门诊！"李筝说着打开电脑，居然真的找到了邵明泽的记录。李筝指着电脑屏幕，"晓辉哥你看，邵明泽，51岁，因交通事故与人发生纠纷，双方互殴。"

半个月前，邵明泽出了一起交通事故，和对方打了一架。对方是个小青年，五大三粗的，但邵明泽老当益壮，双方谁也没占着便宜。鉴定出来，两人都是轻微伤，派出所各打五十大板。

伤情鉴定里面附了邵明泽的病历资料，他很健康，只是心率有些慢，血压也偏低，但对于经常运动的人来说，这是很正常的。

"心率慢、低血压……"李筝嘟囔着，"怎么还会服用降压药啊，这算是自杀了。"

"也可能是被人下药。"我感觉背脊一阵发凉，"他的血压低可能和长期服用降压药有关！"

"对！"李筝睁大了眼睛，"以前是小火慢炖，这次下了狠手。会不会是当晚一起喝酒的人？"

"可能性不大，你别忘了，解剖尸体查死因可是他们提出来的。"

纵观整个溺水事件，就只有这么一个疑点。

可一旦有了疑点，就像种子在心里发了芽，不查清楚就很难受。我们向大队长进行了汇报，大队长立刻做出部署：一方面围绕降压药开展工作，寻找降压药的来源和去处；另一方面，调查死者的社会关系和活动轨迹，看看有没有矛盾点。

在侦查中队及派出所的协助下，我们查到了一些关于死者邵明泽的信息。

邵明泽算是个有钱人，但他从事的行业其实并不光彩，他是放高利贷和套路贷起家的。由于警方加大了对套路贷的查处力度，半年前他收手不干，开了一家超市。

男人有钱就变坏，多数情况是适用的，邵明泽也不例外，他之前有过几个情人。

对于邵明泽的所作所为，妻子睁只眼闭只眼，只是缩紧了财政大权。我们调查到最近半年以来，邵明泽的妻子开始转移资产，看来也是有所防备。

另外，上个月邵明泽的店里有个店员因为犯错被邵明泽扣了工资。那个店员曾扬言要告到法院，最后邵明泽补给了工资息事宁人，但是一直琢磨着找个理由把他赶走。

再就是半个月前那次交通事故，虽然双方表示互不追究，可终究是埋下了矛盾。

我们分别对这些矛盾点进行调查，甚至找到了最近邵明泽寻欢的对象，可最终还是缺乏证据。案件似乎陷入了僵局，死者家属每天都去健身俱乐部讨说法，俱乐部暂时停业了。

误服降压药的话，一次两次还说得通，但死者长期服用降压药，多半并非自愿或误服，而是有人下药。能够长期下药的人自然是他最亲近的人。死者妻子吕筱还存在转移资产的情况，于是刑警队开始重点调查她。

大家心里还是没底，我也生出一种无力感。

平时不抽烟的王猛，不知从哪里弄来一支放在嘴里，眉头紧锁地在屋里踱着步。

"作为技术人员，该做的咱都做了。"李筝一脸无奈，"要不，再去现场看看？"

"死者心血和胃内容里检出的高浓度降压药，服用时间应该距离死者的死亡时间很近，不会超过两小时！"我望着窗外，"死者生前两小时，活动地点主要是酒店和游泳馆。"

王猛的眼睛亮了，把烟从嘴里扯出来，狠狠摔在地上："走！"

我们在健身俱乐部待了一整天，有了一些奇怪的发现，但是不确定是否和溺水案有关。

首先是有一间桑拿房的内侧门把手坏掉了，导致那间桑拿房只能从外面开门，无法从里面开门，由于俱乐部出事后停业了，也就没人发现并进行维修。

门把手上没有刷出指纹，也没做出 DNA 成分。按理说门把手上面应该能做出人的指纹或 DNA 才对，可是上面什么也没有，这就十分反常了。

我们调取了健身会所的监控。在事发当晚，监控曾经拍到那个游泳教练兼救生员在自助饮料机买了一瓶饮料。大约 5 分钟后，另一个监控拍到死者手中拿着那一瓶饮料。那个时间段，再没有其他人去买饮料。

"难道是他？"李筝看着监控，随即摇了摇头。健身会所并不是处处都设有监控，中间的过程都缺失了。

另外，我们了解到，游泳池电加热设备在 3 个月前发生过漏电事故，导致电源跳闸，但所幸没有造成人员伤亡。

我们开始对游泳馆救生员秦卫罡展开调查。

秦卫罡，男，27 岁，盛凯健身俱乐部游泳教练兼救生员，两年前从部队退伍。周围人对这个身高 185 厘米，英俊帅气的小伙子印象普遍很好。他阳光开朗，又有军人气质，颇受女学员青睐，很多人购买了他的私教课。

我们突击搜查了秦卫罡的住处，在显眼位置摆着一张全家福。照片上的父亲让我觉得有点眼熟，一时间又想不起来。

我们通过技术手段破译了秦卫罡经常浏览的网站，发现他曾查过"药物""谋杀""低血压"等关键词。

回警局的路上我忽然想起来，几年前的一起自杀事件中，死者也姓秦。我一直觉得秦卫罡眼熟，原来是我看过另一个现场。我立刻翻阅了几年前的案卷资料，然后请示领导，对秦卫罡进行传唤询问。

当我用采血针狠狠扎进秦卫罡手指时，他十分镇定，连眼都没眨一下。

其实采血一方面是采集生物检材，另一方面对被采血人是一种震慑。多数犯罪分子被采血时都是不淡定的，尽管有些人装作没事，但也手心出汗，手指发凉。

与此同时，在邵明泽家中搜出了一种降压药，和死者血液中含量少的那种利尿类降压药成分相同。据邵明泽妻子吕筱供述，她已经给丈夫下药好几年了，每天早上在邵明泽的早餐里加入降压药，量不大，但是日积月累也起了作用。

下药的起因是她听说丈夫在外面的风流事。吕筱不知从哪里得知，利尿类降压药可以引起男人阳痿，于是就动了心思，希望丈夫断了出去胡作非为的能力和心思。

吕筱承认下药，但她不承认谋杀邵明泽。她一般都是在做早餐的时候把药下在打卤面里，邵明泽十年如一日地爱吃打卤面。这种药一般六小时以后就代谢得差不多了，和邵明泽去游泳溺亡并没什么关系。

但，还有另一种降压药，而另一名嫌疑人可是具备充分的作案动机的。

事实证明，秦卫罡比我们想象的更聪明。面对讯问，秦卫罡对答如流，审讯人员开始有些动摇，我恰好走进了审讯室。

我抽出椅子坐下，看着秦卫罡的脸被灯光照得发白，但依旧气定神闲。

"别紧张，我只是个法医，来给你讲个故事。"

"两年前，一个军人复员回家，却最终没能见到父亲，只见到了冰冷的尸体。"我看到秦卫罡的嘴角抽搐了一下。

"他父亲是被放高利贷的人逼死的，确切地说，应该是套路贷。"秦卫罡盯着我，呼吸不自主地变重。

"只是贷了20万，最后却要还300万，还被对方律师起诉到法院，法院不但冻结了他家的存款，还查扣了房子和车。最终那位父亲走投无路跳了楼。现场正是我处理的。"我缓了缓，继续说道，"那时候很多人还不了解套路贷的危害，法律法规也不健全，法院判贷款人败诉的案例比比皆是。"

秦卫罡握紧拳头，眼睛瞪得通红。他抬起头看着我："给我根烟。"

他没有说话，我复原了案件。

两年前，军人退伍回来，打听到当初使用套路贷害死父亲的罪魁祸首——

邵明泽。

想要跟踪一个人，对他来说应该是小菜一碟，他很快就掌握了邵明泽的活动规律。

邵明泽每周都会在周三、周五和周天去三次健身房，健身半小时后去游泳，游完泳再去汗蒸。他这个人很守时，每次都是傍晚 6 时 50 分来，一直锻炼到 9 点半才走。

每次健身前后，邵明泽都会在汇英酒店吃饭，酒量很大。

他开始想办法接触邵明泽，为此特地去盛凯健身俱乐部应聘游泳教练。他条件出众，很快就在游泳馆上班了，也慢慢和邵明泽熟了起来，后来邵明泽还指定他当了私教。

他上网搜索过一些杀人方法，每次查完还会仔细地清除浏览记录。

他设计的第一个方法就是让泳池漏电。

因为泳池有两套加热设备，分别是太阳能和电加热器。负责加热的工人和他很熟，有时会让他帮忙照看设备。前段时间电加热器漏电，正准备维修，工人叮嘱他注意趁着泳池里没人的时候再用电加热器加热，平时尽量别用。他记在心里了。

泳池电加热器漏电那天，泳池里只有邵明泽一人，但是不知为什么，邵明泽迅速爬上了岸边。可能是因为泳池太大，人体太小，就像高压电线上的麻雀不会触电一样。

一计不成，他怕再用同样的手段会引起邵明泽的戒备，以后就难办了。反正邵明泽常来，有的是机会。

后来他查到了降压药。

低血压加酒精，极易导致晕厥或低血压休克，直接在水下溺亡。

事发那天，他提前做好了准备工作，并约邵明泽游泳。邵明泽守时，尽管喝了酒也没有爽约。

他知道邵明泽有个习惯，每次游泳前都会喝一瓶脉动，之前他还帮忙买过几次，每次都记得拧开瓶盖再递给邵明泽，让邵明泽感觉服务很周到。

事发当晚，他买了饮料，加入事先研磨好的药粉，递给邵明泽时，邵明泽丝毫没起疑心，加上喝了酒有些口渴，一整瓶饮料很快见底。

后面发生的事情完全按照他的预期进行。首先发现邵明泽溺水的，自然是站在高处的救生员，但他为了拖延时间去了趟洗手间，返回后才假装救人。

而且在进行抢救时，他怕邵明泽不死，进行了补刀，故意用猛力，导致邵明泽胸骨和肋骨骨折。120来的时候人已经死了，医生根本就没给邵明泽做过心肺复苏，只有他。只是当时场面很乱，没人注意到他。

而且，他还有第二套方案。他根据邵明泽的习惯，为他预留了桑拿房，并事先封闭了通风口，切断了通风扇电源，弄坏了内侧门把手。

桑拿房的高温会引起毛细血管扩张，循环加快，心脏负担加重；并且封闭的空间可能致人缺氧窒息。所以就算邵明泽能安全出泳池，在蒸桑拿时依然会发生意外。

他步步为营，策划了一起完美的谋杀。

我讲完，秦卫罡冷冷地鼓了鼓掌："故事编得很精彩，完美的谋杀，但请问，你们的证据呢？"

我顿时哑口无言。我可以推测出他的所有计划，但我们没有指控他的证据。48小时一过，我们只能放人。

我们没有直接证据证明秦卫罡杀人，且证据之间不能形成完整证据链。没有确凿的证据证实秦卫罡在饮料中下了药，也没有证据表明他的抢救是恶意的，至于坏了门把手的桑拿房，也根本不能作为证据。而且案发现场更是没有留下任何作案工具。

案子没有达到证据确凿充分的标准，按照疑罪从无的原则，只能释放秦卫罡。

邵明泽的妻子坚持起诉，到了审判阶段，因为证据链不完善，秦卫罡被无罪释放。

得知此判决，我心里百感交集，虽然我能拼凑出真相，但一个坏人该不该杀，这很大程度上是一个道德问题；一个坏人能不能杀，在一个法治社会，则是一个不折不扣的法律问题。

诚如德肖维茨所言，培养权利成功与否，最终依赖于人类从恶行经验中学习以及确立权利的能力。

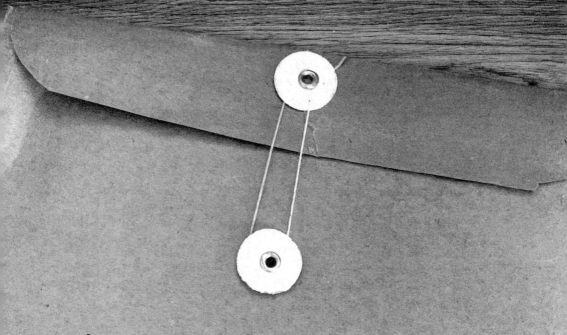

13 正在参加越野赛的选手，已经死了很多天了

"尸体高度腐败，我们从尸体上看不出具体的死亡时间，但是尸体上的蛆虫是可以帮我们测出具体的死亡时间的。"我有些激动，提高了声调，李筝和王猛一脸茫然地看着我。我问："听说过法医昆虫学吗？"

立春之后，很快就到了惊蛰，蛰虫惊而出走，人也躁动起来。

今天法医门诊一下子来了九个伤者，都是打架打的，我忙得连午饭都没吃，临下班了还在整理鉴定书。

突然闻到一股肉香味，转头就见王猛右手在手绘板上绘图，左手敲键盘，间隙往嘴里塞包子，油都不洒一滴。我叹为观止，忍不住叫他："猛哥，给我也来两个呗。"

王猛头也不回，甩了两个包子过来，我眼疾手快地接住。可惜办公室里大家都在低头忙工作，没有注意到电光石火间我和王猛堪称武林高手的对决。

电话铃忽然响起，李筝迅速接起了电话，看她严肃的表情，我心里一沉。果然，她挂了电话，说："崇山发现一具高度腐烂的尸体。"

闻言，我本能地放下了手中的包子，王猛则"咕噜"一声咽下最后一口，一点不浪费。

"拿装备吧，准备出现场。"我招呼大家。

一个小时后，我们来到了郊区崇山，之前在这边的防空洞里，我们做了一幅人骨拼图。

警戒带拉在尸体 50 米开外，但在警戒带外已经能闻到臭味。我皱了皱眉，这可是野外开放空间，这么远都能闻到尸臭的话，靠近了得臭到什么程度。

派出所民警一边介绍情况一边带我们往前走："死者可能是个流浪汉，失足跌到坑里。"

天色渐暗,我们打着勘查灯,踩过枯黄的草地,靠近了现场。

这是一个类圆形的大坑,直径10多米,深度约5米。坑壁全是凸起的不规则石块,坑底有几株不知名的小灌木,尸体横在灌木旁的碎石上。

石坑西侧的坡度稍缓,坑边一棵树缠着绳索,直通坑底。很明显,派出所民警已经下过坑进行了初步勘查。

"下午有个放羊老头来所里报案,说闻到了臭味,近看好像是个死人。我们简单看过现场,性质不好判断,尸体没敢动,让你们专业人士来瞧一下。"派出所民警把现场移交给了我们。

我们迅速穿上隔离服,戴上防毒面具。通常我是不戴防毒面具看现场的,因为尸体散发出的特殊气味,很可能揭示某种特定的死因,嗅觉也是查案的一大利器。但这次,现场的尸臭已经完全超出了我的接受范围,还没下去我就阵阵作呕,不敢再托大。

我们三个人沿着绳索陆续下到坑中。

派出所民警在坑边帮我们照明。在坑底的感觉和上面截然不同,有一种压抑的静。我们可以听见彼此的心跳和呼吸,上面的人声也变得嗡然遥远,还有一些奇怪的"吱吱"声。

我们径直来到尸体旁边,死者是仰卧位,衣服和头面部呈灰黑色,已经分辨不出原来的颜色。死者面容呈巨人观,依稀分辨出是短发,衣服像是马甲,胸前的口袋插着两个水瓶。

死者身旁遍布碎石,有一块石头压在了右大腿上。

衣服因为腐败的液体变得潮湿而滑腻,紧紧裹贴在膨胀的尸体上,拉出一些黏稠的丝线。腐肉被紧紧勒着,似乎已经到了衣服的弹性极限,下一秒就要爆裂开来。

"啊!他在动!"李筝吓得声音都变了调,连忙往后退,躲在我背后。

我仔细一看,死者的腹部微微隆起,又缓缓塌陷,像在呼吸一样。我心里有了底,拍了拍李筝肩膀:"别怕,不是尸体在动,是蛆。"

死者上身穿了两层衣服,外面像是一件马甲,里面是一件黑色的长袖T恤。

衣服的质量不错，在尸体高度腐败的情况下，T恤还紧紧绷在身上，并没有明显的变形或损毁。

我用剪刀剪开死者的衣服，死者肚子突然膨出，一堆白色的东西喷涌而出，像是个小型喷泉，喷出近10厘米高，又四散开来。蛆虫像是突然间挣开了束缚，四散蠕动，我们三人都下意识地后退了一步。

灯光下，可以看见蛆互相纠缠，在死者腹部钻出许多密密麻麻的小孔洞，进进出出。我顿时觉得头皮麻得都要炸开。

此时，我明白了之前听到的奇怪"吱吱"声的来源。蛆的数量极多，它们钻来钻去，和尸体的皮肤肌肉摩擦、碰撞，在腐败液体中滑行，彼此之间重叠缠绕，遂产生了奇怪的声响。

"别愣着了，过来帮我看尸表。"我隔着防毒面具，瓮声瓮气地对李筝喊道。

在我们的日常工作中，高度腐败的尸体也见过不少，但画面感这么强的还真是少见。李筝脸色苍白，神情有些恍惚。

我用手摸了摸死者的头，死者头皮肿得很厉害，但有骨擦感，说明颅骨有骨折。根据死者所处的位置，我的第一判断是，死者从坑上摔下来，摔到了头。

尸体高度腐败并且被蛆虫毁损严重，尸表检验很有难度。因为即便原先有些损伤，由于皮肤软组织被蛆虫广泛钻噬，也会变得很难分辨了。

"晓辉哥，你看！"李筝指着死者的左腕部。死者的前臂和手都涨得很粗，唯独腕部被什么东西紧紧箍住，像个掐腰的葫芦。

王猛把勘查灯近距离照在死者腕部："好像是块运动手表。"

死者下身穿着黑色的紧身裤，左脚穿着一只鞋，右脚没有鞋，下半身的蛆虫明显要比上半身少很多。

王猛在坑内勘查，找到了一个头灯和一根类似拐杖的东西。尸体不远处发现了一只鞋，和死者脚上的鞋是同一双。

我在死者身上继续勘查，没有发现能显示其身份的物品。坑内的环境显然不适合解剖，在确定没有其他发现后，我们固定好物证准备打道回府。

如何费了九牛二虎之力将尸体吊上来运回，暂且不细说。总之，我们终于回到了局里，连夜开始解剖。

解剖室里有两个解剖台，其中一个专门用来解剖腐败尸体，平时很少用，此刻那具高腐尸体正躺在上面。

我先拿水管把尸体表面的蛆冲走，尸油混着蛆虫被冲下来，李筝盯着油腻的解剖台说道："这样会不会把下水道给堵了？"

"没事，解剖台下面有多层滤网，还会定期清洗消毒。"我心里也在打鼓，"解剖完就让他们清理一下吧。"

再次对尸表进行详细检验。我们把死者翻过来后发现，死者背部相对于腹部来说要完好一些，没有遭受蛆虫的噬啮。

在腰背部有一处类圆形的皮肤挫伤痕迹，面积大约是 3 厘米 ×3 厘米。

"为什么背部没有蛆？"李筝不解地问。

"蛆比较喜欢柔软多汁的食物。"我指着死者的背部说，"背部组织层比较薄，不是蛆的首选部位；另外死者当时是仰卧位，背部处于受压状态，蛆不太容易爬进去。"

死者的头皮已经失去了韧性，很轻松就切开了，用毛巾擦拭掉腐败的血水，暴露出死者的颅骨。和之前触摸死者头部时的感觉一样，死者的颅骨果然有骨折，而且是粉碎性骨折。

我试着把死者的碎骨片复原，发现死者颅骨有三处损伤，其中两处颅骨骨折的形态不规则，分析是颅骨与钝性物体接触形成，或跌打形成。

而另一处形状有点狭窄的骨折引起了我们的注意。死者竟然同时出现两种形态的颅骨骨折。

李筝睁大了眼睛："难道他不是意外摔死的？这样的话，案件性质就完全不一样了。"

我点点头："现在看来，的确存在他杀的可能。"

死者的双手、双脚比较完整，李筝说："这个我知道。手足部皮肤部分角化，再加上肌肉组织较少，所以蛆虫不太喜欢去啃这些硬骨头。对吧，晓辉哥？"

我点了点头，拿起死者的右手，观察中指背部的那处皮肤挫伤，摸到好像有骨折。切开一看，果然有一条斜行骨折线。

眼尖的李筝发现，死者右脚底有一处小创口，探查较浅，像是被什么东西扎了一下。

死者的心血和胃内容这些常规检材恐怕是没有检验价值了，我提取了死者一小截肋软骨，希望能做出 DNA，从而确定死者身份。

解剖完已是深夜，我把尸检情况向冯大队做了汇报，案件目前不好定性。冯大队表示，立刻让侦查中队展开侦查，叮嘱我们明早 8 点在大队会议室汇报情况。

在把物证拿到物证室之前，我们先来到法医实验室，对提取的物证进行拍照和初步检验。

我戴上手套，从物证袋里取出死者的随身物品。腐臭味又袭来，我示意李筝打开窗户和换气扇："今晚就一直开着换气吧，明天再消消毒估计问题就不大了。"

我们首先将死者的两只鞋摆放在一起拍照，李筝一把拿过右脚的鞋："刚才在现场没注意，鞋底有个钉子！"黑色鞋底正中有一个凸起的黑色圆形物体，不仔细看还真不容易发现。

"人家鞋就是这么设计的吧？凸起的鞋底可以增强抓地力啊。"王猛说。

"但另一只鞋底没有这个东西呀。"李筝摇了摇头。

我把手小心伸进鞋里时，摸到一小截凸起的硬物，尖端比较锋利。拿灯照了一下，里面有一小截尖物，很短。

我马上进行了一次特殊的解剖，越野鞋在手术刀下分崩离析，取出了一个短钉，钉身约 2.5 厘米长，刚好能刺穿厚鞋底。

短钉所在的位置和死者足底创口位置相对应，也就是说，死者足底损伤正是由这钉子造成的。

王猛对那个头灯很感兴趣，拿在手里查看，虽然灯罩已经破损，但王猛顺利打开了灯。灯的侧面有电量显示，89%，电量充足。

特殊形态的颅骨骨折，扎了钉子的越野鞋，事情变得越来越复杂了。

"我先把尸检情况说一说，你们看看有没有什么要补充的。"我准备汇总解剖结果。

"通过人类学检验，死者是男性，年龄在 50 岁左右，身高 181 厘米，体态虽然高度腐败不好估量，但是根据衣服型号推算，此人身材比较标准。另外，此人衣着完整，携带了许多越野装备。"

李筝补充道："我刚才上网查了下，死者身上的这些装备价值不菲，他很可能是个资深玩家。比如死者戴的那块表，是佳明的新款越野表 Fenix5，有 GPS+GLONASS+ 北斗三星定位、导航、心率检测等功能，还能达到 10ATM 防水级别（10 个标准大气压下的防水能力），也就是说在水下 100 米都没问题。价格在 7000 元左右。死者的鞋是萨洛蒙的越野鞋，价格也不便宜。"李筝居然在间隙做了这么多功课，"还有紧身衣、越野背包、头灯、越野杖。"

我和王猛都很吃惊，知道玩越野很烧钱，没想到里面有这么多门道。

我接着分析致伤工具："尸体身上的明显损伤一共有五种：一是颅骨粉碎性骨折；二是特殊形态的颅骨骨折；三是指骨线性骨折；四是腰背部皮肤挫伤；五是右脚底的创伤。

"脚底的伤刚才咱分析过了，就是鞋底的铁钉扎伤的，至于是人为还是意外就不好说了。"

"颅骨粉碎性骨折的形态比较常见，高坠或者不规则钝器打击都能形成。"李筝说，"但那个特殊形态的颅骨骨折，边缘比较整齐，长度约 3 厘米，而有一定宽度，感觉就像是一把匕首插进去似的。"

"可是，恐怕只有武林高手才能把匕首扎进颅骨吧……"李筝说着说着把自己也绕进去了。

其实李筝的描述很形象，我说："形成这样的颅骨骨折，凶器必须满足几个条件：一是质地坚硬并且有一定的重量；二是具有扁而窄的接触面；三是便于挥动。此外嫌疑人的力量要比较大。"

我忽然想考考李筝："那你说说这两种骨折形成的先后顺序吧。"

李筝清了清嗓子："这个特殊形态的骨折形成比较早，因为它截断了粉碎性骨折的骨折线。"

我点了点头，颅骨骨折线之间的关系是分析打击先后顺序的一个重要依据。

李筝继续分析："指骨骨折也像是打击形成的，但致伤工具不好判断。"确实是这样，单纯摔跌的话，一般很少在前臂和掌骨都完好的前提下只发生指骨骨折。

谈到死者腰背部类圆形皮肤损伤时，李筝猛地一拍桌子，起身就往外走："我去把那根越野杖拿过来，我记得越野杖的底端好像是圆的。"

李筝拿着越野杖回来，但经过观察，死者腰背部的损伤和越野杖似乎并不相符。越野杖的末端要比死者腰背部的损伤面积小许多。

王猛拿着越野杖又捏又掰，只听见"噔"的一声，他像触电一样把手中的越野杖甩了出去。

李筝赶紧把越野杖捡起来，只见越野杖手柄的顶端伸出一个类似匕首的东西，上面有些锯齿。李筝看了看说："这是小型冰斧，可以将手杖转成一支轻型冰斧，在冰地上行走时更方便。"

看来刚才王猛不小心触到了机关，越野杖突然弹出冰斧，把他吓得不轻。

我们对越野杖上的冰斧进行测量，发现和死者颅骨的那处损伤完美契合，这样的话，死者头部的损伤问题就解决了。

早晨 7 时 55 分，我推开会议室的门，一股浓浓的烟味涌进鼻腔。昨天刑警队的同志应该是一夜都没睡，用烟硬撑着。

前几天网上又报道了一位派出所民警在值夜班时猝死的信息，大家好一阵唏嘘，可工作起来，眼中又只有案子了。

冯大队走进会议室，大家安静下来。冯大队首先把案子的基本情况说了下，然后让我们技术科介绍情况。我根据昨晚的汇总，把尸检情况做了介绍，提出这个案子可能是他杀。

侦查中队介绍了初步侦查情况。案发现场位于荒野，人迹罕至，监控设备和技术侦查手段都没有办法覆盖，能够摸排上来的信息少之又少，但有一条信息引起了大家的关注。

10 天前，在崇山举办了一场春季徒步越野赛，赛程为 100 公里，大约有 500 多名选手参加了比赛。但截至目前，没有接到家属报案或者报失踪。

因为我在介绍尸检情况时说死者穿戴了一身越野装备，所以这条越野赛的信息就变得十分重要了。侦查中队提出，这个案子很可能就是越野赛当天发生的。

死者所处的深坑并不在越野赛道旁，怀疑死者因迷路或其他情况来到事发地点。

冯大队问我能不能确定死亡时间，我说："尸体已经高度腐败，不像早期尸体有那么明显的特征，可以根据尸僵尸斑、尸温角膜来判断准确的死亡时间，只能推断一个大致的时间范围。根据10天前本地举办越野比赛这个情况，我们大致推测死亡时间是10天左右。"

冯大队指示侦查中队继续展开详细的调查走访，联系赛事组委会，对所有参赛选手进行身份确认。从目前的情况来看，死者很可能是参赛选手。

"死者身上的装备价值不菲，说明死者经济条件不错。"冯大队长眉头紧锁，"这起案子首要工作是确定死者身份，但由于尸体高度腐败，面容是无法辨认了，那就抓紧做做DNA，看看库里有没有能匹配上的。"

"另外，作案工具还需要再落实一下，昨晚现场条件可能不好，你们今天再去现场看看吧。"冯大队长不愧是老刑警，对刑事技术工作也了如指掌。

散会后，我们回到办公室，收拾东西准备再去现场。

李筝小声对我说："晓辉哥，虽然我也觉得死者是越野赛选手，但我觉着这个案子有两个疑点，一是没有家属报失踪，也没有听到赛事组织方的相关报道；二是死者身上没有发现计时芯片手环，也没有越野背包，按理说这么长距离的越野，选手肯定会准备行李的。"

徒步越野赛上每个选手都有一个芯片手环，计时点工作人员能够现场看到打卡通过的运动员姓名，防作弊、防漏记。数据实时上传，组委会、救援队、跑者、后援团都可第一时间查询出跑者到达每一计时点的成绩，保障赛事安全，增加赛事互动。

"咱再去现场看看吧，或许能有新发现。"我脑海中再次浮现昨晚见到那具尸体时的场景，顿时感觉蛆充斥了整个画面。突然，我想到了一个重要问题。

我停下脚步："昨晚的场景冲击太强，我们光顾着震惊和恶心，却忽略了一个重要的问题——蛆是可以为我们提供线索的！"

"尸体高度腐败，我们从尸体上看不出具体的死亡时间，但是尸体上的蛆虫是可以帮我们测出具体的死亡时间的。"我有些激动，提高了声调，李筝和王猛一脸茫然地看着我。

我问："听说过法医昆虫学吗？"

李筝点了点头，又摇了摇头："好像听说过，但是没学过呢。"

"对，一般法医专业的学生不学这门课程，但我接触过这方面的知识。我读大学时，有一位教授是国内法医昆虫学方面的专家，给我们讲过一些关于法医昆虫学的内容。"

死亡时间推断是法医学的百年难题，又是命案侦破的关键指标。而法医昆虫学通过研究嗜尸性昆虫，为死亡时间推断另辟蹊径。尤其是在对高度腐败及白骨化尸体死亡时间的推断方面，已经日趋成熟。

昆虫对尸体的毁坏中，以蝇蛆最常见。蝇类对尸臭敏感，可以在濒死期即聚集于尸表产卵；卵可孵化成蛆，分泌含有蛋白溶解酶类的液体，消化和破坏尸体软组织，形成污秽灰白色的蜂窝状小洞；蛆再侵入皮下、肌肉和内部器官。

在夏季，成人尸体在 3 到 4 周内，就可被蝇蛆吃尽软组织。蝇蛆生长发育情况是推断死亡时间的一个主要方法。

"所以……"我看着恍然大悟的李筝和似懂非懂的王猛。

"所以，我们要对那些蛆进行检验？"李筝问，"可是我们怎么知道那种蛆的生长周期呢？"

我笑了一下，没有回答："走吧，待会儿就知道了。"

白天现场的氛围明显比昨晚好了很多。警戒带旁，有一位协警在警车里打瞌睡。我们把车并排停下，那协警赶紧从车里出来了。

简单打了个招呼，我们提着工具箱往那个坑走去。这次我们先对坑的外围进行勘查。坑边有许多石块，李筝的眼力再次发挥了作用，发现其中一块石头上隐约有一个血掌纹，而且更重要的是，还有几根头发！这个发现让我们非常激动。

发现带血掌纹的石块的位置，恰好位于石坑和小路之间。李筝在坑边蹲下身子，兴奋地向我们招手。

我顺着李筝的手仔细看去，坑边有一处颜色发暗的地方，疑似血痕，坑壁的角度非常小，就像悬崖一样。

我们立刻转到坑里，随着王猛在坑壁上发现了一些蹭蹬的痕迹，死者的坠坑过程大致可以确定了：死者用手扒住坑壁，然后跌进坑中。

我蹲在坑底的石堆上，周围还残存了许多蛆，偶尔还有几只苍蝇围着我们嗡嗡飞着。许多石块上有蛆爬过时留下的疑似血痕，看来需要提取这些石块送检了。

大约半小时后，我站起身来，对李筝和王猛说："差不多了，咱可以撤了。"

回局途中，我去肉店买了三块肉。

"我对现场的蛆进行了观察，发育最好的是成蛹状态，现场没有发现破壳的蛹，说明还没有变成苍蝇。"我把那三块肉放到实验室的托盘上，把物证袋里的那些比小米粒还小的蝇卵撒在肉上。

"蝇是本地常见的品种，一般经 12 至 24 小时，蝇卵即孵化成蛆；蛆经 5 至 7 天化成蛹，蛹经 3 至 5 天羽化成蝇。这和我们之前推断的死亡时间大致符合。"

李筝和王猛听得津津有味，我继续说道："但蝇蛆的生长过程也受环境影响，所以我想做个实验，看蝇卵在当前的环境下需要多长时间能生长到现场的状态。"

"至于现场发育最好的蛆目前长到了什么状态，我们只需要每天去现场看一看，只要发现有破壳的蛹就行了。

"这三块肉，一块留在实验室里，一块放到咱解剖室的院子里，剩下一块放到现场附近。近期气温变化不大，希望能得到比较准确的结果。

"这样我们就能推算出目前蛆蛹还差几天变成蝇，也能对实验的蛆虫进行比对了。"

李筝做了个拱手的动作，"佩服，还是晓辉哥厉害。"

"但这样岂不是需要很长时间？"王猛的话给我泼了一盆凉水。

我思考了一下："没有更好的办法了。其实我们已经对死亡时间有了推论，这不过是一个验证实验。"

第二天，我们就在现场发现了破壳的蛆蛹，这说明最早的一批蛆虫只需要1到2天就可以破壳成蝇。

接下来的几天，我们每天都会去分别看看那几块肉的情况。在此期间，送检的检材都做出了结果。

死者的肋骨做出了DNA，坑边血掌纹石块上的血痕和毛发都检出了DNA。毛发是死者的，石块上的血是混合DNA成分，除了死者的DNA，还有一个男性DNA成分。

这个结果让我们眼前一亮，这块石头就是作案工具，而且嫌疑人受了伤。但死者和嫌疑人的DNA都没有在数据库里比中，看来利用DNA直接破案是不太可能了。

坑边的疑似血痕和坑里的石块也检出了死者DNA的成分。

出乎我们意料，越野杖上的那个破冰斧并没有检出死者的DNA。

案情侦查方面也取得了一些新的进展。越野赛当天，据报道没发生意外。专案组查找了所有参赛选手，符合年龄段的一共35人，其中4人中途退赛，另有2人没有联系上，这2名选手分别叫张树礼、郑宇峰。

越野赛所有选手的报名资料里都有两个联系方式，分别是本人的联系方式和紧急联系人的联系方式。紧急联系人，就是万一出现意外情况需要第一时间通知到的人。

首先联系了张树礼的紧急联系人，接电话的自称是他的妻子，说张树礼近期一直在外参赛，已经一个月没回家了。对于越野选手来说，在比赛季长期不回家是一种常态。她说张树礼应该去参加"杭州100公里"极限越野赛了，那边手机信号很差，故目前处于"失联"状态。

另一名失联人员郑宇峰的紧急联系人叫韩光，电话打过去，那个叫韩光的人说正在和郑宇峰一起参赛，那边信号不太好。

专案组根据郑宇峰的手机号码找到了关联的微信，发现郑宇峰发过关于越野赛的朋友圈，近期又发了关于"杭州100公里"极限越野赛的情况。看来郑宇峰并不是死者。

而通过技术侦查部门协助侦查，越野赛比赛当天，没有发现异常的通话及信号等信息。于是，案件陷入了僵局。

距离发现尸体已经两周，案子还没有破，我们养的蛆也没有破蛹。又过了3天，才有苍蝇破蛹而出。也就是说，从蝇卵到破蛹，用了17天。

这让我们非常诧异，看来在相似的条件下，要让蛆长到和现场当天差不多的状态，至少需要15天。我猜测主要是气温的问题，初春的气温远不如夏季高，蛆虫生长孵化没有那么快。

我根据法医昆虫学上的方程式，套入相关因子后进行计算，得出了极其相似的结论。

这样问题可就大了，因为死亡时间改变了。虽然只是提前了5天左右，可这5天的差别，对于侦查破案来说是非常大的。因为死亡日期一旦提前，那就不是越野赛那天出的事，整个案件的侦查思路就需要重新调整了。

李筝提议我们再培育一茬蛆进行观察，强压住内心的复杂情绪，我又开始了新一轮的培育。我找到大队长，把这个情况做了汇报，希望这个新的线索能给破案带来转机。

冯大队并没有责怪我们定错了死亡时间，反而安慰我说："看来大家都先入为主了，还好你们及时发现了新情况。"

就算不是越野赛当天出事，但死者越野装备精良，身份仍考虑为越野或户外运动爱好者。

专案组再次尝试联系张树礼和郑宇峰，这次联系上了张树礼本人，直接排除了张树礼是死者的可能性。专案组通知他回来后尽快来一趟公安局，他爽快地答应了。

而郑宇峰依然处于失联状态，而他的紧急联系人韩光的手机也打不通了。

我们立刻警觉起来，如果张树礼已经能联系上，那正常来说，郑宇峰和韩光也该现身才是，怎么反而在这个节骨眼上失联了？

我们赶紧抓着郑宇峰和韩光这条线往下查，随着工作的深入，专案组又发现了几个疑点。一是在距离发现尸体16天前，郑宇峰和韩光有过几次通话，之后二人互相之间再没有通话；二是 16 天前二人通话时，信号位置在本地崇山，恰好是案发地附近。

专案组调取了赛事组织方的数据库，对这两名选手的计时芯片数据进行分析，发现两人成绩几乎相同，关键是每个计时点的成绩都相同。

这种情况常常被称为"替跑"，也就是一个人携带两个芯片参加比赛，可对我们来说意义就非常重大了。于是我们调取了当时终点的录像，发现那个时间段只有一个人冲线，很明显，就是替跑。

调查到这里，所有人都感觉我们离真相越来越近，就差最后一步了。我们赶紧对那个叫郑宇峰的人展开了调查。

郑宇峰，今年 51 岁，是一家运动用品专卖店的老板。和死者的情况一对比，年龄符合，工作性质和爱好符合。

专案组联系了郑宇峰的妻子郝媛媛。据她介绍，郑宇峰最近忙着在外面参赛，已经好久没给家里打电话了，她也早就习惯了。

为确定死者是不是郑宇峰，我们来到郑宇峰家中，采集郑宇峰的生活用品及家人的血样进行 DNA 比对。

在给郝媛媛采血时，她的脸色有些苍白，一直问我："老郑不会有事吧？"

虽然我心里已经有八分把握，但结果还没出来，我只能告诉她："现在还不能确定。"

采完郝媛媛的血样，我们又采了他们孩子的血样。正常来说，有了郝媛媛和孩子的血样，就能基本确定死者是不是郑宇峰了。

郑宇峰家里的情况了解得差不多了，专案组让郝媛媛抽空去趟分局，询问关于郑宇峰的一些详细情况，然后就撤了。

我和李筝马不停蹄地带着血样去了市局。很快，DNA 室传来消息，死者就是郑宇峰。

可是，从郑宇峰的朋友圈来看，他是参加了本地的越野赛和"杭州 100 公里"极限赛的，那时候他已经死好些天了。

唯一的解释就是有人伪造了他的朋友圈，而这个人，很可能就是上次联系时，那个声称郑宇峰正和他在一起比赛的人——郑宇峰的紧急联系人韩光。

我们的怀疑很快得到了证实：前期失联的那位张树礼来到了公安局，他也参加了"杭州 100 公里"极限越野赛，他告诉我们，他在"杭州 100 公里"起跑点见过韩光，但是没看到郑宇峰。

张树礼还告诉我们，他们这些爱好相同的人都有一个固定的圈子，大多互相熟识。郑宇峰和韩光关系好，圈里都知道，两个人一直结伴而行，就像是忘年交，郑宇峰连紧急联系人都填的是韩光。

一切都对上了。韩光极有可能就是杀害郑宇峰的凶手。

我跟随侦查中队突击检查了韩光的住处。这个 25 岁的年轻男子既没有反抗，也没有争辩，自到案后，就一直沉默着。

我们在韩光家找到了许多越野装备，其中一根越野杖引起了我的注意。

这根越野杖和死者郑宇峰的越野杖是同一品牌的，冰斧也是一模一样的，但加装的杖脚不同，这根越野杖的杖脚有一个圆形的衬垫。大体一比量，我心里有了数。

我给韩光取了血进行 DNA 检验，他的血样检出了和现场石块上血掌纹同样的 DNA。尽管如此，韩光依然没开口，一副死猪不怕开水烫的架势。

为了寻找审讯的突破口，我们技术科根据尸检和现场情况对本案进行了命案现场复原。

案发那天，走到石坑附近时，郑宇峰发现自己脚底被钉子扎了，疼痛之下，他放下背包，在路边休息。这时候，韩光假装过来搀扶他，等郑宇峰靠近石坑时，毫无防备的郑宇峰突然被身边的韩光用越野杖抵着腰部用力一推，差点跌下深坑。

好在他反应敏捷，用手扒住了坑壁，韩光用破冰斧打击郑宇峰头部，在颅骨上留下了特殊形态的骨折。郑宇峰死扒着坑壁不松手，韩光顺势摸起石块击打郑宇峰的头和手，导致郑宇峰颅骨粉碎性骨折、指骨骨折，郑宇峰坠坑，身亡。

事后，他在郑宇峰的背包里找到了五天后越野赛的计时芯片手环和手机，带着手环参赛，制造了郑宇峰也参赛了的假象，并用郑宇峰的手机伪造了朋友圈。

韩光一直拒不承认，直到我们拿出了在他家搜到的郑宇峰的计时芯片手环。

证据确凿，又加上审讯人员的策略，韩光交代了杀害郑宇峰的事实。动机很简单，就是为女朋友报仇。

原来，韩光的女朋友梁宁也是个越野爱好者，加入越野圈后，常常跟着郑宇峰一群人参加活动。郑宇峰在越野圈很有声望，还成立了一个跟越野有关的公益组织。热爱越野的梁宁对他很是敬重。

可是她万万没想到，这个表面上形象崇高的前辈实际上是个人色魔。越野活动常常在野外一走好几天，要么在帐篷里，要么在小旅馆里过夜。条件艰苦，有时还要男女混住。在一次越野活动中，郑宇峰晚上和梁宁住在一个房间，不顾梁宁反抗，对她实施了性侵。

噩梦并没有因此结束，那次越野活动后没多久，梁宁发现自己怀孕了，在身体上的羞辱和一直坚信的理想破灭了的双重打击下，梁宁一时没想开选择了自杀。

痛失挚爱的韩光知道凭借郑宇峰在越野圈的声望，不能拿他怎么样，说出来，也许人们还会用"一个巴掌拍不响"这种话来羞辱梁宁，所以他选择用自己的方式血债血偿。

韩光加入了越野群，在一次越野群聚会中假装和郑宇峰"偶遇"，在一系列的套近乎之后，两人一直走得很近。他在郑宇峰身边潜伏着，寻找合适的动手时机。

直到这次越野赛，他终于等到了。

越野赛前，他以熟悉路线、提前训练为由，和郑宇峰相约来到崇山，并故意在石坑附近，用事先准备好的钉子扎破了他的脚底，实施复仇计划。

韩光交代的行凶过程，和我们的现场重建情况几乎一模一样。

我走进讯问室时，韩光正抽着烟，烟雾笼罩着脸，看不出表情。

"还有什么想说的吗？"

"没了，我总算给阿宁一个交代了。只有一点，你们应该好好查查郑宇峰那个所谓的越野公益组织。据我所知，他打着这个名头，性侵的姑娘不止阿宁一个。我杀了这个道貌岸然的伪君子，也算是给那些被他欺负的姑娘出了口气。"

案子告破，大家都挺开心，特别是王猛。他说："从来没想过，我们还能靠一群蛆破案。我呢，准备把养蛆实验进行下去，再多养几茬！"

我高兴不起来，想到梁宁，想到韩光，心里非常压抑。

李筝拉了椅子坐在我旁边，说："今天阳光这么好，案子又破了，怎么还闷闷不乐？"

我看着窗外的阳光，叹了口气："真不知道这明晃晃的阳光下，还有多少罪恶。"

14 保鲜膜裹尸案：引来杀身之祸的善意

"尸僵很强，还说明死亡时间不短也不长，应该在 12 至 24 小时之间。"李筝抿着嘴，煞有介事。

尸僵是早期尸体现象之一，人死亡后一段时间，肌肉逐渐变得强硬僵直，轻度收缩，而使各关节固定变得僵硬。尸僵在死后 10 分钟至 7 小时开始出现，经过 24 至 48 小时或更长时间开始缓解，3 至 7 天完全缓解。

　　"你们可算来了，快穿戴好和我进去。"

　　周一，王猛刚上班就在查一起失踪案。

　　一名女老师失踪两天，王猛跟随家属去女老师家查看。结果，在女老师家有意外发现，警方立刻封锁现场，我和李筝也带着工具赶到。

　　入夏后，气温节节升高，太阳火辣辣的，我们从外面进来，出了一身汗。除了派出所的同志，还有两个身着便装的男士等在房间的警戒线外，一个比较年轻，一个四五十岁的样子，应该是失踪者家属。

　　室内还比较凉爽，我一进门就闻到了一股浓浓的香水味，呛得鼻子发痒。

　　"她男友昨天来过，没发现异常。"王猛压低了声音，凝重地说，"但我刚才看了卫生间……"

　　我和李筝紧随王猛来到卫生间。王猛打开勘查灯，地面散发着大片蓝色的荧光，我感觉浑身的毛孔猛地一缩，不由得伸手摸了摸后脑枕骨。

　　李筝惊讶地看着地面："潜血蓝光试剂？"

　　王猛点了点头，指着洗手盆下方的一小滴红色斑点："一开始只是发现了它，没想到洒了潜血蓝光试剂后，发现了大片潜血，这才赶紧封锁现场，叫你们过来。"

　　地上的蓝光面积几乎覆盖了整个卫生间，这应该是第一案发现场。

　　我们现在主要用潜血蓝光试剂检测被清洗过的犯罪现场的潜血痕迹和血痕

的定位。这种新的化学制品基于鲁米诺配方，加入了专利的添加剂，经特殊工艺处理后，提高了潜血显现灵敏度，可在同一血痕处多次重复喷洒，每次都能获得同样的荧光效果，而不改变 DNA 的测定结果。

王猛介绍说，失踪的房主叫张小琴，是程锦中学的一名女教师。现在等在门外的是她的男朋友朱浩和学校校长。

今天周一，张小琴没去上课，事先也没有请假。张小琴平时一个人住在家中。据朱浩反映，周六中午他曾见过张小琴一面，周日下午给她打电话就打不通了。

另外，张小琴从小在孤儿院长大，没有直系亲属。

其实现有的证据并不一定能说明张小琴出事了，血迹不能确定是谁的血，也不能确定是不是人血。

可在客厅喷洒潜血蓝光试剂后，地面同样呈现大量潜血痕迹，我们的心情愈发沉重。

那些血迹存在多种形态，既有滴落状血痕也有擦拭状血痕。我和李筝站在角落，王猛把所有房间都喷洒了试剂，过了一会儿，我们开始观察。

大量血迹主要集中在客厅和洗手间，滴落状血迹和擦拭状血迹都能判断移动方向。我们顺着血迹的指引来到卧室，血迹越来越少，越来越淡，需要近距离才能看清。

卧室里光线有些暗，正中是一张木质双人床，床头靠在墙上，床底和地面有大约 5 厘米的间隙。血迹到床边就没了。王猛索性跪在地上，撅着屁股，脸贴着地面，借着勘查灯的光线往床底瞧。

李筝也凑了过去，姿势要优雅许多。"有滴落血迹！"李筝很快起身拍了拍裤子，"晓辉哥，这张床有问题！"

这是一个高箱床，有液压支架。床板很容易就被掀开了。床板下有四个暗格，每个暗格空间都很大。

其中一个暗格里有一床蚕丝被，鼓鼓囊囊的。李筝揭开被子的一角，里面是一个黑色行李箱。李筝凑近看了眼行李箱，声音有些颤抖："血是从箱子里出来的！"

"别慌！"我和王猛合力把行李箱连同蚕丝被一起抬了出来，不算很重。

蚕丝被已经被血液浸透，行李箱表面有些潮湿，底部滚轮位置有几滴尚未干涸的疑似血迹。

按照常规对行李箱的锁扣和拉链等部位提取检材后，我准备开箱检验。

打开行李箱的一刹那，映入眼帘的是一只苍白的手，手背上有许多凌乱的伤痕。那只手仿佛一记重拳击中了我的心脏，让我喘不过气来。

行李箱完全打开，一具蜷缩着的尸体呈现在我们面前，李筝和王猛脸上都是掩饰不住的惊骇。

尸体从额部到双脚都被保鲜膜紧紧包裹着，保鲜膜外，只露出略显凌乱的黑色短发和一只半握的右手。

尸体面向行李箱内侧，手和背部靠近行李箱拉链，是被硬塞进行李箱这个狭小的空间里的。

透过保鲜膜，可以看到死者上身穿一件浅蓝色短袖衬衣，下身穿白色长裤，衣着看起来比较完整。

衬衣有许多破口，领口、袖口和胸前都浸染了血渍。死者嘴里塞了一条毛巾。

王猛对着死者拍了几张照片："你俩稍等，我拿相机去让家属辨认一下。"

片刻后王猛返回："没错，就是她！"外面响起了哭喊声，乱成一片。

我示意王猛对现场进行拍照、固定，采集物证，然后将尸体运回解剖室进行检验。

打电话时，我特意叮嘱解剖室工作人员，尸体形态特殊，普通的装尸袋可能装不下，需要加宽的那种。

等运尸车的间隙，我们把现场看了一遍。要把现场和尸检结合起来，才能最大限度接近真相，还原凶案经过。这是师傅告诉我的。

王猛打开多波段光源，开始在地面上搜寻，嘴里嘟囔着："我就不信找不到蛛丝马迹。"

很快，王猛在地面上找到几枚脚印，但是当看了死者男友的鞋底后就泄了气，那些脚印都是死者男友留下的。而现场并没有发现女性的脚印，这就有些耐人寻味了。

其实想想也在情理之中，地面明显是清理过的，否则也不会只有潜血没有血迹。

王猛最开始发现血迹的地方是卫生间，卫生间内有少量血迹和大量潜血，说明死者在卫生间逗留时间较长，所以我们到卫生间进行仔细勘查。

卫生间墙壁上挂着一个拖把，拖把是湿的，地面有少量积水，说明短时间内曾用过，也说明案件发生时间不久，嫌疑人离开现场的时间不会太久。李筝仔细观察了拖把柄，发现上面有疑似血痕。

洗手盆旁边发现了稀释状血痕，推测嫌疑人在洗手盆里洗手并冲洗过凶器，稀释状血痕颜色很浅，幸亏李筝眼力好才能发现。

我们还在洗手盆底部发现了少量喷溅状血痕，这说明死者位置较低，可能处于卧姿或坐姿，而且当时很可能还没死。

打开衣橱，里面比较凌乱，外加室内所有抽屉里的物品都很乱。以家里的整洁情况来说，这似乎不太符合张小琴的习惯。王猛断定那是翻动痕迹，嫌疑人很可能在找钱财或什么值钱的物品。

门锁及窗户完好，可以排除撬门破窗入室，也可以排除嫌疑人翻窗离开的可能。门是锁上的，从室内反锁明显也不可能，只剩下用钥匙从外面锁门了，这样的话，嫌疑人应该有钥匙。

我们把提取的物证都装进了物证袋，返回解剖室。

解剖室的排气扇嗡嗡响着。裹着保鲜膜的尸体被放在解剖台上，只占了解剖台1/3的长度。保鲜膜反射着天花板上冷白的灯光。

死者手脚折叠，被保鲜膜紧紧裹着。保鲜膜里都是血。

低头对死者行注目礼后，李筝开始进行尸表检验。

她小心翼翼地划开保鲜膜，一层一层的保鲜膜中间是未凝结的暗红色的血。在保鲜膜中间还散布着许多黑色的粉末，王猛捏起一把看了看："是活性炭。"

王猛若有所思地说："阳台上有几个装活性炭的盒子，看来是就地取材。"

保鲜膜全部撕开后，尸体也并没有舒展开来，还是保持僵直的被捆绑的姿势。

死者的上衣布满了破口，需要对衣服进行仔细检验。我们费了九牛二虎之力才把死者的衬衣脱了下来。王猛把它摆在地上，放上比例尺进行拍照。

我们观察了衣服上的裂口，这些裂口很凌乱，主要分布在胸前和腹部。宽度在 2 厘米到 2.5 厘米之间，这说明致伤工具很可能是同一种工具，最大刃宽是 2.5 厘米。

在很多锐器伤的案例中，由于双方体位变动或刺入后的位移（如横切或旋转），有时会形成比较复杂的创口。但这件衣服上的创口很有规律，说明在锐器刺入时，死者反抗程度较小。

尸体此刻赤裸着侧卧在解剖台上，两侧都有淡淡的尸斑。双侧手腕有几道横行的创口和干涸的血迹。

尸体颈部、胸部、腹部、腕部及手背遍布大大小小三十几道创口，长度不等，深浅不一。

有些创口是哆开（专业名词，伤口由于皮肤张力向两边分开）的，翻出被血染的脂肪层；有些创口皮下较薄，露出了肌腱和骨骼。

我们把尸体翻过来，用力破坏尸僵，让尸体呈仰卧位。死者身高 159 厘米，体态瘦小，所以才能被装进行李箱内。

我们对死者会阴进行了检验，会阴部及阴道壁没有明显损伤，按常规提取了阴道拭子、肛门拭子、乳头拭子和口腔拭子。作为女性死者，这是必检的项目。

近几年来，对男性也开始做类似的检验了，说明我们的检验与时俱进。

提取了体表的生物检材后，我们开始进行尸表检验。

体表的血迹伴随着喷头里的水一起流进了下水道，渐渐露出了白皙的皮肤。

死者颈部有皮下出血，看起来像是勒痕，还有好几道狭长创口，李筝量了一下，长度在 3 厘米到 10 厘米之间，深浅不一。

"胸部有 6 处创口，腹部有 5 处创口，肠外露。"李筝边检验边对创口进行测量和描述，一丝不苟，"创口长度从 2.0 厘米到 2.5 厘米不等，所有创口边缘整齐，两创角一钝一锐，创腔内没有组织间桥，应该是单刃锐器形成的创口。"

李筝用手术刀柄探了探创口："胸部有两处创口较深，至少 8cm，进入胸腔；其余 4 处创口比较表浅，深达肋骨。"

"腹部这 5 处创口都很深，刀柄探不到底。"

"腹部应该是 6 处创口，有两处创口连在一起了。"我看了一眼死者的腹部，有一处看起来特别宽的创口，那并不是平直的创口，而是有一定的成角，这说明并非一次形成。

"这是有什么深仇大恨啊！"王猛感慨道，"太残忍了，仅次于当年那个捅了60多刀的。"

创口形态是推断致伤工具的主要依据，不但可以分析致伤工具的宽窄、厚薄、长短、锋利程度，还能推断单刃和双刃等特征。

将死者的血衣与死者体表创口进行比对，创口位置和形态都能一一对应，这说明死者当时穿着衣服被捅刺，所以衣服上形成了和体表对应的创口。

"死者双手有多处锐器伤，形态不规则，具备生前伤特点，应该是抵抗伤。"我把比例尺递给李筝，对每一处创口进行测量拍照。

李筝解开死者腕部的毛巾，死者双腕部各有几条平行的创痕和一些皮下出血。创口出血并不多，我们推测那是死后伤。

双腕部皮下出血是生前伤，联想到死者的体位，双手被绑于背后，死者生前应该有被控制过程。

"死者尸僵很强啊！"我感慨道，"这说明尸体在死后短时间内也就是尸僵形成前就被装进了行李箱。"

"尸僵很强，还说明死亡时间不短也不长，应该在12至24小时之间。"李筝抿着嘴，煞有介事。

尸僵是早期尸体现象之一，人死亡后一段时间，肌肉逐渐变得强硬僵直，轻度收缩，而使各关节固定变得僵硬。尸僵在死后10分钟至7小时开始出现，经过24至48小时或更长时间开始缓解，3至7天完全缓解。尸僵是判断是否死亡、推断死亡时间的一个依据，但它的出现、消失和强度，受温度、肌肉发达程度和死因等各种因素的影响。

李筝忽然皱紧了眉头："不对，怎么两侧都有尸斑？"

我略一思索："这是死后发生了体位变化。"

如果在尸斑坠积期翻动尸体，就会在新的部位产生尸斑，而原来的尸斑会变浅甚至消失。

李筝恍然大悟："这说明死后6到8小时，有人翻动了尸体！"

"差不多。假如再早些，原来的尸斑就会消失；假如再晚些，尸斑就不会发生转移。"我点了点头。

但我心中闪过一丝疑虑，因为尸体两侧的尸斑都已经完全固定，理论上需要 24 到 36 小时，貌似和尸僵的征象有些矛盾，但我立刻想到影响尸斑的因素也有很多，比如失血或疾病，也就释然了。毕竟死亡时间的推断需要综合分析。

尸表检验完毕，李筝表情凝重："凶手太狠了，这是把所有杀人方法都用上了啊。"我想了想说："这次解剖我主刀。"

我用手术刀迅速给死者理了发。很多时候，头发会遮挡视线，影响对头皮的观察，理发后就可以清晰地看到头皮的情况。给死者理发其实也算是法医的基本功，当然，我们手艺单一，只会理光头。

如果明确没有头部损伤的话，我们一般不会给死者理发，毕竟要尊重每一位死者，要考虑到美观因素和家属的感受。

死者顶部和枕部有多处皮下出血，呈长条状，这算是一种比较有特点的损伤。头皮损伤往往能反映出致伤工具的特点，条状损伤是一种比较常见的损伤，这说明致伤工具具有条状接触面。

切开死者头皮后，死者的头皮下有大面积出血，说明死者头部遭受了多次打击。

打开颅骨，我发现死者的颅骨比较薄。人的颅骨厚度和硬度差异很大，有的人颅骨像一层硬纸，有的人又非常厚。

尽管颅骨很薄，但死者的颅骨完好无损，只是蛛网膜下腔有少量出血，脑组织没问题，延髓和脑干也没有损伤。

"颅脑损伤很轻微，不是致命伤。"

既然致命伤不在头部，那就重点看颈部和胸腹部。

颈部的损伤比较表浅，但是颈部有勒痕，说不定会存在窒息的情况。

按照解剖流程，一般会把颈部解剖放在最后。因为颈部血管比较密集，先解剖头部和胸腹部，可以使颈部的血液流向两端，在解剖颈部时会比较便于观察。

于是我们先对死者的胸腹部进行解剖，死者胸腹部有许多锐器伤，而且死者面部及肢体苍白，这是明显的失血征象。

沿胸部正中线纵行切开皮肤，将皮肤向两侧分离，暴露出肋骨，见左侧第

3、4 肋间和 5、6 肋间分别有两个创口，肋骨表面有损伤。

"看来肋骨替死者挡了几刀，但最终还是没挡住。"李筝幽幽地说道。

"但也说明嫌疑人力量不是很大，或者作案工具不是很大。"我沉思片刻，说道，"假如是中大型锐器，或者嫌疑人力量较大，很可能会刺断肋骨。"

将前肋连同胸骨柄一起取下，胸腔有大量积血，大约有 2000 毫升。探查进入胸腔的两刀，一刀刺破了心包，一刀刺破了左肺上叶。

心包有个破裂口，李筝把手伸进去摸了摸："心脏没事。"

腹腔里充满了血，舀出大约 1000 毫升血液和血凝块，血凝块提示是生前出血，因为人死后血液是不凝固的。探查腹腔，发现除了肠破裂以外，还有肝破裂。

3000 毫升，是普通人总血量的一半多了，死因很明确，就是失血性休克。

"这些伤口形成的时候，死者应该是有意识的。"李筝露出悲伤的神情，"真的太残忍了。"

打开死者胃壁，发现胃里充满了食糜。我取出部分食糜仔细观察，李筝探过头来："白色的是面块，褐色的是牛肉，黄色的是菠萝，这像是吃的比萨啊！"

最后一步是解剖颈部，死者颈部创口深浅不一，探查见右侧颈动脉和颈静脉断裂，但颈部创伤生活反应不明显，应该是死后伤。

颈部皮肤有挫伤，肌层有少量出血，气管壁比较干净，有少量泡沫。取出死者的舌骨，剔除上面的组织，发现舌骨没有骨折。结合肺脏检验情况，窒息征象并不明显。

解剖完毕，我们去市局送检。回局的路上，天色渐渐暗了下来，我们三人整理了一下思绪，准备参加案情讨论会。

"凶手很聪明啊。"李筝感慨道。

王猛点点头："不但把尸体藏起来，还缠上保鲜膜，撒了活性炭，香水估计也是故意打翻的。"

"现场也清理得挺干净。"我凝视着路口的红绿灯。

会议室气氛很紧张，冯大队长一开口，我们就感到了巨大的压力。

"记者的消息太灵通了，网上已经有关于这个案子的帖子了，这不是瞎搞吗？什么情况都不清楚就发帖！"

冯大队长发了顿牢骚，看着我们技术科这边："肯定不是我们的人透露了消息，但案子还是要尽快破……"

前期侦查情况比我们想象的要严峻许多，小区的监控设备出了故障，一周内的监控都没了，可以想象大家有多么绝望。唯一的线索可能就是死者丢失的手机，但技术侦查是需要耗时耗力的，而且也不一定能查明白。

好在还有现场勘查和尸检这种传统刑事技术手段，大家把目光集中到了我们技术科身上。冯大队长抬头看了我一眼："先说说尸检情况吧。"

基本情况大家都知道了，我重点描述死者的损伤："死者损伤种类及部位较多，生前伤有五种：头部钝器伤、颈部勒伤、手腕捆绑伤、手背抵抗伤、胸腹部捅刺伤。死因为失血性休克，另外，肺破裂和肝破裂也可以致命。"

我稍作停顿，会议室里很安静，大家都低头迅速记录。"死后伤有两处，分别是颈部切割伤和手腕切割伤。对了，死者双侧眼球缺失，现场也没找到。"

大家一阵唏嘘，冯大队长双手交叉在一起："死亡时间呢？"

"根据尸僵等尸体征象分析，死亡时间在18小时左右。我们是中午12点半到的现场，说明死亡时间应该是周日傍晚6点半左右，饭后短时间内死亡。"我沉吟片刻，"另外，死者死后6到8小时，有人翻动过尸体。"

"哦？这么说嫌疑人行凶后一直在现场逗留？"冯大队长紧锁着眉头，"或者是重返现场。对了，现场情况怎么样？"

王猛介绍了现场勘查情况。门窗没有攀爬和撬盗痕迹，初步推断是熟人作案，至少嫌疑人可以敲开死者的门。门是从外面用钥匙反锁的，嫌疑人应该有死者家钥匙或拿走了死者的钥匙。

王猛介绍完情况，会议室里议论纷纷，大家都想到了一个具备所有作案条件的人——张小琴的男友朱浩。

冯大队长摆了摆手："案件性质初步看来应该是激情杀人或仇杀，手段之残忍，很可能是虐杀。所以首先要查一下死者的社会关系，不能只局限于死者男友。也不排除谋财，毕竟现场有翻动痕迹。至于是否有性侵，还要等DNA结果。"

"总而言之，这案子必须尽快破！"冯大队拍板。

第二天负责侦查的同事就摸上来不少情况。

死者男友朱浩周六上午去过张小琴住处，约中午 12 点离开，参加了公司的一个饭局。据周围人反映，近期二人时有争吵，估计和买房子有关。

此外，近期有一个叫邹昊阳的学生前几天和张小琴起了争执，闹得比较厉害。

邹昊阳家里是当地有名的暴发户。邹昊阳整天不学无术，爱打游戏。上周，邹昊阳因旷课去打游戏，被班主任张小琴逮回来后，让写检查，罚站，请家长。

邹昊阳在班里当着同学的面大发雷霆，扬言要报复老师。

据死者男友朱浩说，他周日那天来找张小琴，看到一个穿校服的学生在小区门口徘徊。经朱浩辨认，出现在小区门口的正是邹昊阳。

而且有人在张小琴的小区门口捡到了一个胸卡，上面有邹昊阳的名字，这些线索提示邹昊阳有高度嫌疑。

专案组找到了邹昊阳，邹昊阳称自己的胸卡丢了，那天只是沿着上学的路寻找胸卡，恰好路过张老师小区门口，但没有走进小区。

虽然朱浩和邹昊阳俩人都有作案嫌疑，但缺乏足够的证据，案件陷入了僵局，我们需要寻找更多的证据和线索。

王猛在办公室里走来走去："师傅教导我们，遇到疑难复杂的现场，一定要反复看，多次看，一次有一次的收获！"

我点了点头："咱们再去一次现场。"

去现场的路上，我接到了市局 DNA 室打来的电话。卫生间的拖把上检出了死者 DNA 成分，地面的血迹和潜血也检出了死者 DNA，死者的阴道、肛门、口腔及乳头拭子都没有检出他人的 DNA 成分。这说明死者很可能没遭到性侵，但也不排除采取了保护措施，毕竟现在的犯罪分子都具备些反侦查意识。

死者衣服上的一处血迹，检出了一名男性 DNA 成分。这结果让我们有些兴奋，那很可能就是嫌疑人，而且他受了伤。

我们重新对现场进行勘验，在角落的垃圾筐里发现了一个包装袋，里面有一张外卖单，上面写着："牛肉菠萝比萨 1 份，周六中午 11 时 25 分。"

"这么说来，死者前天中午和昨天晚上都吃了同样的比萨，看来她很喜欢这个口味啊。"李笋感慨道，这也验证了此前李笋对死者胃内容物的分析。

我们又在厨房的角落里发现了一只小凳子，上面有几根长发。李笋指着凳子腿说："晓辉哥你看，这和死者头皮上的损伤形态符合！"

"把那几根头发检验一下不就 OK 了？"王猛不停地擦着汗，嘴里抱怨着，"好热好热，热死了！"

我点点头："昨天咱进屋时还挺凉爽的，今天怎么热成这样了？"

李筝善解人意地说："你们要是嫌热我就去开空调。"说着走向门口的玄关，那里有一个白色的遥控器。

我呆立在客厅，忽然意识到一个重要问题。之前尸表检验时发现尸斑的进展程度符合 24 至 36 小时，和现场及尸僵现象矛盾，当时选择了根据现场及尸僵推断死亡时间，现在看来有些武断了。

死者的死亡时间有可能更早，死者家中的那份比萨，很可能就是死者最后的午餐。可如何解释其他尸体现象呢？我想到了影响尸体现象的重要因素——温度。

既然嫌疑人能想到用保鲜膜和活性炭掩盖尸体的气味，肯定也能想到用低温延缓尸体的腐败，而尸僵程度受温度影响很明显。看来，嫌疑人可能比我们想象的还要聪明。

为了验证我的想法，我们去查了死者家的用电情况，发现周六夜间和周日一整天的用电量一直是波峰，这说明空调当时应该是开着的。但现场空调是关着的，说明有人关了空调或者空调被定了时。

李筝观察了遥控器，发现温度设置是 16 摄氏度，这是设置的最低温度，但平时很少有人开到那么低。这诸多疑点都说明了一个问题，那就是有人给空调设置了最低温度，并且定了时。

空调造成的低温环境，使死后现象的进展变缓，造成了我们对死亡时间的误判。这样的话，侦查思路就需要重新调整了。

看来死亡时间推断始终是法医面临的一项难题啊！尽管法医有很多手段推断死亡时间，可还是很容易误判，毕竟影响死亡时间判断的情况太多了。我摸了摸后脑枕骨，在炎热的夏天感到后背一阵发凉。

我马上给冯大队打电话，说明了死亡时间误判的情况。

回到局里，我们重新在电脑上浏览现场照片，卫生间地面上的一道甩溅状潜血痕迹引起了我们的注意。甩溅血痕，往往能反映嫌疑人的手和凶器的位置及运动轨迹。

这道潜血痕从洗手盆下方的地面开始，沿墙壁上行，但洗手盆没有潜血甩溅痕。这说明作案工具的位置应该比洗手盆下沿低。

根据之前的测量，卫生间洗手盆下沿高度为70厘米，这说明嫌疑人的手距地面低于70厘米。而一般男性的手距地面高度为74厘米左右，女性的手距地面高度是70厘米左右。我们面面相觑，莫非嫌疑人是女的？

恰好市局DNA室打来电话，小凳子上的头发就是死者的，说明小凳子是凶器的一种，但死者衣服上的血迹却排除了之前怀疑的朱浩和邹昊阳。

"会不会是送外卖或快递的？"李筝低头喝了一口咖啡，"前几天我看过一个报道，一个送外卖的入室强奸杀人。"

"送外卖的可以敲开门，自然有嫌疑，但是需要进一步调查才行。"我们把这个线索反馈给专案组，估计很快就会找上外卖小哥。

我靠在椅背上，闭上眼睛，回想勘查现场和尸检的过程。

"其实解剖时我就发现了一个规律，只是想法不太成熟。你们看，死者胸腹部创口刺入时都有一定的角度，而且这个角度都是从下向上。尤其是胸部创口，倾斜角度很大。"

我拿出尸检记录表，那上面对每一处创口都进行了描述，包括创口的宽度、深度和走行方向及倾斜角度。

李筝猛地拍了下桌子："匕首从一个较低的位置斜向上刺入胸腹腔，这说明嫌疑人很可能比死者矮！"

"本来我也不太确定，但结合那道甩溅血痕……"我略一停顿，王猛和李筝露出恍然大悟的神情。

"而且，嫌疑人的体力并不怎么强。"我慢慢说道，"死者身上那么多伤，我觉得并不是虐杀，大家是先入为主了。

"虽然死者身上的伤很多，但非致命伤也很多，而且分布在多个部位，给人的感觉像是在试刀或者练习。这说明凶手杀人技能不熟练，生怕一种方式不能致死，所以进行了各种致死方法的尝试。

"看似凶残的背后还反映了嫌疑人力量不足，因为力量不足，一次不足以致死，所以嫌疑人需要不断攻击；也因为力量不足，所以嫌疑人在行凶时遭到死者反抗，并受了伤。"

"智商高、力量弱、个子矮，可能与死者认识……"李筝忽然瞪大了眼睛，"你的意思是……学生？但邹昊阳的 DNA 比对不上啊。"

我没有回答李筝，站起身走到窗前："这个现场有个特点，那就是血痕非常多，我们可以根据血迹来分析一下整个行凶过程，或许嫌疑人已经浮出水面了。"

"冯大队，您怎么来了？"王猛站起来，给大队长倒了杯水。冯大队笑着摆了摆手："你们继续，我旁听。"

冯大队找了把椅子坐下，我们把所有证据和线索串起来，推理了整个杀人过程。

周六中午，嫌疑人敲门进屋，不知为何与死者发生争执，在客厅发生撕打，死者体表有皮肤损伤，同时嫌疑人也受了伤。

两人撕扯中来到卫生间，嫌疑人拿出随身携带的匕首，从下往上刺向死者胸部。由于力量较弱，准确度差，其中几刀被肋骨挡住。但还是有两刀从肋间隙进入胸腔，一刀刺破心包，一刀刺破肺脏。

嫌疑人并没有收手，又朝腹部捅了几刀，导致张小琴肝破裂、肠破裂，胸腔和腹腔内大量出血，地面和墙上留下了甩溅血痕。

这些伤虽然是致命伤，但短时间内不会致人死亡。嫌疑人摸起一把小凳子打击死者头部，并在卫生间找来毛巾，一块用来绑住手腕，一块塞进死者的嘴里，然后勒住死者的颈部，造成一定程度的窒息。

不知张小琴当时还能不能说话，但她一定是清醒着经历了被虐杀的过程，然后因为失血性休克而死亡。

但嫌疑人并不确定张小琴是否死亡，在卫生间内进行了割颈和割腕，但张小琴已经死亡，心脏不再泵血，所以没有喷溅血迹。由于颈动脉和颈静脉断裂，出血量不小，地面留下大量血迹。

嫌疑人作案后将死者全身缠满保鲜膜，蜷缩着装进李箱，拖到了卧室。对犯罪现场进行清理后，嫌疑人拿走死者挂在玄关处的钥匙，将门从外面反锁。

傍晚时分，冷静下来的嫌疑人重返现场，为了寻找财物和掩盖犯罪。嫌疑人将行李箱取出，在死者身上又缠了一层保鲜膜并撒上了活性炭，重新装进行李箱并裹上了被子。这个过程导致死者体位发生变化，尸斑发生转移。

为了确保安全，嫌疑人又拖了一遍地面，然后打开空调，把温度调到最低，并且定了24小时，才放心地离去。

"精彩！"冯大队猛一拍手，"我看这案子快破了！"

专案组找到了外卖小哥，作为当天中午到过张小琴住处的人，并且敲开了死者的门，他自然也有嫌疑。但通过调查，他当天中午送了六份外卖，时间比较紧凑，据他反映，当时开门的是个男的，应该就是朱浩。

根据我们的推测，犯罪嫌疑人力量小、身高矮，倾向于未成年人；房间没有暴力撬锁的痕迹，说明凶手应该是张老师认识的人。张老师是个孤儿，交际圈很小，认识的未成年人，大概只有她的学生了。

经过分析，我们开始对张老师的学生进行排查。在她教的两个班83名学生中，筛选出周六有作案时间的学生，一共有15名。然后经过采血与现场的DNA进行比对，匹配上一名叫谭刚的学生。

谭刚家境不好，父母常年不在身边。据老师和同学反映，张小琴对谭刚十分关照，还帮他申请了助学金，张小琴算是谭刚的恩人。因为这个，还有一些同学在暗地里说张小琴偏心。

而谭刚也比较上进，脑瓜也聪明，特别有逻辑思维，理科一直学得很好，只是偏科很厉害，近期成绩有所下滑。

按理说，老师对学生这么好，学生怎么可能去杀害老师呢？

在审讯室里我见到了谭刚，他又矮又瘦，皮肤黑黑的，远远看去，活像一只瘦猴子，毫无力量感，外貌倒是十分符合我们刻画的嫌疑人特征。

他有着与年龄不太相符的镇定。在审讯室里，当他被问及周六是否去过张小琴老师家时，他毫不慌张，目光淡定，回答我们，他只是去蹭了顿饭，吃的比萨，吃完饭便直接离开了。

他的样子，看起来不像在撒谎。工作十几年的老刑警告诉我，如果这孩子真的是凶手，那心理素质也太强了，比大部分成年人都强。

假如他否认去过张小琴家，那就是明显在说谎，但他却承认去过，这让审讯人员心里没了底，现场的DNA或许就不那么有说服力了。

但谭刚是目前嫌疑最大的人，不能轻易就这么放他走。

我们继续调查，发现了一些线索。据和谭刚要好的同学反映，谭刚近期不知从哪里买了一把匕首，很漂亮，还在同学面前显摆过。事发后，谭刚有些反常，好几天没出去上网。

很快，我们在谭刚宿舍里搜出了那把造型十分漂亮的匕首和一部手机。

手机是张小琴的，匕首的刀柄缝隙中做出了死者张小琴的 DNA，这下证据确凿了。就算证据板上钉钉，大家还是很难相信谭刚就是凶手，可证据不会说谎。

术业有专攻，审讯组审了一天一夜，谭刚招了。

谭刚的冷静程度让我们十分惊讶。他供述犯罪过程时，语气中没有丝毫的悔意，甚至还带着笑容。他最担心的事情是自己的游戏账号因长时间不玩会导致排名下降。

谭刚自幼跟随爷爷奶奶长大，父母在南方打工，一年见不了一次。爷爷奶奶虽然溺爱谭刚，但家庭情况很差，物质方面一直非常欠缺。

所幸谭刚是个聪明孩子，小时候学习不错，考上了不错的中学。

但自幼就没有什么管束，上了寄宿制中学后，他就像是一匹脱缰的野马，疯狂地迷上了网络，一有机会就跑去附近的网吧。

谭刚能和邹昊阳玩在一起，纯粹是因为两个人在玩同一个游戏。游戏里，他俩是"盟友"，游戏外，他俩自然而然地成了好朋友。邹昊阳家境富裕，时常帮谭刚付网费。

由于沉迷网络游戏，谭刚再也无心学业，成绩断崖式下滑，性格变得越来越孤僻，成日沉浸在虚拟世界里，体验英雄一般的成就感。

为此，班主任张小琴找谭刚谈过几次。每次谈完话，他都会收敛几天，可耐不住网瘾，老实不了几天又跑出去上网。

玩游戏不光需要网费，还需要大量金钱充值，购买各种装备，来提升游戏角色的战斗力。如果是邹昊阳这种家庭也就算了，可谭刚每个月的生活费都是固定的，零花钱基本没有，别说上网，买个零食都要慎重考虑。

有一次，他偷偷把父母寄回的学费挥霍在网游世界里，然后找到张小琴，谎称家里凑的学费在车站被偷了，以此博得了张小琴的同情。

张小琴自己是个孤儿，每当她看到谭刚时，就感怀自己的身世，生出了一种强烈的同情心，因此对谭刚格外照顾。她不光主动联系学校减免了谭刚的学费，还从自己工资里拿出一部分钱借给谭刚当作生活费，并告诉谭刚在学习或生活上有困难就去找她。

自此之后，谭刚便经常去找张小琴，有时是为了补习功课，更多的是去借钱。张小琴性格善良温柔，几乎没有拒绝过谭刚。而谭刚也一再保证，说等他父母回来之后，第一时间便给张小琴还钱。

就这样，谭刚渐渐习惯了张小琴的善良，没钱了就去找张小琴要，偶尔也会蹭顿饭。

之前总以吃饭或者买教辅什么的理由跟张小琴借钱，张小琴都慷慨资助了。

后来，张小琴发现谭刚经常逃课去打游戏，就不再愿意轻易借给他钱了，为此还严厉批评了谭刚几次。

周六中午，谭刚去张小琴住处准备再次借钱，在门外听到了张小琴和男友争吵的声音，于是悄悄躲在楼道里，见张小琴男友离开后，他敲开了张小琴的门。

没错，谭刚又是去借钱的。可张小琴正在气头上，就没给谭刚好脸色，没招呼谭刚吃比萨，也没给他钱，还教育他不该沉迷于游戏，要把心思放在学习上。

虚拟的游戏世界已经在潜移默化中改变了谭刚的性格，他变得易怒，暴躁。被张小琴这么一批评，谭刚瞬间恼羞成怒——用随身携带的匕首刺向了自己的老师。

张小琴在没防备的情况下，被谭刚一击刺伤。

因为不知道怎样能杀死一个人，再加上力量弱小，他采取了多种手法，以至于在尸体上造成很多生前伤和死后伤。

谭刚供述的杀人藏尸及重返现场清理痕迹的过程和我们分析的大体一致。但他开空调只是为了延缓尸体被发现，并没有想给法医出难题。

作案后，谭刚也很害怕，毕竟是第一次杀人。他在宿舍躺了一下午，渐渐冷静下来，策划着重返现场进行清理。他的手段可不只是清理现场，还有转移视线。

他知道邹昊阳和老师有矛盾，就趁着邹昊阳不在宿舍，偷拿了邹昊阳衣服上的胸牌。他趁着夜色清理了现场后，把邹昊阳的胸牌扔到了张老师小区门口。

当晚邹昊阳回了家，第二天回校后发现胸牌不见了。谭刚出谋划策，让邹昊阳去上学必经之路——张老师小区附近找胸牌，成功把公安局的视线引到了邹昊阳身上。

挖掉老师的眼睛，是因为谭刚认为老师的眼中会留下最后的影像，能映出自己的样子，没想到这小子还挺迷信的。至于张小琴的眼球，被谭刚冲进下水道后就再没找到。

谭刚被刑拘后，大家对那个案子一直很关注，社会上也传得沸沸扬扬。

"谭刚不满 16 周岁，判处死刑的概率很低。"李筝对着窗外发呆，"张老师那么善良却惹上杀身之祸……"

"或许有些人习惯了消费别人的善意吧。"

我合上案卷，想起了之前办过的两个案子。

其中一个是两名青少年，抢劫出租车司机，仅抢到了 200 元，将出租车司机杀害。两人都未满 18 岁，分别被判有期徒刑 8 年和 10 年。

还有一个 13 岁的男孩去邻居家偷狗，被女主人发现后，用匕首刺死女主人。因未满 14 周岁，不负刑事责任，被送去劳教了。去年年底，劳动教养被废止，现在未满 14 周岁的未成年人犯罪后，都只能释放。

15 杀妻骗保案：完美的不在场证明

由于法院未判孟凡辉有罪，但公安机关坚持认为案件性质为他杀，凶手就是孟凡辉，只是证据链不完整。保险公司不给理赔，孟凡辉就上访公安局。公安机关拒绝撤案，也拒绝出具死因和死亡性质的证明。

办公室里弥漫着难以言表的气氛，我终于忍不住骂了句："禽兽不如！"

一大早就被冯大队拎去了办公室，看他的表情就知道不是什么好事。

果然，冯大队黑着脸告诉我，公安局被孟凡辉起诉了，法医鉴定被重点提及，可能最近几天市局督察要来找我谈话。

冯大队口中的孟凡辉涉及两年前的一个案子。他前段时间一直在上访，也到法医门诊闹过几次。我写过很多次情况说明，没想到他不依不饶，竟把公安局给告了。

冯大队语重心长地说："当年的案子大家心里都清楚，但上层压力也不小，你回去做好准备吧。"

被孟凡辉闹了这么一出，顿时感觉心烦意乱。回到办公室，王猛过来拍了拍我的肩膀："林子大了，什么鸟儿都有！"

李筝不明所以地傻站着。王猛叹了口气："那家伙就是个杀老婆的人渣，法院却没判。"说完摇了摇头。

孟凡辉一直要求公安机关对羁押进行国家赔偿，并撤销刑事案件的定性，把自己"嫌疑人"的帽子摘掉，抹除案底。当年抓他的重要证据之一就是法医鉴定书，所以他把矛头指向了法医，而当时的主要鉴定人赵法医已经去世了。

王猛的话让我想起了两年前的那个现场，想起了赵法医，情绪变得更加低落。

"晓辉哥消消气，给我讲讲那个案子吧。"李筝把椅子挪了过来，"我去泡杯咖啡。"

我去了趟档案室，找到那份写着"2012-17号孔玲死亡案"的鉴定卷。那一年不太安稳，发生了30多起命案，这个案子是第17起。

回到办公室，咖啡的香气已经弥漫了整个房间，李筝和王猛人手一杯，我的桌上也放着一杯。

翻开鉴定卷的封面和目录，鉴定委托书上记录了那天的报案情况。我端起咖啡喝了一口，一股热流顺着食道涌向全身，也打开了记忆的闸门。

2012年夏天的一个傍晚，彩虹桥下的河里漂来一具尸体，赵法医带着我和王猛前往勘验。彩虹桥是新区的一座跨河大桥，也是本市的景观桥，不在市中心，离分局很远。

我清晰地记得那时已经下班，赵法医穿了一件米色的短袖T恤，没穿警服。夏天是溺水案高发季节，一般都不复杂，赵法医说看完现场请我俩吃饭，王猛一路上都很兴奋。

现场已经拉起了警戒带，桥上有一些驻足的围观群众。

死者还在水里漂着，离岸边10米左右，下颌和胸部露出水面，乌青肿胀，像一团浮动的肉块。

"晓辉，你猜是男的还是女的？"王猛忽然问了一句。

我向水面瞟了一眼，死者已经开始腐败，所以性别特征并不明显，但死者是仰着的。

"女的！"我斩钉截铁地回答。

这与男女的身体差异有关：

第一，男女生理结构不同，重心不同。男性的骨盆较小，臀部肌肉不发达，而胸廓则较宽广，胸肌也较发达，这就使得其身体的重心偏于身躯的前方。所以，男尸在水中常呈俯卧位。而女性的骨盆较大，臀部也较发达，因此其身体的重心偏于身躯的后方。所以，女尸在水中常呈仰卧位。

第二，男女的身体结构不同。女性胸腹部脂肪层要比男性厚，所以胸腹部产生的浮力会更大，也就更容易呈仰卧位。

当然，我在实际检验中发现，这个规律并非100%准确，所以我当时心里也没底。

半小时后，尸体被打捞起来，仰卧在岸边的大理石路面上，头发很长，我松了一口气，看来没有猜错。

尸体已经腐败，面容乌青肿胀，开始有巨人观的感觉。死者身上穿着衣服，但经过浸泡和污染，已经看不出原来的样子。

这是个室外现场，桥上有几名围观群众在拍照，手机一闪一闪的，赵法医当机立断，叫来运尸车把尸体拉回了解剖室。在询问了报案情况后，叮嘱派出所开展调查，寻找尸源。

赵法医望着夜色中的河面，说了一句口头禅："一名合格的法医，一定要会看现场。"

溺水案的现场，首先要判断落水点。在一般的河流里，尸体会随着河水漂流，很难寻找落水点，但是这个现场不同。

为了保持水位和两岸景观，这条河被分段截流蓄水，彩虹桥下的水域只有100多米长，上下游平时是不贯通的。

水域相对固定，给我们的勘查带来了便利。很明显，死者的落水地点就在这片水域，死者不会从天上飞过来，我们只需要对两岸和桥上进行勘查就行了。

桥上的围观群众随着尸体的运走也四散离去，估计他们没兴趣看我们这些活人。我们上了桥，王猛对着桥上的栏杆一阵忙活，想从栏杆上寻找蛛丝马迹。

赵法医却走向了桥头的一根电线杆，作为助手和跟班，我自然时刻跟随赵法医的脚步。

来到电线杆旁，我抬头看到上面有个监控器，探头的方向正对着桥面，我心里隐隐一喜。赵法医拿起手机打了个电话，隐约听到查监控什么的。

王猛沮丧着脸跑过来，显然他那边不太顺利。他注意到我们这边的监控后，脸上乐开了花。

桥上就这么些情况，接下来就是两岸了。

那条河从南向北流，我们先在距离尸体较近的湖西岸，也就是刚才打捞尸体的一侧进行勘查。

岸边有一条大理石人行道与河道平行，距离河水大约有5米距离，中间是个斜坡，上面有许多灌木和花草。

我们沿大理石小路一步一步走着，打开勘查灯仔细观察那些灌木和花草，试图找出有人经过的痕迹。100米的距离，很快就走完了，我们又回过头走了一趟，还是没什么发现。

我们又来到东岸，东岸有一条沿河的柏油路，曾经是条主干道，后来变成了景观道，平时不大走车了。

相对于西岸，东岸地势比较平坦，路边也有绿化带，但是有一段土路没有植被，因为靠近河水，看起来有些泥泞。

"这个地方最适合跳河。"赵法医指着那段土路。我和王猛想了想，觉得赵法医说得对，这里地势平坦，没有植被遮挡，适合靠近河岸。

王猛在地上发现了1个脚印，很快，我们在那个脚印周围又发现了6个脚印，这样一共就是7个脚印。那些脚印的长度大致相同，花纹看上去很类似，应该是同一个人的脚印。

我们又沿着岸边寻找，没有再发现脚印，看来刚才那些脚印的主人是近期唯一靠近河东岸的人。

王猛看完脚印后疑惑地抬起头："这肯定不是死者的脚印，这个脚印又大又深，分明是个男的，还是个胖子。"

我俩面面相觑，一时没了主意。

"这不是死者的脚印，但是……"赵法医忽然蹲下身子，余光映在他紧蹙的眉头上。

"小王你看，这些脚印好像深浅不一。"赵法医指着地面，"向河边走的这4个深一些，向岸边走的那3个浅一些。"

王猛没说话，我却从他眼神中看到了钦佩和景仰之情。

王猛走到旁边的空地上，用力踩了下去，然后慢慢抬起脚，在旁边又踩了一脚。"和我的鞋一样大！"他忽然扭头对我说，"晓辉，过来我背着你。"

我愣了一下，忽然明白了是怎么回事。

结果，王猛自己踩出的脚印深度介于现场的两种脚印之间，但加上我的重量，就比那些深脚印还要深些。

"果然是这样，这个人一定背着什么东西扔进了河里。"赵法医面色凝重，"所以向河边走的步子很沉，步幅较小；而向岸边走的步子要轻快些，步幅也大些。"

王猛默默地对着脚印一通拍照，回勘查车上取来石膏粉，准备提取脚印。

经过刚才的实验，我们猜测，那个人的身高和王猛差不多，但体重要轻。他负重之后比我和王猛的体重加起来轻，但是比王猛自己的体重要重。

王猛说回去以后还可以做个实验，推算出在河边留下脚印的那个人的大致身高和体重，并确定负重的重量。

河边的脚印让我们对简单的溺水案有了更多的思考，然而并不能确定脚印和死者一定有关系。

这只是一个疑点，还需要更多证据才能说明问题。大家觉得桥上那个监控的价值或许更大些。

河边再无其他痕迹，草丛里的蟋蟀开始唱歌，远处的鸟儿在啾啾地叫着。

"8点多了。"赵法医低头看了看表，"走，先填饱肚子再说！"

赵法医行事总是从容不迫，和他一起出现场，我心里是有依靠的，从来都不会慌，感觉很稳。

现场的那条河往北可以流入大海，据说河里有许多鱼。那晚我们吃的水饺是鲅鱼馅的。

饭后，我们赶到了解剖室，里面灯火通明，设备火力全开，换气扇嗡嗡作响。

尸体从室外移到室内，腐臭味变得更浓烈了。暗黄色的尸袋在解剖台上泛着光，并不能阻挡尸臭的扩散。

尸表检验由我操作，赵法医在旁边记录，王猛负责拍照。

死者穿戴还算整齐，衣服上沾满了水草和污垢。用水冲洗后，露出衣服的底色，上身穿红白条纹的长袖 T 恤，下身穿蓝色牛仔裤，没有鞋袜。

仔细搜了衣服，口袋都是空的，没有发现能辨识身份的物品。

剪开衣服，肿胀的身躯没了束缚，变得更庞大了。尸僵完全缓解，皮下像充了气，维持着四肢自然弯曲的姿势。

尸长 160 厘米，发长 30 厘米，黄发，微弯。死者胸前有块绿色的玉佛。那玉佛说不定能用作身份识别，王猛对玉佛仔细拍了照。

死者双手泡得发白，皮肤皱褶，就像戴了一副手套。法医学上叫"手套显现"，是水中尸体的常见征象。

死者双手都抓着水草，王猛拍照后，我用钳子夹起水草："看来是生前溺水啊，在水中挣扎的时候抓了些水草。"

"别急，再仔细瞧瞧。"赵法医一如既往地稳健。

我低头仔细端详那副"手套"，掌心位置有挫伤和细小伤痕，隐约可以看到一些肉刺。其实想想也很正常，水中可能存在各种东西，落水的人会抓取周围的任何物体。

因为尸体腐败，体表的皮肤已经不是原来的颜色，且肩部有几处皮肤比较暗。

赵法医仔细打量着死者的右腰部，那里有一处形态特殊的压迹，与周围皮肤颜色不同。那是一个弧形压迹，边缘很整齐，但生活反应不明显，应该是死后形成的衬垫伤。

询问了解剖室工作人员，他们在运尸时很小心，尸体并没有磕碰或衬垫到什么物体。

体表没有发现致命伤，暂时无法确定死因和死亡性质，初步看来还是溺水的可能性大。

提取指甲和阴道拭子、口腔拭子后，我停下动作，看着赵法医。赵法医语重心长地说了句："这案子好像不简单啊，先寻找家属吧。"

事情有时就是那么凑巧，我正低头清洗工具时，解剖室的铁门"吱呀"一声被推开，转身一看，派出所民警带进来俩人。

其中一个上了岁数的男子，几步就跨到了解剖台前。他穿着一件有些褪色的蓝色 T 恤，稍微有些驼背，黑红的脸上满是皱纹，嘴唇有些颤抖。

后面是一个提着公文包的三十来岁的男子。他白白净净，穿着一身西装，脚上的皮鞋一尘不染，表情凝重地走到了解剖台前。

上了岁数的男人一直在摇头，很明显他并不确定这具尸体是不是他要找的人。但西装男却盯着尸体对老男人说："爸，这就是小玲。"然后捂着鼻子走出了解剖室。

原来，这两个人分别叫孔德林和孟凡辉，是丈人和女婿关系，他们口中的"小玲"，正是他们要找的人。

孟凡辉说，他近期一直在外地出差，昨天刚回家，没见到妻子。今天一早去岳父家找人，而孔玲父亲称，已经有一周没见到女儿了，平时女儿很忙，也就没在意。

发动家人找了一天还是没找到，翁婿二人就去派出所报了案。正好派出所在查找尸源，干脆带着他们来辨认尸体。

虽然没做 DNA，但既然孟凡辉那么确定，我心里也觉着八九不离十。

众人离开解剖室，回到分局放下车，赵法医安排了解乏、消毒、除味"一条龙"服务。半杯白酒下肚，鼻子里终于闻不到尸臭味了。

第二天一早，DNA 结果出来了，死者就是孔玲。死者指甲和阴道拭子、乳头拭子没有检出 DNA，对于这点我们早有心理准备，毕竟是腐败尸体。

派出所调取了桥头的监控，一直看到一周前，没发现有人从桥上落水。

当天上午，孔德林和孟凡辉一起来到局里，我们简单介绍了现场和尸检情况，由于死因不明，我们表示要对尸体进行解剖。

死者父亲孔德林一直沉默不语，死者丈夫孟凡辉却表示死因已经很明显了，要求尽快火化尸体，让死者入土为安。

见我们态度坚决，孟凡辉问老赵："解剖后就能火化？"赵法医点了点头。

"那就解吧！"

我们在解剖室奋战了一上午，有了一些新发现，案子变得更加扑朔迷离。

打开头皮，有多处条状头皮下出血和一处不规则头皮下出血，颅骨没有骨折，脑组织已经有些液化，像黏稠的液体，看不出明显损伤。

死者肩部那几处颜色较暗的皮肤，切开以后有两种形态的皮下出血，分别是长条形和类圆形。

我猜想死者落水时撞到了水下的树枝和石块，形成了头部和肩部皮下出血。

赵法医却摇了摇头："损伤并不在一个平面，这么多皮下出血，肯定不是一次撞击就能形成的。

"而且，这些都是生前伤，不是死后在河里发生了碰撞。"

我一下子紧张起来，其实我心里很明白，死者身上有人为损伤，就算和死因无关，也需要好好查一查。

按常规流程进行解剖，发现死者有明显的窒息征象，溺水的人有时也会出现窒息征象。所以，死因还是倾向于溺水死亡。

打开胃壁，发现胃里只有少量的液体，在十二指肠发现了少量食糜，这说明死者在餐后 2 小时左右死亡。

为明确死因，我们提取了死者的器官，准备送去做病理检验，提取了胃内容物、胃壁及部分肝脏，准备进行毒物化验。

临走前，赵法医叮嘱我把死者手上的那副"手套"进行了提取。

现场和尸检都发现了异常情况，但无法确定这是一起刑事案件。赵法医把情况如实进行了汇报，正好下午有个例会，冯大队让大家对溺水案进行讨论。

"老赵，你先说一下尸检情况吧。"冯大队长看了看坐在旁边的赵法医。

赵法医用平稳的语速介绍了尸检情况。死者窒息征象明显，死因为溺水的可能性大。但因为尸体腐败，可能会掩盖其他死因，需要做病理和毒化排除其他死因。

根据尸体腐败程度，结合水温，初步推断死亡时间在 3 至 5 天。根据胃内容物分析，死者在饭后约 2 小时死亡。

赵法医最后强调，因为推断水中尸体死亡时间本身难度就很大，而且尸体已经腐败，所以推断的死亡时间可能会有误差。

另外，死者头部和肩部都存在生前伤，倾向于他人打击形成。

王猛介绍了现场勘查情况，重点说了桥头的监控和河东岸发现的 7 个脚印。根据脚印的特征，推断出脚印的主人身高 175 厘米左右，年龄 30 岁左右，体重 70 公斤左右，负重物的重量约 55 公斤。

虽然王猛说的是"负重物"，可大家不难得出一个结论，那就是一个男人背着一个女人扔进了河里。

毕竟没有目击者，谁也不知道那个人去河边干什么，也不确定负重物是不是人。

足迹是常规技术手段，曾经在刑侦中发挥了巨大作用。但近些年随着路面普遍硬化，尘土越来越少，足迹的用武之地也越来越少，所以当大家听到王猛说起河边的足迹时，并不是很感兴趣。

大家似乎对监控的关注度更高些，有人提出把勘查范围扩大，寻找更多监控设备。当然，那或许是更直接的办法，但需要大量时间和精力，而且不一定会有结果。

大家对案件性质似乎出现了争议，多数人认为是自杀或意外，但技术科认为现场和尸检有疑点，案件性质不好确定。

冯大队长摆了摆手，会议室里安静下来："河边的足迹和死者身上的伤都是疑点，需要进一步调查。"

冯大队长把笔横放在桌上："既然有疑点，就先当成案子搞吧。"冯大队说的"案子"，其实就是刑事案件的意思。案子定了方向，侦查马上展开。

散了会回到办公室，意外看到死者家属在等着我们。死者父亲孔德林还是那件蓝色 T 恤，死者丈夫孟凡辉依旧西装革履。

孔德林和孟凡辉一脸悲伤，他们坚持要让死者入土为安。尸检什么的该做的都做了，尸体也确实没有保留的必要，赵法医就同意了死者家属的请求。

多数法医都心善，十分同情死者家属。在这一点上，我和赵法医的理念一脉相承。

讲到这里，我轻轻合上案卷，起身到窗边透透气。

李筝拿起鉴定卷，翻看着尸体检验鉴定书。片刻后，她疑惑地问道："鉴定结论怎么是这样呢？"

王猛起身，双手撑在桌子上："当年我们都尽力了，只可惜……"

我的思绪又回到了当年。

案子在刑警队的全力侦查下，很快就有了眉目。

专案组查了彩虹桥附近多个监控，时间跨度达半个月，没发现有人从桥上落水。这说明，人是从岸边落水的。

死者孔玲家在蓝天花园小区，那是一个拆迁安置小区。几年前还是一片荒地，村里的土地和宅基地被征用后，村民们搬进了楼房。

孔玲在小区附近经营着一家小超市，丈夫孟凡辉是证券公司员工，女儿在附近一家幼儿园上学，一家三口日子过得还算不错。

孔玲生活圈子相对较小，没有太多的恩怨纠纷。但据邻居反映，两口子关系一般，经常听到有争吵，可两口子哪有不吵架的。

专案组对孟凡辉展开了调查，无意中发现了一条重要线索。

孟凡辉的妻子和女儿都入了高额人身意外保险，受益人均为孟凡辉。这份保单让我们开始高度怀疑孟凡辉。

杀亲骗保的事情并不罕见，在巨大的利益面前，人是可以变成恶魔的。

我联想起几次见他都是西装革履，或许是职业需要，可总感觉有些不太对劲，毕竟当时正值盛夏，天气炎热。

专案组把孟凡辉"请"到了局里，借着给孟凡辉采血的机会，我让他脱了上衣。他犹豫片刻，还是把上衣脱了。我揭开他右前臂那块纱布，赫然是一处皮下出血，能看到明显的牙齿印记，损伤时间 5 天左右。

我对伤口进行了拍照，然后和电脑里死者的口腔照片进行了比较，孟凡辉右前臂咬痕的特征与死者牙齿特征吻合。

王猛检查了孟凡辉的鞋子，与现场脚印尺码相符，而且孟凡辉的身高体重都符合王猛根据现场脚印做出的推断。只是，鞋底花纹并不一样，这可以用换了鞋来解释。

孟凡辉为妻子买了巨额保险，死者身上有无法用溺水解释的伤痕，孟凡辉脚印特征与现场脚印基本符合，胳膊上有咬痕，这些情况足以让孟凡辉进入讯问室接受讯问。

但专案组心里并没有底，因为孟凡辉有不在现场的证据。

调查得知，孟凡辉平时加班和应酬较多，在 7 天前被公司派往外地出差，当晚女儿被送到外公外婆家，孟凡辉和妻子去必胜客吃了顿饭，花了 230 元，有发票。

死者的死亡时间为 3 到 5 天，而孟凡辉却在 7 天前离开了本地，按理说不可能是凶手。可他胳膊上的伤又如何解释呢？

冯大队长找到我们，让我们趁着孟凡辉被讯问期间抓紧寻找线索。

其实这个案子有很多问题没弄清楚，比如具体死因。病理检验和毒化检验都没做出异常情况，无法判断死者是否溺水死亡。

我们技术科单独开了个小会，大家梳理了所有物证，对需要进一步检验的物证进行了检验。

对死者腰部的弧形压迹进行测量，推断衬垫物应该是具有圆形或弧形接触面的硬质物体，圆弧的直径为 10 厘米。

赵法医带我去实验室，找出提回的"手套"，对上面的肉刺进行检验，那是木质的肉刺。

傍晚，夕阳西下，我们来到了死者家中。死者家所在小区离现场并不远，车程大约 5 分钟。

孟凡辉家在一楼，带一个小院子。家里的陈设没有异常，没有明显翻动或清理的迹象。

我们对死者邻居进行了走访，其中一户邻居反映，几天前曾听到些动静，但两口子经常吵架，大家早就习惯了。

南边阳台外面就是小院，院子正中是一个景观池。池水有半米深，水里长满了水草，有几条锦鲤在水草间穿梭。池水中间有个小假山，造型还算不错。

小池塘的旁边有一棵樱桃树，树干上靠近水池一侧有折断的新茬。地上有许多树叶，还有两块六边形的水泥块，凑起来是一个小宝塔。我们找到了小宝塔原来的位置，在假山的一处平台上。

我们在院子里搜查时，在角落找到一根拇指粗细的树枝，经过与那棵樱桃树进行比对，确认是樱桃树上折断的树枝。

小宝塔和那段树枝引起了我们的注意，因为死者身上的那些损伤，无论是头部的皮下出血还是肩部的皮下出血，包括死者手上的肉刺，都完全可以用这两件物品解释。

当然，要认定致伤工具是需要进行一系列检验的。可惜，对小宝塔和树枝进行生物物证检验，没有检出 DNA。

于是我们尝试在光镜下检验木纤维，对树枝的断茬和死者手上的肉刺进行

224

一致性检验。赵法医盯着光镜看了半天，发现死者手中的肉刺和树枝上的木纤维很可能是同一种。

无心插柳柳成荫，赵法医在光镜下意外发现了许多硅藻，这说明树枝很可能接触过水。

看到那些硅藻的时候，我有一种醍醐灌顶的感觉。我们之前一直无法确定死者是否溺水死亡，是因为一直没想到溺死诊断的"金标准"——硅藻。

那时候南方很多地方已经开展了硅藻检验，我也曾在一些报刊上看到过相关的报道，但硅藻检验在北方用得比较少。

硅藻属于藻类中硅藻门的硅藻纲，为一种浮游植物，地球上凡是有水滞留的地方，小至由雨水积聚成的小水坑，大至占地球表面71%的海洋，几乎都能见到硅藻的踪迹。还有一些硅藻作为陆生类型生长在潮湿的土壤表面及其他物体的暴露面，也有部分飘浮于空气中。

全世界有16000多种硅藻，体长一般在 $1 \sim 200$ 微米。硅藻对水质敏感，水环境不同，硅藻群落亦有差异。而且硅藻十分稳定，不易被破坏。

基于这些特性，硅藻在法医检验中作用显著。

由于生前入水者的主动呼吸，硅藻可随溺液吸入肺泡，进入血液循环，分布到各组织器官；通过对脏器组织和水中的硅藻进行定性定量分析与比对，不仅可直接判断死因，还有助于推断溺死地点。

硅藻可以在尸检中通过显微镜被观察到。我们可以将之与发现尸体的水体中的硅藻进行比对。如果在尸体中没有发现硅藻，表示受害者并非溺亡。如果器官中发现的硅藻与发现尸体的水体中的硅藻有显著不同，意味着受害者在他处淹溺致死，然后被移动到第二个地点，以制造意外事故的假象。

硅藻这条线索很快让我们兴奋起来，有一种拨云见雾的感觉。但赵法医忽然意识到一个严重的问题——尸体已被火化。

好在尸检时提取了许多器官，我们马上去病理室找到了死者的器官。

硅藻最明显的特征是细胞壁除个别种类外，均高度硅质化，形成上、下两个透明的壳，以壳环带套合形成一个硅质细胞壁，坚硬而稳定，不易被破坏，不受腐败和死亡的影响，即使浓硫酸、浓硝酸煮沸也难以破坏其纹理特征。经福尔马林浸泡的肺脏等器官也可进行硅藻检验。

我们联系了南方某公安局，他们那边硅藻检验工作很成熟，正好我有个师兄在那边做法医，领导就让我具体负责硅藻检验事宜。

我们赶紧提取了事发河流的水样、死者家中小池塘的水样，与死者器官一起进行检验。

来回折腾了好几天，总算是有了结果。检验结果验证了我们的怀疑：死者的确是溺水死亡，但死者器官与水体中的硅藻种类及数量比例不相符，这说明死者并非在彩虹桥下的河中溺亡。

树枝上的硅藻和死者家中小池塘里的硅藻相同，而且和死者体内硅藻相同，结合院子里的假山和小树损伤情况，说明第一现场就在死者家中。

事情很明显了，死者在家中小池塘溺亡后被运往河中抛尸。

但按常理分析，死者应该在经过打斗后丧失抵抗的情况下溺亡，否则那个小池塘不足以让人溺亡。折断的树枝和破损的小宝塔恰恰也说明了这一点。

大家惊出一身冷汗，幸亏之前尸检做得很全面，对器官进行了病理检验，否则就死无对证了。

树枝的形态与死者身上的伤符合，上面的硅藻也说明这根树枝很可能就是作案工具。但缺乏 DNA 证据，不能百分之百认定是作案工具。

我们在孟凡辉家那辆别克凯越车的后备厢里找到一个灭火器，灭火器的底面直径是 10 厘米，而且上面检出了死者的 DNA。

经过审讯，孟凡辉承认和孔玲因琐事发生过争吵，孔玲咬了他一口，不过二人很快就和好了，并且愉快地吃了晚饭。

与此同时，通过技术侦查手段，专案组查到孟凡辉在出差后第三天，也就是发现死者的五天前，曾经回过一次本地，不过是为了去见情人。

调查有了新进展，孟凡辉在外面养了小三，而且她怀了孕。如此一来，孟凡辉杀妻的动机更充足了。

专案组找到了孟凡辉的小三，那个叫小梅的姑娘。她神色镇定，守口如瓶，她说当天一直和孟凡辉待在一起，第二天，孟凡辉就继续出差了。

"她明显是在撒谎！"对面的李筝捏紧了拳头，"有那么多证据，为什么那家伙没被判死刑？"

"这是我的遗憾。"我用手摸了摸后脑勺，叹了口气，"我想……也是赵法医的遗憾吧。"

尽管有些证据存在瑕疵，但根据已有的证据和调查，基本可以还原孟凡辉杀害妻子的经过了，我向李筝说了当时的推理。

这是一起策划好的谋杀，目的是骗保，也为了稳住小梅。孟凡辉一直想要个男孩，可惜妻子生了个女孩，于是他心里一直有股怨气，夫妻俩经常吵架。

孟凡辉和小梅好了之后，小梅怀孕了，查出是个男孩。

不久之后，孟凡辉就给妻子和女儿都买了巨额保险，动机昭然若揭。

出差后的第三天，孟凡辉秘密返回本地，先去见了情人小梅。然后他悄悄回到家中，与妻子孔玲在院中发生争执。孔玲被孟凡辉扼颈的过程中，咬伤了孟凡辉的胳膊，俩人撕扯中弄断了樱桃树。

孟凡辉将孔玲扔进小池塘，孔玲因呛水挣扎，孟凡辉拿起假山上的小宝塔打击孔玲的头部，小宝塔断裂落地。

他又捡起树枝打击死者头部和肩部，形成了一系列损伤。死者孔玲抓住了树枝，撕扯中有肉刺留在死者手中。

最终，因力量对比悬殊，死者经过一番挣扎后，绝望地淹死在水中。

孟凡辉将妻子横放在后备厢里，趁着夜色抛尸，走的是河边的老路，没走大桥。后备厢中的灭火器形成了腰部的压痕。

他开车来到河边，背着孔玲走向河边，把尸体抛入河中后返回，地上留下了 7 个脚印。

回家后，他把抛尸时穿的那双鞋，连同妻子的鞋袜一起扔掉了。

孟凡辉继续去外地出差，并和情人密谋，制造不在场证据。

证据比较完备，基本可以定性为刑事案件。公安机关以故意杀人移送检察院提起公诉，但最后法院没有判刑，孟凡辉被无罪释放，专案组的战友都难过了很久。

"为什么无罪释放啊？"李筝把手中的咖啡杯重重放在桌上，里面的咖啡溅到了桌上，把我和王猛吓了一跳。

"因为证据链不完整。"我回忆起当时的窘迫，感觉像被人批得体无完肤。我平复了激动的心情，对李筝列举了当时对方律师及法院的主要依据。

1. 死亡时间不确定，不能排除嫌疑人的不在场证据。

2. 命案中最重要的物证——尸体已经被火化，做出硅藻的器官是否为死者器官存疑。

3. 作案工具树枝和小宝塔只是存在可能性，因未检出 DNA，并不能直接认定。

4. 因死者平时有机会接触汽车，所以警方认定的抛尸交通工具及灭火器均不具备证据效力。

5. 嫌疑人身上的伤只能说明两口子有过争执，但不能认定与死者的死有关。

6. 现场的脚印与嫌疑人足迹吻合，但并非同一种鞋，也不能排除其他人作案的可能。

7. 对于硅藻确定死者为溺水死亡，法院予以认定；但对于硅藻确定的第一现场在家中，法院没有采纳。这一点可能与当时硅藻检验还没普及有关。

8. 由于嫌疑人和被害人是夫妻关系，不能排除日常生活中在彼此身上留下 DNA 的可能，所以 DNA 证据不能作为犯罪证据使用。这一条直接导致公安机关做出的 DNA 鉴定结论没有被法庭采纳。

"这不是抬杠吗？用猜想和假设对抗证据！"李筝柳眉倒竖，睁大了眼睛。

其实当时大家得知这些说辞时也是同样的想法。可后来大家想通了，不管怎么说，法治一直在进步，案子判得不合理，也给大家提了个醒，以后注意搜集完整的证据链。

第二天，我在办公室里发呆，李筝安静地在电脑上打鉴定书。外面响起一阵敲门声，侦查中队李队长推门走了进来。

很明显他是来安慰我的，和我聊了很多当年的事情。他看似无意地提到了一件事情，孟凡辉被释放后，很快和小三结了婚，又生了一个儿子。

这不是重点，李队长说，他几天前还从保险公司一个朋友那里得知，孟凡辉和前妻孔玲的女儿在几个月前意外坠桥身亡。孟凡辉没有报警，直接通知了保险公司。

保险公司的理赔员去现场看了看，觉得事实很清楚，孟凡辉获得了一笔巨额赔偿款。

炎热的夏天，我却忽然感到一阵寒意，心痛得无法呼吸——为无辜的死者，也为赵法医。

李筝不知何时站了起来："我终于知道他起诉公安局和我们死杠的原因了，他一直惦记着妻子的赔偿金啊。"

由于法院未判孟凡辉有罪，但公安机关坚持认为案件性质为他杀，凶手就是孟凡辉，只是证据链不完整。保险公司不给理赔，孟凡辉就上访公安局。公安机关拒绝撤案，也拒绝出具死因和死亡性质的证明。我们怎么会帮凶手获得理赔呢？

办公室里弥漫着难以言表的气氛，我终于忍不住骂了句："禽兽不如！"

如果有办法，我一定把这个情况告诉赵法医，告诉他当年的判断是正确的。

过了几天，孟凡辉又来法医门诊闹事，我支走了其他人，关门让他坐下。

"我告诉你，别跟我来赔礼道歉那一套，没用！"孟凡辉跟吃了火药桶一样。

"你老婆和闺女是怎么死的，你心里应该很清楚。"我扔下这句话，坐在椅子上盯着他看。

孟凡辉张了张嘴，和我的目光碰撞在一起。我盯了他足足3分多钟，他依然摆出一副有恃无恐的样子，只是目光有些游离，气焰也不像开始那么嚣张了。

随后我还原了他当初的作案过程，并对他说："人在做，天在看！不管你多么狡猾，我们会一直盯着你的！"

他倒也干脆，二话不说就起身走了。从那以后，我再没见过他，据说他撤了诉，一家三口搬离了本市。

我和王猛、李筝一起去看望了赵法医，给他带去了生前最爱喝的烧酒。

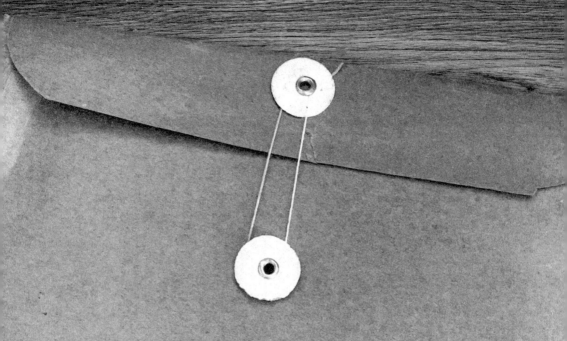

16 失踪五年的农民工，尸体出现在桥墩里

颅骨和牙齿完全浸入无水乙醇内，半小时后，有多枚牙齿牙根变成了橘红色，这是"玫瑰齿"现象，说明死者生前存在窒息。

　　炎热的夏天，大家都喜欢待在办公室里，吹着空调，喝着茶。但警情就是命令，下午3点钟，我正在办公室里打盹，局里突然接到一起报警电话。

　　案发现场位于玄武桥，是新区的一座跨河大桥，近期正在重新修建。施工队在拆桥墩时发现了一些头发和衣服碎片。

　　我和王猛，还有李筝三个人全副武装赶往现场。勘查车的空调效果不好，坐在里面像是被闷在铁皮罐头里一样。话痨王猛也消停了，紧握方向盘，脸上还淌着汗。

　　半个小时后，我们抵达目的地。现场已经被保护起来，警戒带外面挤满了围观群众和工人。在派出所民警带领下，我们挤过人群，沿着河边小路来到桥墩跟前。

　　桥面已经拆得差不多了，剩下几根桥墩矗立在河面中，四周全部都是碎石块，布满灰尘，行走十分不便。派出所民警指着一根两米多高的桥墩："那就是出事的桥墩。"

　　民警们已经提前和施工队沟通好，让吊车放下来一个铁筐，我们仨挤在里面，被吊到桥墩上，近距离观察桥墩顶部的情况。

　　桥墩横截面为长方形，顶部已经拆得七零八落。我们小心翼翼地站在上面，我忍不住向河面望了一眼，感觉有点晕，赶紧收回了目光。

　　将精神聚焦在桥墩横截面，发现有一撮黑灰色的毛发从混凝土里露出来，有三四厘米长，微微打着卷，随着微风摆动，还有块蓝灰色的破布，上面沾满了灰尘。

王猛戴着手套，拨开了几块散落的混凝土，然后扯了扯那块破布，摇摇头："太结实了！"

肩膀忽然被拍了一下，我心里一阵发毛，侧身一瞧，李筝正指着我的右脚外侧。

我赶紧往左边挪了一小步，左脚已经到了桥墩的边缘，转过身屈膝半蹲，一片弧形的物体吸引了我的目光。

"指甲？"李筝抬起头问我，我点了点头。这片指甲被污垢包裹着，不细看和水泥没啥区别。

毛发、破布、指甲，看来这桥墩真的很有问题。当务之急就是打开桥墩一探究竟。

我们立刻商量了起来，最后得出结论，凭我们自己肯定没法搞定，锋利的手术刀拿这块硬邦邦的东西没辙。

术业有专攻，这事儿得找消防队。

从桥墩上下来，趁着消防队赶来的空隙，我们准备进行现场访问，向发现这件事的施工队了解情况。

报警的是施工队工头，姓李，一个黑红脸膛的瘦高个。

李工头微弯着腰凑过来，笑着给我们发烟："领导，俺们啥时候能开工？"

派出所民警甩甩手，瞪了他一眼："胡闹！这事儿查不明白能开工？"

李工头咧了咧嘴，讪笑着把拿烟的手收了回去。

我接过话题："你们把发现……那些东西的详细经过说一下吧。"

李工头喊了声"亮子"，一个穿着脏兮兮的青年从他身后钻了出来。亮子说话有些结巴，不过事情倒也简单，三言两语就讲完了，就是在拆桥时偶然发现的。

接着，王猛又找了几名现场目击者做笔录，他们大多不善言辞。其中一名年龄大些的工人感慨道："邪门啊……邪门，估计有点名堂。"

王猛追问他，到底什么邪门，这个工人也不再多说，立刻扭头钻进人群里离开了。

这时，不少工人凑过来看热闹，但都有些拘谨。谁也不愿意排在最前边，仿佛不愿沾惹是非。这些群众的心理我们都明白。

消防队很快赶到，中队长敬了个礼，表示一定配合我们完成任务。

我向他大致介绍了情况，说桥墩里很可能有一具尸体，需要打开钢筋和混凝土把尸体取出来，而且尸体还不能被破坏。

中队长的眉心拧成了一个"川"字，表示如果不用爆破的话难度相当大。我不同意直接爆破，因为不确定爆破会不会对里面的尸体产生冲击波损伤，从而影响下一步尸检，所以建议采取切割的办法。

我们最后商量出一个方案：消防队员用劈裂机把桥墩从底部截断，然后借用工地的吊车把桥墩挪到旁边的空地上，再用切割机逐层切割。

为保存第一手资料，王猛负责全程录像和拍照；为确保不损伤里面的"东西"，我和李筝全程指导消防队员具体操作。

这是一个相对稳妥的方案，但缺点也很明显——非常耗时耗力。

不多时，消防队的小伙子们便开始忙碌起来。炎热的夏天本就使人烦躁，再加上机器的轰鸣声和刺耳的切割声，更是让人心烦意乱。

消防队效率很高，半个多小时后，桥墩离断，被吊车吊起，放到了河边的空地上，不过真正的考验才刚刚开始。

几名消防队员围在横倒的桥墩周围，刺耳的切割声响起，现场尘屑纷飞，火花四溅，钢筋和混凝土被逐层切开。

由于不清楚混凝土内部情况，我和王猛、李筝时刻关注着切割进程，叮嘱消防队员如果感觉硬度忽然变低或者看到有可疑迹象就立刻停手。

事情比我想象的更困难，但消防队员的表现十分出色。他们在烈日下聚精会神忙碌了一下午，就像在雕琢一件艺术品，消防服被汗水浸得透透的。

反看我们，倒像是看热闹的闲人。李筝这姑娘还是急急躁躁，恨不得亲自上手去帮忙。我拦住她，说你上去添什么乱。

王猛呢，索性找了个阴凉地去偷懒了，我也没管他。

剩余的石礅越来越小，我却紧张起来，死死盯着消防队员的切割机，生怕割坏了里面的东西。

切割机在切割桥墩一端凸起的部分时，我忽然看到里面闪过黄白色。

"停停停！"李筝急得大喊起来，她的反应比我快半拍。

担心的事情还是发生了，我从地上捡起那块混凝土块，里面有一些横截面为圆形的小骨质，是指骨。

好在我们发现及时，我立刻让王猛进行了拍照固定，然后把那块有指骨的混凝土块放进了物证袋。

切割工作继续进行，但是消防队员的速度明显更慢了。

桥墩此刻是一个类圆柱体，长约2米，直径不到1米，比原来的桥墩瘦了很多，看起来只比一个人的身形大些。

眼看天色渐渐暗了，围观群众却越来越多，估计是被这里的动静吸引来的，现场变得异常嘈杂。

我找来中队长商量，希望他们把包裹着尸体的混凝土块运到解剖室继续切割，中队长点头答应。

剩下的混凝土块已经很薄了，有些地方甚至露出了衣物，可依旧非常重，幸亏消防车载重量大。这说明当时桥墩建筑质量很好，密度大，硬度高。

晚上7点多，将尸体运回解剖室后，我们马不停蹄，立刻开始工作。

解剖室大门紧闭，里面灯火通明，空调和排气扇火力全开，地面上摆放着混凝土块。

消防队员又在解剖室里忙活了2小时，动用了切割机、液压钳等各种工具，剥开最后一层混凝土"盔甲"，一具穿着衣服的骷髅呈现在我们面前，尸骨上还沾着一些混凝土碎屑。

小战士长舒了一口气，擦着汗感慨道："这比救个活人还费事。"

我们都挺过意不去的，王猛提出要请战士们吃个饭。中队长连连摆手："一家人客气啥，你们先忙，我们撤了！"

消防队带着工具撤离，看着尘土飞扬、地板砖被压碎一大片的解剖室，我意识到自己可能闯祸了，被领导一顿批评是免不了的。

"晓辉哥，没事儿，咱也是为了工作嘛。"李筝看出我神情沮丧，"回头我找个熟手的师傅来修整一下。"

王猛突发感慨："我怎么有些怀念刺耳的开颅锯呢，和刚才的声音一比，还是很美妙的！"李筝白了他一眼。

清理掉尸骨表面的碎屑和尘土后，我们对尸骨进行检验，发现这是一具完全白骨化的尸骨。消防队员此前切掉的那块是右手的部分指骨。

白骨化是一种晚期尸体现象，尸体软组织发生腐败逐渐软化、液化，直至完全溶解消失，毛发和指（趾）甲脱落，最后仅剩下骨骼，称为白骨化。

这副骨骼表面较干燥，虽然被称作"白骨化"，可它通体呈黄色，是那种看起来不太干净的黄色。

失去了混凝土的支撑后，尸骨躺在地面上，由于没有组织和肌腱，骨骼变得十分松散。我们根据照片还原了这副骨骼的原始姿势。

头颅高高仰起，空洞的眼眶仿佛在看向前上方；颈椎歪向一侧，双手高举着，一条腿蜷曲，另一条腿伸直，貌似攀爬状。

工人们发现的毛发正是他脱落的头发，而破布是他的上衣。

他上身穿一件灰色帆布外套，内穿一件蓝色圆领秋衣，秋衣并不完整，轻轻一扯就破裂了，有些腐蚀风化。

下身穿黑裤子、灰秋裤，腰间系着一根红布条，双手戴着一副线手套，脚穿黄布胶鞋，没有袜子。

"这是干体力活的打扮。"王猛凑过来拍照，"有可能是个农民工。"

我们把死者的衣服脱下来，当然，脱一具骷髅上的衣服轻而易举，何况有些衣物已经烂掉了。

死者颈椎上挂着一根细绳，李筝顺着细绳从肋骨间隙里拉出一串钥匙。钥匙经过肋间隙时丁零作响，我头皮一阵紧。

而王猛眼里却闪着光，无比兴奋，好像这把钥匙能打开神秘的宝藏。我明白，钥匙和衣服一样，能说明很多问题。

衣着往往可以用来进行身份识别，但这具尸骨身上的衣服全是些没听说过的杂牌子。

我们不知道他是谁，也不知他为何会出现在桥墩里，可就算只剩下一副骨架，我们依然可以让他说话。

其实对未知名尸体的检验流程大致相同，首先是确定死者身份，然后再确定死因和死亡方式。

我们法医手中掌握着各种尸检方法，所以心里并不慌乱，而这个时候，法医人类学该派上用场了。

李筝主动要求施展拳脚。她根据死者颅骨、牙齿和耻骨联合面的特征，分析死者是一名男性，身高在 173 厘米左右，年龄 17 岁左右。

得出这个结论，李筝自己也愣了，青少年！我们的心情莫名凝重起来。

"死亡时间呢？"我问李筝。

李筝有模有样地说："死者已经完全白骨化，骨髓腔呈蜂窝状。衣物有轻度腐蚀，死亡时间有 3 到 5 年的样子，不过也要根据周围环境综合分析。"

李筝很聪明，没把死亡时间说得太死。我指着死者的外套说道："而且当时是春天或秋天。"

李筝点了点头，忽然指着死者那根弯曲的左腿："晓辉哥你看！"

我蹲下身子，看到了死者右小腿胫骨上的一处很明显的骨痂。骨痂是骨折愈合后的表现，说明死者胫骨曾有过骨折，而且从骨痂形态分析，骨折时间不算短了。

这个骨痂比其他部位明显要粗很多，而且胫骨有些弯曲，通过测量，左腿长度比右腿整整短了 5 厘米，这说明骨折治疗不当，导致了畸形愈合。

可以推断，死者生前一定是个瘸子。

跛足是个比较重要的特征，可以用作身份识别，这让我们信心大增，死者的身份仿佛触手可及。

除此之外，全身骨质未见明显骨折。我们提取了靠近胃部的几块骨骼，准备送去市局，进行常规毒物排查。

检验完毕，李筝好像有些意犹未尽："晓辉哥，我总觉着不太稳，咱还有什么能做的吗？"

"有！"我叹了口气，"目前死因还没查清，死者骨质没有明显损伤，而且被封在桥墩里，按常理分析很可能是窒息死亡，但我们需要寻找依据。"

"对，要判断是生前被封进桥墩还是死后被封进去的。"李筝若有所思，"可怎么判断呢？"

"别急，一整具尸骨摆在我们面前呢！"我笑了笑，心里已经想到了一个可以判断死因的方法。

我打量了一眼堆积在角落的那些混凝土块，很快心里便有了主意，或许这次我们还可以用一个非常规检验方法来进行个体识别。

"小时候玩过石膏塑像吗？"我问李筝。

看李筝一头雾水的样子，我把目光聚焦在地上的水泥块。李筝这才恍然大悟："我明白了，还是晓辉哥厉害！"

没错，我就是想利用这些水泥块，拼凑出一个模型，还原尸骸的具体形态。

说干就干，我们三人合力把刚才被消防队员切割下的混凝土"盔甲"重新拼凑起来，并用透明胶带缠好，只在头顶留了个洞。

做完这一切，我和李筝静静地看着王猛。王猛踱了几步后，似乎下定了决心："不管了，为了破案，就算被师傅骂死也值了！"

王猛陆续背来两个大袋子："这是全部库存了。"

我俩合力将那些原本用来固定脚印的石膏粉，一股脑儿倒进了混凝土外壳里，然后缓缓注进了水。

等待石膏凝固的间隙，我找来一个用来盛放器官模型的空瓶子，瓶子很大，把死者的颅骨和牙齿放了进去。

我从药剂柜里取出几瓶无水乙醇，然后加入大瓶里，解剖室里顿时弥漫着一股浓浓的酒味。王猛吸了一大口气，一脸享受的样子，看得我起了一身鸡皮疙瘩。

颅骨和牙齿完全浸入无水乙醇内，半小时后，出现了一种神奇的变化，当然，这变化在我预料之中。

有多枚牙齿牙根变成了橘红色，这是"玫瑰齿"现象，说明死者生前存在窒息。

所谓的玫瑰齿，是指死者在窒息过程中因缺氧导致牙龈黏膜毛细血管出血而浸染牙齿，牙颈表面可出现玫瑰色或淡棕红色。玫瑰齿经过酒精浸泡后色泽更加鲜艳，提示有缺氧窒息过程。

颅骨表面没有发生改变，另一种神奇变化——骨荫并未出现。未出现骨荫改变，这说明颅骨没有遭受暴力打击。

骨荫也是专业名词，是骨膜血管或骨质血管破裂出血，血液浸入骨组织的一种现象，一般是遭受外力打击导致。

"又学了一招！"李筝有些兴奋，"原来无水乙醇还有这么神奇的用途。"

我笑笑说："你要学的还多着呢。"

估摸着时间差不多了，我们三人蹲在地上，小心翼翼地取掉那层混凝土外壳，一个洁白无瑕、栩栩如生的石膏像出现在我们面前。

石膏像保持了死者的原始姿势，举着双手仰着头，左腿伸直，右腿抬起，这比骨骼的样子更直观。

虽然我们推测死者的体表组织会在混凝土的压力下有些变形，不过基本可以反映出死者的外貌和体形特征。这是目前我们能想到的最好的办法了。

死者圆脸偏胖，体重不好估算，但身高和李筝的计算基本一致。

王猛对着死者的面部拍了很多照片，说回头请吴师傅给画个像。吴师傅是省厅画像专家，颇有些名气。

检验完毕，我们先把检材送市局，然后简单吃了个消夜，再回到局里就凌晨1点多了。

借着咖啡驱散倦意，我们把检验情况进行了梳理。

首先对死者进行刻画：偏胖，圆脸，跛足，青少年男性，体力劳动者，本地人可能性大，因为我们还在水泥块里发现了一串钥匙。

然后对死因和死亡方式进行分析：死者骨骼及衣物相对完整，没有明显的机械性损伤痕迹。死者有玫瑰齿现象，颅骨无骨荫，基本可以确定窒息死亡，排除颅脑损伤。

死者并没有舌骨骨折等颈部受力征象，说明窒息机理并非暴力扼颈导致的机械性窒息，更像是单纯缺氧导致的窒息。

死者的特殊姿势其实也反映了一个问题，那就是死者当时并没死，被水泥掩埋时还具备一定的活动能力，而且很可能有挣扎呼救的过程。

于是，我们得出了一个惊人的结论——死者是被活埋的！不过，最终还需要等毒化检验结果排除中毒才行。

"被活埋……活埋？难道是打生桩？"王猛突然瞪着眼喃喃自语，"怪不得在现场时有人说邪门呢。"

"打生桩"这个词让我瞬间有些毛骨悚然，尽管我对那个词并不陌生。我想了想，的确有这个可能性，毕竟死者所处的位置有些特殊。

所谓打生桩，是古代的一种秘传建筑方式，过程恐怖而邪恶。一般在建筑工程动工前，把人（尤其是儿童）活埋在工地内，确保工程顺利。

不过我是法医，更相信科学的力量，迷信的东西是一概不信的。

我摸了摸后脑勺："咱先别急着下定论，就算他是被活埋的，也有很多种情况。"

"可以是意外跌落，也可以是自己故意跳进去的，还可以是被人推进去的。"李筝皱了皱眉，"这样的话，案件性质分别对应着意外、自杀和他杀，根本没法定性啊。"

"我觉得自杀的可能性不大，毕竟他生前有过挣扎。"其实我心里也没底，就补了句，"不过那也是本能反应。"

案件暂时不能定性，但只要不排除他杀，我们就要把它当作一起杀人案来办。

这案子本身没什么难度，把尸体浇筑在混凝土桥墩里，不管是否知情，无论出于什么目的，都肯定与当年的施工队有关。

不过毕竟时隔多年，要完全复原当年的场景颇有些难度。

看到冯大队办公室亮着灯，我敲门走了进去。

我把情况汇报完毕，冯大队把手中的烟摁进了烟灰缸。当晚就成立了专案组，对当年的事情展开调查，同时排查死者身份。

第二天，市局理化室传来消息，送检的尸骨没有检出常见毒物，也就是说，确定死者是被活埋的。

没几天的工夫，城里关于桥墩里发现尸体的事情已经传得沸沸扬扬，甚至有几位朋友向我打听这事儿，让我哭笑不得，这也给侦查破案带来了压力。

通过深入调查，发现玄武桥是 5 年前的秋天开始修建的，4 年前建成通车。经过三天时间，专案组走访了几位当年的施工人员，终于查到了一些线索。

据几位施工人员说，当年筑桥时遇到了一些障碍。有一处桥墩不知为何，地基钢筋怎么也打不进去，可把施工队愁坏了，又是请专家，又是请道士的，折腾了十多天，后来不知用了什么办法才把问题给解决了。

然而，让我们感到意外的是，当年施工的工人都异口同声说没有出现过意外。难道死者是神不知鬼不觉地被封进桥墩的？难道就没有目击者？

当我们调查陷入困境的时候，有两名工人回忆起一个重要的情况：当年建桥时有一个工人失踪了，而且那个工人还是个瘸腿的傻子。

专案组听到"瘸腿"两个字，顿时起了兴致，顺着线索调查那名跛足傻子的情况。

专案组找到了当年的建筑队负责人，他说当年筑桥时工地上的确有个瘸腿的傻子，是个临时工，干了没多久，不过后来他忽然不辞而别，再没去工地干活，大家再也没见过他。

那孩子脑子不好使，笨笨傻傻的，干活也不利索，还是个临时工，大家也就没太在意，家属和施工队都没有报案。

专案组拿出模拟画像让他辨认，他只瞟了一眼："就是他！"

又经过两天的调查，专案组顺着线索查到瘸腿傻子名叫李长生，家住距离玄武桥约 3 公里外的小康村。

为确定死者身份，探寻真相，我们跟随专案组来到了小康村李长生的家中，见到了李长生的父母和弟弟妹妹。

李长生的父亲 40 岁出头，看起来憨厚老实。专案组说明来意后，李长生的父亲有些惊讶。当他看到从尸骨上取下的那串钥匙时，空气似乎凝滞了几秒钟。

他随即表示儿子李长生的确 5 年没回家了，估摸着早就死在外面了。

被问及李长生的情况时，李长生的父亲有些伤感，坐在沙发上抽着烟，烟雾笼罩在他脸上，似乎不愿多说一句话。

李长生的母亲倒是话多，她抹了两把眼泪，给我们说起儿子李长生的事情。

李长生作为家中的长子，从小被寄予了厚望，取名长生，寓意长命百岁。

李长生从小就长得漂亮，人也十分机灵，如果不是有次发热烧坏了脑子，时至今日，或许已经娶妻生子了。

由于李长生脑子缺根弦，反应比常人慢许多，渐渐就有了"李大傻"的外号。

因为傻，李长生上学时经常被班上同学和村里的二流子欺负，勉强上到初二就退学了。

眼瞅着儿子没指望了，父母又陆续生了妹妹和弟弟，如今年纪最小的弟弟也都上中学了。

李长生妹妹说，当年哥哥为了让自己和他玩，总是想尽办法讨好自己，时常去垃圾堆里翻找，捡到好一点的玩具都会拿回来送给自己。

妹妹说起此事时，脸上没有伤感，反而是一脸的嫌弃。

至于李长生为何瘸了，他的家人也说不上来，只记得忽然有一天，李长生就瘸着腿回了家，估计是在外面被人欺负了。这是经常的事情，家人也没办法。

后来父亲托人把李长生送到了建筑队，四处干点小活。赚得不多，不过每月都能给家里交点儿钱，他还会给弟弟妹妹带些小礼物。李长生虽然人傻，但心地着实不坏。

我给李长生的父母采了血，送去 DNA 室进行检验比对，身份无疑，死者正是李长生。

死者身份确定后，专案组又找到了当年的施工队队长，他对此事感到十分不解，跟我们说，他完全不知道李长生为什么被封在了桥墩里。

专案组又走访了当时施工队的几个负责人，他们都表示对这件事不了解，口径出奇地一致。

我想到了两种可能，一种是他们当时都疏忽了，真的对事情不了解；另外一种可能是——集体串供。

通知 DNA 鉴定结果那天，我有事没去。李笋回来告诉我，李长生的父母看起来并不是很伤心，淡定得有些异常。

同事们出于同情弱者的善意，建议李长生父母向当年的施工方索赔，先把民事赔偿这块弄到手。

李长生的家人听取了我们的建议，找到了当年的施工方，去索要赔偿。

双方很快就达成了和解，但施工方只赔了李长生父母万把块钱。

这太出乎我们意料了，毕竟是人命关天的事情，怎么就这么轻易了结了？而且这赔偿金额，实在太低了些，真不知死者家属是怎么想的。

不过家属都不再追究了，我们也没办法。

虽然当事人消停了，但这个案子在当地传得很广，很快就成了街头巷尾热议的话题，而且越传越玄乎，甚至出现了各种版本……

尽管种种迹象表明，李长生很可能是被推下去打了生桩，但是缺乏充分的证据来证实。死者家属也没有继续纠缠的意思，让我们感觉无能为力。

可我们不甘心，这不是我们想要的结果。于是大家一致决定，继续查下去！我也顶着压力婉拒了死者家属领走李长生尸骨的请求。

我们又走访了李长生家的几户邻居，他们都反映了一件事情：自从李长生失踪后，没过两年，这家人就盖起了新房，经济条件大大改善。

刑警队陆续走访了几位当年施工队的普通工人，他们的证言并不一致，有些含糊其词，有些就只说不知道，完全无法判断真伪。

所有同事都焦头烂额，空有力气，却像是拳头打在棉花上。

警力毕竟有限，调查了一段时间，领导要我们把精力收回来。正巧这时，刑警队接到一个神秘电话，说要反映一些关于李长生的情况，这让我有些激动。

打来电话的是个跟李长生年纪差不多的小伙儿，他告诉警方，说当时他也在工地干活，和李长生是工友。

李长生失踪那天工头安排他休息，他去网吧打游戏，晚上回来的时候，隐约看到李长生的父母从工地往回走。

第二天开始，他就再没见过李长生，而所有人都不再提这件事，也没人关心李长生。

我心里非常难受，也非常不甘心，可查来查去，事情过去这么久，没有强有力的证据，最后案子只能不了了之。

死者家属领取尸体进行火化那天，我又见到了李长生的父母。

可以想象，随着尸骨被火化，李长生在家人的记忆中肯定会渐渐模糊，然后慢慢消失，看来他很快就彻底"死"了。

那个石膏像，在实验室的角落里摆了一段时间，冷不丁看到还会被吓一跳。

17 淹死在粪坑里的囚犯，是越狱还是自杀?

　　一般来说，法医会以直肠温度作为尸体内部的核心温度，推测死亡时间。

　　在这个季节，一般人在死后 10 小时内，尸温平均每小时下降 1 摄氏度，这是最基础的办法，当然，我还会用更准确的"综合参数法"。

2012 年 10 月，一个寻常的午后，忙完手头的工作，办公室几人闲聊。李筝忽然问起之前我提到过的，和王猛在粪坑捞尸的事。

看李筝好奇心满满的样子，我半开玩笑地说："你确定要听吗？"

"确定！"

"不怕晚上吃不下饭？"

"不怕！"

那是赵法医还在世时，我们一起办过的最有"味道"的案子。

秋高气爽，下午一上班，赵法医就被分管刑侦的林副局长叫到了办公室。

"监狱里的案件归检察院管辖，但你也清楚，检察院的法医审查案卷在行，动起手来就……"林局长拍了拍赵法医的肩膀，"公检法是一家人嘛，你就去一趟吧。"

赵法医带上我和王猛，驱车一小时，赶到了位于郊区的南风监狱。

这是我第一次踏进监狱，感觉就像进了一座城堡，外面是高高的围墙和铁丝网，墙头上还有警卫哨，戒备森严。

从厚厚的铁门进去，10 多米处还有一扇大铁门，给人的感觉非常压抑，连呼吸都变得不畅起来。

仔细审查证件后，武警战士用磁卡开了门，领我们进了会议室，强劲的空调让我身上的汗毛瞬间倒竖起来。

会议室气温很低，人头攒动，场面却很热闹，不似外边那般肃杀。赵法医在会议桌旁落座，我和王猛拖了两把椅子坐在角落。

监狱通报了初步调查情况：下午两点半左右，有个叫尹川的犯人在上厕所时失踪了。

事发厕所门口有监控，但厕所内没有监控，会议现场播放了厕所门口的监控视频。

14时05分，3名身穿囚服的人走进厕所。

片刻后，其中两名犯人从厕所里走出，在厕所门口聊起了天。

14时33分，这两名犯人又走进厕所，很快就神色慌张地跑出来，脚步有些乱。

这两名犯人向狱警报告：尹川不见了。

我看了看会议室墙上的表，16时05分，也就是说，事情刚发生不久。

一个犯人在守卫森严、管理完善的监狱里凭空消失，听起来就像是天方夜谭，可尹川消失却是千真万确。

根据两名犯人的供述，他们小便后出来，在外面等了一会儿，再进厕所去叫尹川时，却发现他不见了。

监狱立刻组织警力进行搜寻，涉事厕所不同于现在的洗手间，是那种老式的露天蹲坑式厕所，数个坑位排成一行，坑与坑之间没有隔断。

厕所周围的监控是全方位覆盖的，没有死角，犯人插翅也飞不出去，只可能是掉进了厕所。

监狱层层上报，检察院派人来查，专门联系公安局派法医增援。

检察院吴法医过来和赵法医客套了几句，大致意思是接下来要辛苦我们了。

赵法医雷厉风行，说既然是我们的活儿，那就趁早干。领导们继续在会议室里商议对策，我们换上行头，带着装备来到出事的厕所。

我们有两个任务：一是找人，活要见人死要见尸；二是勘验现场，查出人是怎么丢的。

距离犯人失踪已经快三个小时，如果是掉进了粪坑，绝无生还的可能。

厕所位于监狱的西北角，紧邻内墙而建；墙外20米处，还有一道墙。

我们先来到墙外的粪坑，上面覆盖着几块大铁板，每一块都用一个巨大的挂锁扣着，两块铁板中间留有拳头大小的缝隙。

在检察院的见证下，监狱派人打开粪坑盖板，里面满是暗绿色的粪水，蠕动着密密麻麻的蛆。

几只苍蝇在阳光下飞舞，嗡嗡的响声伴着屎臭味袭向众人，除了赵法医、我和王猛，其余人都后撤了几步。

比起尸臭味，粪坑里的气味真的是相当温和，大概是因为粪便已经发酵过，蛋白质被转化得差不多了。

但随即一股刺鼻的硫化氢的味道扑过来，我忍不住咳嗽了几声。

狱警拿来几根长竹竿，在粪坑里搅着，很快，有狱警喊："里面有人！"

赵法医接过竹竿捅了几下，点了点头。他拿出竹竿，看了看竹竿上的粪渍，推断粪坑里的粪水大约有 1.5 米深。

看来犯人的确淹死在了粪坑里。接下来抽粪的任务就交给监狱，赵法医叮嘱他们露出尸体就立刻通知我们，我们先去厕所里进行勘查。

虽然是老旧的蹲坑式厕所，但没有想象中强烈的尿臊味和屎臭味，地面也很干净。

赵法医似乎看出了我的疑惑："监狱里最不缺劳动力。"

犯人掉进了粪坑，自然要对厕所里的茅坑逐一检查。

这些蹲坑和厕所内地面一样，均为水泥质地，经过测量，蹲坑宽 20 厘米，深度为 0.5 米，倾斜角度 45 度。

"这茅坑要掉进去还是很有难度的。"王猛皱着眉，"谁的屁股这么窄啊！"

的确，20 厘米的宽度，根本放不进成年人的骨盆。

"横着肯定是不行，但如果是侧着呢？"赵法医盯着那个茅坑，嘴里喃喃说道，"不过侧着跌落，似乎也不合常理，谁会侧着身子上厕所啊？"

我说："还可以是主动钻进去的，只要不卡住头就行！"

记得小时候家里装了那种竖直排列的铁棍防盗网，调皮的我经常会试着头能不能穿过，假如头能穿过，身子是一定可以过去的。我当时还总结了一个"过头即过身"的理论。

赵法医点了点头："目前还不好分析具体过程和动机，咱先不要急着下结论，继续勘验！"

很快，我们就发现一个茅坑有异样，与其他茅坑相比，这个茅坑的内壁十分光滑，就像是新擦洗过。

茅坑上面有一层薄薄的尘土，王猛在茅坑一侧发现了两枚掌纹，这个位置似乎更应该出现脚印而不是掌纹。

掌纹的方向是五指向外，掌心向茅坑一侧，两个掌纹并不平行，有点略向里聚拢，我立刻脑补了一个画面：

一个人身体悬空进入茅坑，双臂撑在茅坑一侧。

王猛对着掌纹拍了几张照片，就在闪光灯爆闪的一刹那，我隐约看到坑壁内侧有几处颜色略微不同。

赶紧要来勘查灯，对着坑壁照去，坑壁其实并不像一开始看起来那么光滑。在明亮的侧光下，许多小凸点和凹坑就变得明显起来。

而我也终于看清，刚才那几处颜色不同的部位，疑似血痕。

我从勘查箱中取出棉签，提取了那处疑似血痕，用试纸一测，果然是人血。

我们首先想到了犯人在进入粪坑过程中，身体与茅坑壁发生摩擦，导致出血，形成血痕。

其次可能犯人身上本就有血，在进入粪坑过程中，血液留在了坑壁上。

可我马上又想到了另外一种可能，假如有犯人便血，也可能留下血痕。看来只有等 DNA 结果出来才能确定血痕来源。

王猛屏气凝神在坑壁上继续寻找，良久，他长出了一口气："果然是这样！"

王猛取出物证袋，将坑壁上的东西小心翼翼地放了进去，他告诉我，那是衣物纤维。

透过茅坑，看到粪坑的水平面正在不断下降。

隔壁轰鸣的机器声戛然而止，传来几声呼喊："赵老师，这边差不多了！"

我们自然不能从茅坑钻过去，只得绕路转回去，看到一大堆人正围在粪坑边。

我往粪坑里瞧去，粪坑里趴着一个人，确切地说，是人形物体。

粪坑里有一坨物体浮出水面，作为一名法医，我可以分辨，那是死者的肩背部。

现场分外安静，赵法医首先打破了沉默："晓辉，你和王猛准备准备，下去把他抬上来。"

周围的人仿佛松了一口气，赵法医接着说："咱们监狱派几个人协助一下，找几根结实点的绳子。"

我和王猛戴上手套，穿上隔离服，套上水靴，踩着梯子跳进粪坑。

粪坑里的粪水大约能到膝盖下方一拳的位置，目测粪水深 30 厘米。

我和王猛迅速将几个物证袋套在死者的手脚上，这是赵法医派我们下来的主要目的：对尸体进行保护，避免抬尸过程中造成二次损伤或物证破坏。

坑上递下来两根绳索，我和王猛各自拿着一根，开始对尸体进行捆绑、固定。

我们在黏稠的粪水中将绳索拴在死者的胸部和腰部。

绑好尸体，我伸出食指向天上指了指，一句话也不想说。

上面几个人拉紧了绳子，我和王猛从底下轻轻一抬，尸体离开了坑底。

尸体缓缓上升，粪水不断滴落。

我和王猛顺着梯子往上爬，赵法医伸手拉了一把，把我们拉上了地面。

一堆人立刻腾出了一块空地，大家的表情有点丰富。检察院吴法医似乎想过来握手，很快又把手收了回去："两位辛苦了！"

我和王猛实在没心情维持礼貌，说不出"不辛苦"三个字。

见到尸体，众人议论纷纷，讨论好好的人怎么会掉下去。

有人说是他杀，有人说是意外跌落，还有人说是自杀。现场有些混乱。

赵法医双手摆在胸前，手套上滴着水："打捞尸体不是我们的分内工作，但你俩下去弄我才放心，回头带你俩消消毒。"

赵法医说的"消消毒"，估计在场的人只有我和王猛能听懂，其实就是喝酒的意思。

尸体打捞出来后被平放在地上，保持着双臂撑开的姿势，掌心向着前方，双腿保持自然弯曲。

尸体全身都覆盖了一层厚薄不均的粪便，薄的地方可以看到灰色布料，那是囚服的颜色。

天色渐渐暗了，赵法医示意我和王猛脱下隔离服，打电话叫了运尸车，准备将尸体运回解剖室进一步检验。

检察院吴法医叮嘱监狱保护好现场，等尸检出了结果再讨论下一步措施。

吴法医低头看了看表，问道："老赵，今晚 10 点汇报，你看咱能来得及不？"

"尽量吧。"赵法医沉吟片刻，"家属签字了没？"

"监狱正在和家属谈，回头让他们把签好字的《解剖尸体通知书》捎过去。"吴法医对身旁的人叮嘱。

我们马不停蹄赶往解剖室，路上我向赵法医表达了我的疑惑：死者很明显是淹死在粪坑里的，为什么还要解剖呢？

赵法医告诉我，死者是一名囚犯，死亡地点在监狱内，不好向家属交代，所以死因和死亡性质务必要准确。

另外，作为检验鉴定人员，我们一定不能先入为主，全凭调查情况做出判断，而是要立足于现场和尸检。

赵法医说："不要把它看成一起普通的意外事件，要拿出对待刑事案件的态度。作为法医，我们要把能做的做到极致，力求还原真相。"

赵法医的一席话，让我隐隐觉得，事件本身可能比刑事案件更严重，肩上的担子更重了些。

解剖室里挤满了人，有检察院吴法医和他的助手，还有几名监狱的同志。

《解剖尸体通知书》还没有送来，我们也不能干等着，打算先进行尸表检验。

简单寒暄后，在大家的注视和几台摄像机全方位无死角的拍摄下，我们开始了尸表检验工作。

犯人死在了监狱里，这事必须调查清楚，大家都高度重视。

在进行尸表检验时，我忽然有一种被观摩的感觉，竟隐隐有些紧张。

解剖台上的尸体全身布满粪便和蛆虫，在无影灯的照射下有一层黄白色的光。

我拿起水管，打开喷头，把水流调得很小，尽量避免水流冲起的粪便溅到解剖台外。

我小心翼翼地冲刷着尸体，一股水汽开始弥漫在尸体周围，死者的衣服渐渐露了出来。

王猛拍照后，我先对衣服进行检验，死者衣着完整，胸部和臀部位置有些磨损。

在死者衣服口袋里有两三根粗细不同的铁丝，弯成了特定的形状。我们暂时把铁丝放在一旁，先去处理尸体。

由于尸僵已经形成，给尸体脱衣着实费了些力气，好在死者只穿了一层单衣，里面有条黑色内裤。

死者很瘦，躺在解剖台上能看到突出的髂前上棘，腹部凹陷，锁骨十分明显，肋骨也从皮肤上数得清。

"太瘦了！"王猛摇了摇头。

我取出一块毛巾，擦拭着死者的面部，从死者的鼻腔和耳朵里又鼓捣出一些粪便。

清理干净之后，死者的面貌终于展现在我们面前。虽然死者留着近似于光头的短发，可并不影响他清秀的面容。细眉毛、单眼皮、高鼻梁、薄嘴唇、有棱角的脸，妥妥的帅哥。

"没错，他就是尹川！"有一名狱警说得很坚定。

我取出尺子，对尸体进行测量，死者身高 170 厘米，比视觉上要矮些，或许是因为太瘦而显得高。

我特意测量了死者的头部数据，左右径 15.3 厘米，前后径 18.3 厘米，死者头部完全可以通过宽度为 20 厘米的蹲坑。符合"过头即过身"理论，死者从茅坑跌落有了数据支持。

清除掉尸表的污垢，尸体看起来很"新鲜"，我用手触摸尸表时，隐约能感到一丝温度。

想想也对，从发现死者失踪到现在，不过才四五个小时。

尸斑位于胸腹部，说明死者处于俯卧位。这和发现尸体时的状态一致，说明没有被人移尸。

死者尸斑颜色浅淡；尸僵中等强度，位于各大关节；角膜透明，但仔细观察可以发现有少量白色小点。种种尸表征象表明，死者的死亡时间为4至6小时。

对于死亡时间短的尸体，尸检时还可以运用一些特殊的检验方法来推断死亡时间，比如测量尸温，又比如玻璃体液钾离子含量检测。

尸温指人死后的体温。

人死后，因新陈代谢停止，不再产生热量，尸体原有热量不断散发，使尸温逐渐下降至环境温度，或低于环境温度，则称为尸冷。

影响尸冷的因素主要包括外部环境因素和尸体本身因素。外部环境因素主要是温度和湿度，尸体本身因素主要是年龄、胖瘦和死因等。

值得注意的是，有些特殊死因，如猝死、败血症、日射病、热射病、机械性窒息、颅脑损伤、破伤风及死前伴有剧烈痉挛的中毒等，死者的尸温下降较慢，有的甚至在短时间内反而出现上升，超过37摄氏度，甚至可达45摄氏度。

一般来说，法医会以直肠温度作为尸体内部的核心温度，推测死亡时间。

在这个季节，一般人在死后10小时内，尸温平均每小时下降1摄氏度，这是最基础的办法，当然，我还会用更准确的"综合参数法"。

先量好直肠温度，然后采用直肠温度列线图和矫正参数表，把环境湿度、温度、死者体重、衣着等情况都考虑进去，得出一个比较客观准确的数值。

我取出专用的尸体温度计，准备测量尸体的直肠温度。按照直肠温度测量方法，温度计插入肛门15厘米，并尽量远离骨盆后壁，以避免骨盆温度较低而造成误差。

几分钟后，我把温度计取出，准备读数时却发现温度计上有许多黏稠的液体，夹杂着几丝红色。

然而这似乎并不影响我读取数值，我扭头看了看墙上的表，18时51分。

"咦？"赵法医把头凑过来，仔细端详温度计，神色渐渐凝重起来。

片刻后，他抬起头对我说："检查下肛门！"

我用力掰开死者的双腿，将肛门暴露出来，仔细对肛门进行检验。

肛门有许多裂伤，既有陈旧裂伤也有新鲜裂伤。对于这种损伤，我首先想到了死者可能长期便秘，粗大而坚硬的粪便经过肛门时，将肛门括约肌撕裂。

"提个肛门拭子吧。"

我抬头看了看赵法医，他意味深长地点了点头。

为了确保检验过程不对重要检材造成二次污染，我索性把能提取的体表检材都提了，包括指甲、口腔拭子、乳头拭子，甚至还取了个阴茎拭子。

然后，我用注射器刺入死者两侧眼球，分别抽取了约2毫升玻璃体液。

玻璃体液受外界影响较小，不易遭到污染或发生腐败，是尸体化学检验的良好检材。

根据研究，玻璃体内部成分的变化与PMI（post-mortem interval，死后经过/间隔时间）的关系相对稳定，尤其是玻璃体液钾离子浓度与PMI呈显著正相关，可以根据方程式计算出死后时间。

作为一名科班出身的法医，我把能想到的检验方法都试了个遍。

做完这些，我开始细细打量起眼前的这具尸体。

整体看来，死者有明显的窒息征象，死者很可能就是在粪坑里溺死的，只不过不同于普通的溺水，这次的溺液是粪便和尿液混合物。

虽然从体表看不出致命伤，但体表还是有很多损伤的。

死者胸部两侧有片状皮肤擦伤，生活反应明显，我按了按那两处损伤部位，对赵法医说："从损伤方向看，应该是自下往上，肋骨好像断了。"

翻过尸体，臀部有许多平行的竖条状擦伤痕，生活反应明显，是生前伤，同样地，受力方向应该是自下往上。

这两个部位的皮肤擦伤，让我联想起在坑壁上发现的那些疑似血痕。

假如确定疑似血痕是死者的，我们就基本可以推断死者是生前进入粪坑，而不是死后被抛到粪坑里。

另外，死者胳膊和背部有许多陈旧性的皮下出血，由于不是致命伤，众人倒也不很在意。

死者左腕部几处平行陈旧伤痕引起了我的注意，看起来像是试刀痕，但伤痕比较杂乱，而且每条伤痕都不平直。

试刀痕多见于自杀，莫非他曾经割过腕？我抬头看了赵法医一眼，赵法医默不作声。

为了协助王猛给死者取指纹，我拿起死者的双手进行观察。死者双手手背都有皮肤划伤，另外，右手手心有针尖样的类圆形损伤，我忽然想起死者口袋里的那几根铁丝。

王猛对着指纹仔细端详了片刻，点了点头："和蹲坑上的指纹一样。"

有时候，事情就是那么赶巧，刚看完尸表，《解剖尸体通知书》就送到了，赵法医接过看了看，确认死者家属签了字。

趁着赵法医戴手套的工夫，我已备好了手术刀，马上开工。

按照常规解剖流程，先打开死者的胸腹腔，发现右侧第 5、6 肋骨骨折，骨折断端锐利，组织有出血，说明是新鲜骨折。

由于骨折对应的体表位置有皮肤擦伤，所以我们考虑肋骨骨折可能是挤压或挫伤形成的，当然，也不能完全排除击打导致。

沿肋软骨切开，取下前肋和胸骨，右肺表面有一个小破口，右侧胸腔有少量积血，用勺子舀出来量了一下，有 100 毫升。

右肺破裂口位置与肋骨骨折位置一致，显而易见，肋骨骨折断端刺破了右侧肺脏。

双肺有许多点片状出血，打开心包，心壁有出血点，这是明显的窒息征象。

打开胃壁，胃内容已经完全排空；剪开十二指肠，发现里面有少量食物残留，推测死亡时间在餐后 2 到 3 小时。

监狱 12 点准时就餐，故死亡时间在 14 至 15 时，这和之前掌握的情况基本符合。

当然这只是粗略推断，我们还有尸温和玻璃体检测，不过那两项结果没那么快出来。

切开死者头皮，头皮下有多处血肿，看起来并不是新鲜血肿，估计有些时间了。

颅骨完好无损，开颅后，脑组织也没有出血或损伤。

最后解剖颈部，舌骨没有骨折，切开气管，发现气管内壁有许多黄褐色液体和颗粒，经过仔细辨认，确定是粪坑内的粪水。

会厌部和食道上段也发现了相同的粪便成分。

解剖完毕，提取了心血、胃壁等检材。

时间尚早，赵法医婉拒了检察院和监狱的邀请，先去市局进行送检，然后带我和王猛去吃饭，半路上却拐了弯。

"你俩的衣服怕是洗不出来了，咱代表了技术科的形象，还是要尽量体面些。"

赵法医给我和王猛每人买了套合体的新衣服，两个小伙子在那个秋夜里泪光闪闪。

我们先回分局冲了个凉，换上新衣服去分局门口旁的火锅店吃饭。

赵法医没有兑现承诺，请我和王猛"消消毒"，我知道他是考虑到一会儿要去监狱参加会议，怕我们在"外人"面前出丑。

经历过粪坑事件后，我胃口不太好，尽拣些菜叶豆腐之类的涮。

反观王猛就比我生猛多了，牛肉、羊肉和海鲜轮番往嘴里塞，仿佛这世间没什么事情能影响他的胃口。

饭后王猛开车一路疾驰，赶到监狱时不到 21 时 50 分。

会议室里灯火通明，围着会议桌坐满了人，唯独空出来 3 个座位，很明显，那是为我们准备的。

我们落座后，案情会正式开始。

监狱汇总了尹川的一些情况，并汇报了事件调查进展：两名犯人的证言一致，没有再说出有价值的事。

尹川，男，26 岁，因强奸幼女被判处有期徒刑 15 年，于 3 个月前入狱服刑，表现还算良好，服从管教。

一开始，监狱怀疑是一起上厕所的两名犯人杀了尹川，毕竟他们是最后接触尹川的人。

可是调取监控发现，两名犯人进入厕所后很快就出来了，似乎没有作案时间，于是怀疑尹川是意外跌进了粪坑。但一名成年人意外跌进狭窄的粪坑的概率实在是太低了。

于是监狱推测尹川很可能是自杀，并找到了许多有关联的证据。

监狱里定期组织对犯人进行体检，前段时间发现尹川体重持续降低，专门进行了细致的检查，也没查出什么病。

但在最近一次查体时，医生发现尹川手腕上有伤，怀疑是自杀或自残痕迹，但尹川拒不承认有自杀自残行为，说是自己在干活儿时不小心划伤的。

监狱将信将疑，但也没办法。

因为尹川的体重一直在下降，监狱怀疑尹川在绝食，后来还专门给尹川加餐，但成效也不明显。

监狱专门派出心理医生对尹川进行心理疏导。据心理医生反映，尹川心理压力很大，一直保持高度戒备状态，很可能有自残甚至自杀倾向。

总之，尹川有自残痕迹，体重一直降低，心理压力大，有自杀倾向，这些情况足够证明他有自杀的动机。

至于为何选择在厕所内自杀，监狱的理解是这样的：监狱其他地方监管到位，不好实施自杀，于是他选择了在监控拍不到的厕所内自杀。

当然，在没有尸检结果前，一切都只是猜测。

会议室里渐渐安静下来，赵法医清了清嗓，介绍了尸检情况。

死因初步判断是窒息死亡，因为死者气管和食道内都有粪便成分，且全身窒息征象明显。

死亡时间初步看在饭后 2 到 3 小时，也符合监控拍摄的那 28 分钟。

死者体表有许多损伤，但都不是致命伤，具体成伤机制需要等化验结果出来后再确定。

手心的针尖样类圆形损伤推断是特殊工具导致，结合死者衣服里发现的铁丝，可能是铁丝导致的损伤。

另外，死者左腕部有平行陈旧伤痕，推测是割腕试切痕；工具应该不锋利，所以伤痕较浅，而且不够平直。

"感觉腕部的伤痕，用铁丝也能形成，而且在死者的口袋里发现两根铁丝。"赵法医这话说得并不确定，可会议室里还是一片哗然。

在监狱里，犯人需要工作劳动，有机会获得铁丝这种小玩意儿。这下大家仿佛更确定尹川是自杀了，因为连疑似工具都有了，而且就在死者的衣服里。

案件似乎已经清晰，尹川割腕未遂，转而跳进粪坑寻死。

随后，赵法医问了个问题：尹川是否经常被殴打。

当然，这似乎与自杀并不矛盾，被殴打也可能导致自杀。

会议室的气氛顿时紧张起来，监狱表示，相关情况会进一步调查。

他们介绍了监狱管理情况：南风监狱绝对没有干警打犯人的现象，犯人之间打架也很少，像影视剧里那样的牢头、狱霸更是不存在的。

当然，犯人欺负犯人的事情很难避免，但一般来说，没有犯人会顶风作案，因为一旦发现有严重违规行为，会立刻被严管，那滋味并不好受。

而且有时会连累整个监室被扣分，犯人在监狱中改造，最看重的无非就是挣分、减刑，如果有人灭了大家的希望，那结果可想而知。

我知道监狱的狱警平时是十分辛苦的，但狱警不可能目不转睛地紧盯着犯人，有所疏漏也在所难免。

王猛随后介绍了现场勘验情况。茅坑上的指掌纹证实是尹川所留，而茅坑内壁上的衣服纤维与囚服一致，这说明尹川就是从茅坑进入粪坑的。

王猛提到了在死者衣服里发现的铁丝，那些铁丝被弯成特定的形状，根据经验，很适合开锁，建议监狱调查尹川是否具备开锁技能。

检察院吴法医忽然问了句："犯人上个厕所，28分钟是不是有点长？"

其实我心里也一直纳闷，监狱里对犯人上厕所的时间应该有严格规定才对，犯人在厕所里待了28分钟，竟然没有引起监狱的怀疑。

监狱解释称：尹川一直便秘，一开始并不能在规定时间内上完厕所，为此没少被批评。

后来查体发现尹川越来越瘦，狱医特意叮嘱，要适当给他加强营养，可以适当延长他上厕所的时间。

所以后来尹川每次上厕所都要将近半小时，大家也都习以为常了。

由于我们这边很多化验结果还没做出来，监狱也有很多事情需要进一步调查，检察院决定明天再开个碰头会，时间定在下午 5 点。

第二天一早，我赶到分局，整理昨天的尸检情况，并对尸温进行了综合参数法计算。

很快，市局理化室传来消息，死者的玻璃体内钾离子浓度做出来了，根据公式计算出 PMI 和尸温综合参数得出的结论高度一致。

根据尸温和玻璃体液计算出尹川的准确死亡时间是 4 小时 30 分左右，因为尸检时间是 18 时 51 分，也就是说，尹川的死亡时间为 14 时 21 分左右。

因为尹川三人是 14 时 05 分进入厕所，那么尹川进入厕所 16 分钟后就死亡了；而尹川死后 12 分钟，也就是 14 时 33 分，另外两名犯人才发现尹川不见了。

死者肛门拭子没有检出其他人的 DNA 成分。茅坑壁上的疑似血痕做出了死者的 DNA，这说明死者尹川身上的擦伤正是与茅坑壁摩擦形成。

理化室还告诉了我们一个重磅消息，死者心血中检验出甲烷和硫化氢的成分，这说明死者生前吸入了有毒气体。

我意识到，粪坑会产生甲烷、氨气和硫化氢等有毒气体，那些气体也是可以致命的。

我把结果告诉了赵法医，赵法医放下手中的茶杯，陷入沉思。

良久，赵法医从椅子上站起来："再去现场看看吧，事情可能比我们想的还要复杂。"

事不宜迟，我们马上联系了监狱，对现场进行复勘。

通过再次对现场进行勘查，王猛在粪坑盖板的挂锁上发现了一枚沾有粪水的指纹。

我记得很清楚，监狱的人在操作时都是戴了手套的，这个指纹明显不是他们所留，所以这枚指纹就有些蹊跷了。

王猛对锁上的指纹进行了比对，是死者尹川的指纹。

另外，挂锁底部有许多新鲜划痕，像是金属类物体划的。经过检验，锁底做出了金属残留物，和尹川身上携带的一种铁丝的成分相同。

这就很耐人寻味了，说明死者尹川进入粪坑后可能尝试用铁丝打开粪坑的锁。

"难道是越狱？"我和王猛面面相觑，赵法医点了点头。

可是，粪坑外面还有一道墙呀，难道尹川想从粪坑里出其不意地出来，然后飞跃高高的围墙？

第二次案情会如期召开，监狱通过调查发现，尹川根本不具备开锁技能，不过跟他同监室一名叫猫三的犯人是个技术开锁的高手。

而且根据调查，这个猫三和尹川走得很近。

猫三，35岁，擅长技术开锁，因盗窃罪"四进宫"。

我们把尹川曾尝试用铁丝打开粪坑的锁的情况进行了汇报，大家一致认为，尹川越狱的可能性最大。

而猫三很可能是帮凶，向尹川提供了技术支持。

新的证据越来越多，我们将大量证据串联在一起，尹川死亡前的活动过程越来越明晰了。

尹川用铁丝割腕自杀未果，后来决定铤而走险，实施越狱。

为了从茅坑越狱，他长期节食，体重不断降低，还获得猫三协助，学会了开锁技能。

尹川选了一个大家很少上厕所的时间，携带事先准备好的铁丝去厕所大便，见连号的两名犯人离开后，迅速跳进了茅坑，双手撑在茅坑一侧，留下了掌纹。

尽管体形消瘦，可臀部和肋骨还是遇到了些障碍，导致穿过茅坑时形成了巨大摩擦力，并在坑壁留下衣服纤维和少量血痕，而且肋骨受到挤压导致骨折。

尹川进入粪坑后，顺着粪坑盖板的缝隙伸出手摸到了挂锁，并试图用铁丝开锁，不知为何，锁没打开，还把手心弄伤了。

粪坑里有许多有毒气体，尹川渐渐失去了知觉，趴倒在粪坑中，吸入了大量粪便，窒息死亡，沉到了粪坑底部。

一切似乎水到渠成，可我们心中还有一个疑问：

作为老油条，猫三为何没有告诉尹川，厕所的外面还有一道墙？他为何没有告诉尹川，就算爬出了粪坑，迎接他的很可能是一梭子弹？

调查还没有结束，有两件事情引起了我们的注意。

一是运粪车的规律，运粪车每月固定一天来监狱挖取粪便，一天运两次，两次运输间隙，粪坑盖板会一直处于开启状态。

一般情况下，运粪车会在下午两点左右抵达监狱，但事发那天因为临时有事没来。

尹川可能摸清了粪车的规律，知道粪车哪天会来。他尝试开锁未果后，在粪坑里等粪车打开铁盖的时候中毒，最终没能等来粪车。

另一个情况是关于猫三的，他有一个9岁的女儿，曾经被性侵过，可以想象，猫三不会对性侵幼女的犯人有什么好印象。

有人猜测，猫三是在用自己的方式惩罚尹川。这样的话，似乎一切推理都变得更合理了。

但猫三自然不会承认协助尹川越狱的事，更不会承认谋害尹川。

猜测只能是猜测，缺乏确凿的证据，越狱事件最后只能不了了之，渐渐被人遗忘。

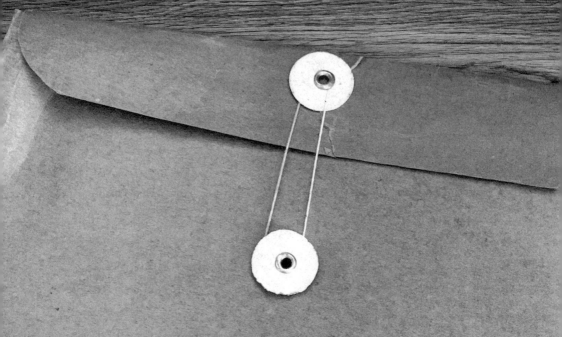

18 醉驾致死案：死者成了最主要的嫌疑人

拳斗姿势是火场中的特殊姿势，生前或死后被烧，都有可能形成。

这是肌肉遇高热凝固收缩而出现的现象，人的屈肌比伸肌发达，收缩力较强，四肢常呈屈曲状，类似拳击手在比赛中的防守状态，被称为"拳斗姿势"。

　　眼瞅着到了冬天，刑事案件发案率和气温一样渐渐下降，人们也像动物一样蛰伏起来，不再那么热血。

　　周三是个晴朗的日子，暖阳透过窗户照在桌上，让人昏昏欲睡。

　　电话响了两声，李筝接了起来。

　　"晓辉哥，是个交通事故。"

　　早上 6 点，有人在 223 省道的一条分支水泥路旁，发现一辆轿车撞在树上，人和车都烧毁得很严重。

　　事故科已经去了现场，初步判定是一起单方事故，只等法医去看一眼尸体。

　　出事的地点比较偏僻，路旁是绿油油的麦田。这种水泥路叫"村村通"，顾名思义，可以连通村庄。

　　昨夜下过雨，路面有些潮湿。看到路旁闪烁的警灯后，我们把车停下，从后备厢里取出勘查箱。

　　一个穿警服的帅小伙儿搓着手跑了过来，是刚调到事故科不久的小唐。

　　简单寒暄后，我们向事故车辆走去。由于位置偏僻，周围并没有围观群众，偶尔有几辆车路过，减速看了几眼后就离开了。

　　车身大部分位于排水沟内，排水沟两米多宽、深约半米，坡度不是很大。看那个架势，如果不是有一棵杨树挡着，恐怕就冲进路旁的麦田了。

　　那是一辆被烧得褪了色的三厢轿车，只剩下一副框架，像是人骨的颜色，白里透黄。

被烧毁车辆的轮胎、密封条等橡胶部分都消失了，只剩下钢圈和变形的车门。

引擎盖连同前保险杠凹进去一大块，半包着一棵直径20多厘米的杨树。

走到近前，复杂的气味扑鼻而来，那是金属和电线燃烧后产生的焦煳味，夹杂着一股烤肉和汽油的味道。

残存的前挡风玻璃已经扭曲变形，落进了驾驶室；侧面及后面的车窗玻璃都不见了，地面上散落着大量碎玻璃，还有一摊黑乎乎的燃烧产物，一直蔓延到树干上。

驾驶室里的司机浑身焦黑，双臂蜷曲，歪着头倚靠在座椅上，脸上露出烧焦的肌肉，有些狰狞，面容无法辨认。

透过车窗，我看见司机的右脚放在靠近油门的位置。

尽管现场已无明火，但死者体表温度依然很高，散发着阵阵热气，还冒着烟。死者的衣服和皮肤软组织已经大部分烧焦炭化。

"初步判断是车辆失控撞到了树上，然后起火。"小唐给我们介绍情况，"地上的轮胎印记很明显，斜着就冲到了树上，车头凹进去一块。"

事故科的同事，工作内容和痕检技术员有些类似，主要是勘验现场、取证拍照，对事故进行责任认定。

这是辆丰田轿车，车标已经被烧得掉了色，车头严重变形，但驾驶室和后排却相对完好。

尸体臀部及大腿下方的皮肤肌肉和座椅粘到了一起，我们"请"出司机时着实费了很大力气。

合力把司机抬到旁边的空地上，一具"拳斗姿势"的尸体呈现在我们面前。

尸体僵直，上肢蜷曲，下身呈坐姿，保持着在车内的姿势。

"我查了天气，今天凌晨3点下的雨，估计这场雨起了一定的灭火作用，不然会烧得更厉害。"事故科小唐插了一句。

我点了点头，心中大概对事故发生时间有了初步推断。幸亏有这场雨，不然尸体的燃烧程度还会更强，留给我们的线索也就更少。

按照规定，尸检要在专门的地方进行。我通知了解剖室，把尸体运回去检验；同时叮嘱小唐继续保护好现场，等尸检情况出来再说。

由于车辆还需要进一步检验，交警队叫来拖车，把车拖走了。留下一个协警负责保护现场，事故科其余人和我们一起去了解剖室。

李筝主动请缨检验尸表，我负责进行记录，事故科负责拍照。

其实交通事故导致起火的情况很常见，毕竟汽车里有汽油，还有许多线路。

"死者男性，体表烧焦炭化，呈拳斗姿势，面容无法辨认。"李筝一边检验，一边描述死者的情况。

之前遇到火灾的案子，我就告诉过李筝，拳斗姿势是火场中的特殊姿势，生前或死后被烧，都有可能形成。

这是肌肉遇高热凝固收缩而出现的现象，人的屈肌比伸肌发达，收缩力较强，四肢常呈屈曲状，类似拳击手在比赛中的防守状态，被称为"拳斗姿势"。

我掰了掰死者的关节，掉落了一些炭化的肌肉，幸亏死者不知道疼，不然一定会恨我。但我生怕把尸体的四肢掰断，没敢再加大力度。

然而这并没有阻碍李筝对尸长的测量，她手中的卷尺总能在合适的位置拐弯。

尸长165厘米，但考虑到被烧后身体挛缩，初步估算死者身高在170厘米左右。

忽然，李筝的手停在了死者头部："晓辉哥，头上好像有伤。"

我凑近了看，死者顶部有一个长条状的头皮缺损区域，像是一个凹槽，比周围烧焦的头皮低许多。

"目测像棍棒类物体打击，但不排除交通事故中形成。"我沉吟片刻，"交通事故引起的损伤很复杂，各种损伤都有可能形成，具体还要结合车辆和现场情况。"

李筝点了点头。

死者右额部有一处头皮缺损，其下触及骨擦感，初步怀疑车辆撞击大树时，头部与挡风玻璃发生碰撞导致颅脑损伤。

但由于损伤不在正前方，推测体位发生了改变，很可能没有系安全带。

交通意外事故，可以根据死者身上的损伤推断出死者在发生事故时的具体位置和驾乘关系。但在本案中，车内只有死者一人，也就不需要分析驾乘关系了。

体表没有再发现其他明显损伤，李筝从死者胸部切开小口，剪下一块肋软骨，准备做DNA。

我找来一支10毫升的针管，递给李筝，示意她抽取心血进行酒精检测。

酒精检测是交通事故致死尸体的必做检验，主要用来判断有无酒驾或醉驾情节。

尸表检验结束，我们并没有发现明显的交通事故致死的依据。

事故科小唐走出去接了个电话，很快返回。

"刘法医，车主找到了！我们已经通知家属，很快就能赶过来。"

我叮嘱解剖室工作人员暂时把尸体留在解剖台上，一会儿让家属辨认，亲人更熟悉死者，说不定会有什么发现。

小唐脸上堆着笑："刘法医，这么简单的事故，还劳烦二位出手，真是给你们添麻烦了。"

交警队没有自己的法医，多年来一直是我们帮忙看尸体。据说招人的报告也打过很多次，上面一直没批。

"好在交通事故不像你们搞刑事案子那么复杂。"小唐咧开嘴，"单方事故更简单，不涉及责任划分，待会儿家属辨认了尸体，剩下就是保险公司的事了。"

我摇了摇头："最好还是做个解剖，具体死因还没确定。"

小唐露出不解的神情。

"目前看来，死因方面至少存在两种可能，一是发生事故时，死者伤到了头部，造成颅脑损伤死亡；二是起火后死者被烧死。"

"需要查得那么清楚吗？反正这是个单方事故，管他是怎么死的呢！"

我理解小唐的心情，交通事故科平时很忙碌，或许他抱着多一事不如少一事的想法，但我不会敷衍了事。

我正色道："查不出具体死因，没办法出鉴定。"

解剖室进来一个40来岁的妇女，面色苍白，眼圈有些发黑；身后跟着一个穿着校服的大男孩，个子比妇女高出一头，皮肤很白，像是中学生。

妇女一进门就径直奔向解剖台，哆嗦着将手停在了距离尸体半米远的地方。

男孩眼神中充满了惊恐和不安，身体微微颤抖，想要凑上前却不敢。

经家属初步辨认，死者就是车主，名叫马腾飞，今年44岁，本地人，平时跑黑出租车谋生。妻子叫曹琳，儿子叫马昊然。

小唐对家属进行了简单的询问："确定死者是你的丈夫马腾飞吗？"

曹琳抹了一把眼角，点了点头："老马一整天没回家，电话也打不通，没想到……"

"对了，附近有个监控。"小唐一拍脑袋，掏出手机，递到家属面前，"这是凌晨1点多钟省道上的监控，你看看是不是他。"

我瞥了一眼手机屏幕，画面十分清晰，无牌丰田轿车驾驶位上坐着一个身穿灰色外套的人，五官依稀可见，从照片上看，车内没有其他人。

曹琳说监控里的人就是马腾飞，我问马腾飞以前有没有疾病，她表示不知道。

她对交警的初步结论没有异议，只想着让死者早些入土为安。小唐无奈地摇摇头，俩人的目光都看向了我。

我表示人命关天，马虎不得。尸表看不出具体死因，不解剖，我就没法出鉴定书；而交警队拿不到鉴定书，就无法进行下一步处理。

曹琳愣了几秒钟，还是表示不同意解剖。

小唐和家属谈了一会儿，家属口风有些松动，说要和家里人再商量商量，她一个人做不了主。

"行，有什么情况咱及时沟通。"我点点头，摘了手套，叮嘱小唐再仔细询问一下死者的相关情况。

下午3点多，交警队打来电话，家属在《解剖通知书上》签了字，只提了一个要求：尽快火化尸体。

同时，由于城区又发生几起事故，事故科抽不出人对解剖过程进行拍照和录像。我只好看向了王猛，王猛二话没说就去了器材室，爽快！

我给市局打了个电话，酒精检测已经有了结果，远超醉酒浓度。DNA慢些，得明天出结果。

"醉酒驾驶，撞到了树上！"李筝一掌拍在桌上，"醉驾害死人啊！"

我赶紧打电话给事故科小唐，告诉他酒检结果，小唐说了句："他可能是压力太大吧。"

原来，据家属反映，最近马腾飞状态很不好，有好几拨不明身份的人上门讨债，闹得他家没一天消停。

在妻子追问下，马腾飞说自己只是借了20万，不到半年就滚成了100多万。

她报过几次警，警察一来，催债人就消失，警察前脚刚走，催债人就再出现，可警察总不能一直守在他们家。

挂断电话，我陷入了沉思。

"酒后不开车，连小孩都知道，怎么还有人明知故犯？"李筝似乎对酒驾行为格外憎恨。

我当时想到了另一种可能：死者在大量饮酒后，诱发了自身潜在疾病导致死亡，然后车辆失控，撞到树上。

但这种可能算是一种兜底的可能性，需要先排除外伤、火烧等原因致死。

我们赶到解剖室时，马腾飞的尸体还像上午一样静静蜷缩在解剖台上，只是不像上午那样有温度，已经完全冷却，味道也不那么浓郁了。

我摸了摸尸体的后脑勺，烧焦的尸体格外硬实，接下来恐怕又是一场硬仗了。

首先对尸表检验时发现的损伤部位进行再次检验，我触摸着死者颅顶部那处凹槽状的损伤，感受来自手指的反馈。

颅骨也有骨折，骨质和烧焦的头皮共同构成了这个狭长的凹槽。

"晓辉哥，是撞到铁棍上了吗？"李筝的猜测有些道理，伤口这么深，碰撞物需要一定的质量和硬度，铁棍刚好能满足。

可我一时间想不出车里什么位置有铁棍。

我又摸了摸死者额部的伤口，深入颅骨，边缘不整齐，抽出手时，手套上沾了一丝血。

我无法凭空想象这个伤口是怎么形成的，看来有必要去看看那辆车了，可眼下只能先从尸体上找线索。

按照解剖流程，先看胸腹腔。手术刀划过烧焦的肌层，手上不由得加大了力道，差不多用了七八成力量。

出乎意料的是，死者的肋骨完好无损，一根也没断。

一般来说，高速行驶的车辆发生撞击，司机都会有一定的方向盘损伤，很容易造成胸骨或肋骨骨折。

方向盘损伤，顾名思义，就是汽车方向盘引起的损伤，是驾驶员特有的损伤。

除此之外，还有仪表盘损伤、四肢反射性损伤、挡风玻璃损伤、挥鞭样损伤、安全带损伤等，也都是驾驶员的常见损伤。

这些损伤特征，有助于认定伤者或死者是否为汽车内驾驶员。

暂时埋下疑虑，我们埋头继续解剖尸体。

剪开气管，除了气管上段有少许黑色粉末，气管中下段和支气管内都没发现异物。这说明在起火时，死者极有可能已经死亡，至少呼吸活动十分微弱。

我们此次解剖的目的已经实现一半，基本可以排除死者是被火烧死或被烟尘呛死。

那么，他的死亡时间也随之前移。

"差点忘了件重要的事！"我看了看沾满血液和灰尘的手套，对王猛说，"猛哥，你马上给市局打电话，加做一氧化碳浓度测试……嗯，顺便把常规毒物检验也做了吧。"

趁王猛打电话的工夫，我剪开了胃壁，一股酒味扑鼻而来，夹杂着食物消化过的气味。

李筝的眉头皱得更紧了："喝得真不少啊！看来喝完酒不久就出事了。"

胃内容很满，自然是距离最后一餐时间很短。

既然不是烧死的，那最大的可能就是颅脑损伤死亡，毕竟头上有两处明显的损伤。

取下顶部颅骨，反扣在解剖台上，顶部的那个沟槽状骨折并没有贯穿颅骨，内面还是完好的。右额部的颅骨骨折贯穿了颅骨全层，力度不小，极有可能是致命伤。

当我看清那处骨折形态后，倒吸了一口凉气——那是锁孔状骨折！

锁孔状骨折，是典型的射击引起的骨折，多见于远距离射击，是弹头以切线或极小角度作用于颅骨形成的特殊损伤形式。

假如发生在射出口，多见于弹头颅内改变方向，或其他原因导致弹头以切线或极小角度射出颅骨。

颅骨内板有明显的扇形斜面，外板有半圆形斜面，说明这里是射出口，那么问题来了，子弹是从哪里射入颅腔的呢？

由于热作用，死者的脑组织已经有些硬化了。取出大脑和小脑后，我开始清理颅底，果然发现左颞部还有一处骨折。

对应部位的头皮由于燃烧挛缩，恰好遮挡了创口，所以一开始我们并没有发现。

这是一处放射状骨折，也是一种枪弹导致骨折的类型。

放射状骨折，是以颅骨接触点为中心的，多条散射的线状骨折，是弹头作用于颅骨所产生的环形紧箍应力释放的结果。

这么一来，颅顶部的沟槽状颅骨骨折就有了更好的解释，它很可能也是子弹形成的。

我们仨面面相觑，这个发现实在是太惊人了。解剖室的排气扇嗡嗡作响，我却感觉周围一下子安静了。

我拿起手术刀，切开了大脑。脑组织内有一条长条状的空腔，颜色较黑，从左颞部至右额部，贯穿整个颅脑。

这样一来，射入口、射出口、创腔都有了，枪杀的证据很确凿。

死者头部中了两枪，一颗子弹紧贴着头顶划过，形成了沟槽状骨折；另一颗子弹从左颞部射入，从右额部射出，直接导致死者死亡。

李莘问："他欠了那么多钱没还上，是不是被债主杀了？"

"有可能。"王猛道，"但债主肯定希望要回钱，把人杀了的话，钱还怎么要？"

我们马上给领导汇报了情况，领导十分重视，估计这个案子很快就会被移交到刑警队。

这可是罕见的枪击案啊！

缝合完尸体，我和李筝去交警队查看事故车辆。

"你们怎么才来啊！"王猛远远打着招呼，脸上有一丝兴奋，"快来看看我的检验成果！"

我和李筝赶紧跑过去，王猛用手拍了拍车："有弹孔！"

天色已经有些昏暗，借着勘查灯的灯光，可以看到车顶上有个小圆孔，对应的位置是副驾驶位右上方，靠近右侧车门。

从侧面看去，那个孔是向上凸起的，就像是喷发的火山口，不过并不垂直于车顶平面，略有些角度。

"目前只找到一个弹孔。"王猛摇了摇头，"我看过前挡风玻璃，上面没有弹孔，可惜其余车窗都不见了。"

我探着身子，把头伸进车内，仔细观察车顶的弹孔。

那个弹孔从内侧看，要比从外面看更清晰，右车门一侧的边缘被压得厉害些，很明显，子弹轨迹和车顶平面形成了一定的角度。

"晓辉哥你看，安全带扣是插上的。"李筝指着前座中间的一个被熏黑的铁片说道，"假如没系安全带，这东西是不应该在这个位置的。"

之前我们根据体表损伤推断死者没有系安全带，现在看来并非如此。

安全带卡扣外面的塑料已经烧没了，安全带也烧没了，如李筝所说，当时死者很可能系着安全带，而这样恰好能说明死者为何方向盘损伤不是很明显。

我们还在车里发现一枚黑色的薄片，像是玉佩的形状。王猛放在手里掂了掂，小心翼翼地装进了物证袋。

王猛测量了车辆的详细数据，包括车内空间及配件情况，甚至还包括钣金的厚度。

"怎样才能确定射击轨迹呢？"王猛嘟囔着摇摇头，"要是把激光物证勘查仪带来就好了。"

一道细小的光线出现在王猛面前，绿莹莹的。光线的另一头在李筝手中，她脸上露出得意的笑容："我恰好带了个激光笔，不知道能不能用。"

"太能用了！"王猛一把拿过激光笔。

在尝试了许多位置和角度后，绿色激光完美穿过车顶小孔，射向遥远的夜空。于是我们在车里找到了子弹的大概路线。

在排除有弹射的前提下，子弹应该是从副驾驶位置斜向上射出的。

但考虑到死者顶部那一枪极有可能改变了子弹的运行轨迹，所以还需要确定子弹在击中死者前的运行轨迹，这就有些复杂了。

而且，贯穿死者颅脑的那颗子弹来自哪里，后来又去了何方，也是我们需要考虑的问题。

看来必须再去趟现场。

顾不上吃饭，我们赶到事发现场，远远就看到两个明明灭灭的红点，有人在吸烟。

守在现场的人换成了派出所的同事，案子看来已经移交了。

"脚都快冻麻了！"派出所同事嘴里呵着气，和我们打着招呼。

简单寒暄后，我们进入现场开始勘查。派出所把警车大灯打开，现场一下子亮了许多。

在距离事故现场不远处，大量碎裂的玻璃仍散落在地上，大家把这些碎片都捡拾到一起，开始进行拼凑。

玻璃碎片逐渐凑成了几块大玻璃，其中一块玻璃上有一个类似圆形的孔洞。另一颗子弹的踪迹终于找到了！

这是副驾驶车门玻璃，孔洞为射出孔，这说明射击位置在车内，或者从驾驶位车窗外射击，而车窗是打开状态。

两颗子弹都击中了死者，只不过一颗发生了弹射，运动方向变成了斜向上，而另一颗子弹射穿颅骨，飞出了窗外。

"找子弹吧！"王猛向派出所民警招招手，大家一起在现场周围寻找起来。

或许是上天眷顾，我们居然只用了一个小时，就找到了两枚弹头。

其中一枚在路旁的草丛中，距离现场不远。

还有一枚在路旁的一棵树上。幸亏李筝眼尖，在路旁的树上发现一个小圆孔，灯光一照，闪着金属光泽。

草丛中的子弹不难分析，它经过人体和车辆的阻力，动能很快衰减，落到了地上。

树干上的弹孔在面向公路的一侧，这说明假如是从车内射击，当时车辆应该还在公路上。

激光笔又派上了用场，沿着照进树干的光线反向延伸，我们在地面上找到了一处刹车痕。而光线的高度，恰好比小轿车的高度略低。

"这弹头看起来不小啊，像是制式的，估计威力挺大。"王猛用镊子捏起弹头，放进了物证袋。

另外，我们还在现场附近发现了一个打火机碎片。

在现场折腾到后半夜，大家准备撤离，王猛还不放心，叮嘱留守民警再仔细找找。

回到局里，大家都已经筋疲力尽，李筝回了家，我去值班室寻了个床位。

第二天，我和李筝一上班就被王猛吓了一跳。

只见他顶着两只黑眼圈，却兴奋得手舞足蹈："这个通宵值了！"

原来，王猛回局后在实验室里鼓捣到天亮，他根据车顶厚度和树干深度，以及现场和车上测得的数据，对子弹进行了检验，并使用枪弹实验室里的工具对弹道进行了分析。

两枚弹头均为制式子弹，口径为 7.62 毫米，而且两颗子弹来自同一把枪，那是一把五四手枪。

王猛查询了枪支档案，可惜里面并没有符合那把枪特征的枪支。

草丛中那枚弹头检出了车顶金属残留物，说明这枚子弹穿出车顶后落入草丛。

树上那枚弹头，射击位置在路边的车里，即车辆行驶到树旁时，开枪射击，导致子弹穿过死者颅骨后，又穿出车窗，射入树干。

当我和李筝表达了惊讶和赞叹后，王猛拉着我们进了实验室，绘声绘色地讲述了大量的动态试验，以及如何确定两枚子弹的弹道轨迹。

实验室里摆满了各种仪器，工作台上摆着一台激光设备和几块反光板。

通过对比两个弹头的嵌入深度及距离测算，车顶弹头动能较大，树中子弹动能较小，推测树中子弹经历了更强的减速过程，如射穿颅骨。

他还对那枚射出车顶的子弹轨迹进行了分析，结论是初始方向也是射向副驾驶位，后来方向发生改变，穿出车顶后落入草丛。

王猛根据之前的数据和绘图，计算出两枚子弹的运动轨迹在驾驶位有一个交叉点，说明枪就是在那里开的。

而那个交叉点，位于驾驶位和副驾驶位中间。

死者被射杀时，位于副驾驶位，而死者被发现时，却位于驾驶位。这说明死者死后被人移动了位置，而目的是伪造撞车事故。

法医和痕检珠联璧合，对死者的遇害过程进行了现场重建。

在此之前，我想到过死者有自杀的可能。因为他欠了债，自杀或许是他认为可以摆脱困境的一种方法，人死债销，还不用拖累老婆孩子。

可看到王猛的实验结论后，我推翻了之前的判断。

案件还原：

马腾飞酒后开车来到现场附近，嫌疑人隐藏在车内或现场，胁迫马腾飞坐到了副驾驶位。

嫌疑人坐在驾驶位开枪射击，第一枪击中马腾飞头顶部，子弹在颅骨表面形成了凹槽，弹射到车顶穿出，落入草丛。

巨大的冲击力造成马腾飞头向右偏，紧接着，第二枪从马腾飞左颞部射入，右额部射出，穿过玻璃，射进了树干。

事后，嫌疑人开车撞击大树，然后下车，把马腾飞用安全带固定在驾驶位，用打火机引燃已经漏油的车辆。

我们又反复推理论证了几次，可是心里却没有底，因为这个现场很特殊，留给我们的证据其实并不多。

雨水浇灭了火焰，但也冲刷了许多证据。

射击可能存在的火药残留物已随着车内起火被灭失。焚尸导致死者面容不可辨认，可能有些体表损伤已无法分辨。

距离案情讨论会还有半个小时，我们各自整理着手头的证据和思路。

关键时刻，市局打来电话，死者体内一氧化碳浓度为正常值，这验证了之前尸检的结论，说明枪击才是真正的死因。

而这时，DNA检验结果也出来了——死者和马腾飞的儿子没有亲子关系！

这个结果让我们产生了N种猜想，王猛首先想到了隔壁老王……

"死者万一不是马腾飞呢？"我按按太阳穴，这案子真是乱得头疼。

"不可能！"李筝睁大了眼睛，"死者家属辨认过尸体，而且监控看到车上只有马腾飞一个人。"

我们争论不出个结果，最后决定再让家属辨认一下车内物品，然后去找马腾飞的父母取血化验。

案情会上，王猛的分析演示赢得了大家认可。大家认为，马腾飞被人追债枪杀或被持枪抢劫的可能性比较大。

大队成立了专案组，对马腾飞的情况进行深入调查。

我们拿着那块玉佩找到了马腾飞妻子，经过辨认，玉佩是马腾飞的，平时不离身。

当天下午，我们采了马腾飞父母的血送去鉴定，依然和死者没有血缘关系。

这下就有意思了，马腾飞身世离奇，他既不是孩子的父亲，也不是父母的儿子，这种在《故事会》里才会出现的桥段竟然被我们碰上了？

我们不信有这么离奇的巧合，到马腾飞家里走访，找了几件生活用品进行检验，做出了另一名男性DNA成分，和马腾飞的儿子及父母都存在亲子关系。

这说明，死者另有其人，根本不是马腾飞！

那么，死者是谁？马腾飞去了哪里？

接下来的工作就很明确了：一是确定死者身份，二是寻找马腾飞下落，三是寻找枪支。

根据调查，最近两天，马腾飞家经常有人去讨债，但死者家属称马腾飞已死，人死债销。

专案组对马腾飞家属进行了秘密侦查，怀疑马腾飞很可能活着。刑警队还对马腾飞家实施了突击检查，却没有找到马腾飞。

我们又请技侦部门协助侦查，发现马腾飞的手机信号在事故发生后曾经出现过一次。

如果马腾飞活着的话，那他的嫌疑就很大了。

我们根据马腾飞的手机信号划定了大致范围，马腾飞应该离家不远。

由于马腾飞很可能持有枪支，局里高度重视，调集大量警力，5 人一组，配备手枪和防弹衣，进行新一轮地毯式搜捕。

这次还专门找了警犬，并让技术科参与搜捕。

技术科参与的目的，一是录像机拍照取证，二是发现证据便于寻找嫌疑人。我也主动参与了搜捕行动。

最后，在一处下水道内，大家找到了一个灰头土脸的人，用毛巾一擦，和照片上的马腾飞一模一样。

我注意到，他脖子上有一道皮下出血，脸上也有许多伤痕。

抓捕过程有惊无险，马腾飞没有拒捕，也没有出现枪战场面。

我们在下水道里发现了大量的食物和水，并且在角落里找到一把手枪，子弹已经上膛。大家一阵后怕。

经鉴定，下水道里的那把枪正是射杀死者的枪。

被抓后，马腾飞很快就交代了作案过程。

马腾飞因欠下巨额债款无力偿还，经常遭到暴力讨债，债主声称再不还钱就做掉马腾飞一家。

他买枪是为了防身，一直放在车的副驾驶手套箱里面。

那天开车外出停在路边时，忽然一个醉汉拉开车门上了车，让送到某小区，怎么也赶不走。

无奈之下他只好去送人，没想到半路上那人发酒疯，抢夺方向盘，导致车辆失控撞上大树后起火，马腾飞情急之下逃走。

他认为最危险的地方反而最安全，就躲在了离家不远的下水道里。

他不但回避了枪击过程，还把事情说成了意外，不过死者醉酒这事倒是真的。

这种千疮百孔的供词，审讯人员随便追问了两句，他就编不下去了。

后来，马腾飞又说，醉汉坐在副驾驶位上，打开手套箱发现了里面的枪。

二人在抢夺枪支时，枪支走火，死者被打死。很明显，他的意思是误杀，甚至有可能是死者开枪把自己打死了。

看来马腾飞还是存在侥幸心理，他的供述与现场及尸检情况不符合。审讯组加大了审讯力度，又挺了十来个小时，马腾飞招了。

他买来枪，是因为一直被追债，家人也不堪其扰，所以他打算去找追债人同归于尽。

后来他不想死了，只想找个替死鬼，达到身死债销的目的。

为了物色合适的"替身"，他时常在街头巷尾打量各色人群。很快，他看上了天桥附近的一个流浪汉。

他之前就给过流浪汉一些钱和食物，骗取了流浪汉的信任。那天夜里，他又买了酒菜，送给流浪汉。

很快，流浪汉喝醉了，马腾飞把流浪汉拖上车，开往郊外。流浪汉一直在后排座椅上躺着，这也是监控上只拍到马腾飞一个人的缘故。

行驶至偏僻路段，马腾飞想先把人掐死，再制造车毁人亡的假象。

于是他来到后排，掐住了流浪汉的脖子。流浪汉醉酒后反应迟钝，没挣扎几下，就昏死过去。他回到驾驶位上。

没想到，不多时流浪汉竟醒了过来。流浪汉之前窒息昏迷，应该是一种应激性的假死状态。

流浪汉挣扎着从座位中间爬到了副驾驶位，和马腾飞撕扯起来。

流浪汉爆发出的力量居然盖过了马腾飞，在马腾飞脸和脖子上留下了伤痕。

情急之下，马腾飞掏出手枪，向流浪汉开了一枪，流浪汉头一歪，子弹贴着头皮打到了车顶上。

这一枪虽然打偏，可还是对颅骨造成了一定冲击，流浪汉的反抗明显变弱。

马腾飞用左手按住流浪汉的头，右手持枪贴近他的左太阳穴，近距离开了一枪。子弹从左颞部射入，右额部射出，然后穿过车窗，射到了路旁的树上。

事后，马腾飞将旁边的一棵大树选作撞车点，系好安全带，一脚油门，向树上撞去。车上安全气囊弹出，马腾飞只受了轻伤。

马腾飞将死者挪到驾驶位，用安全带固定后，拿出携带的打火机引燃了油箱。

为了把戏做足,马腾飞关门前还把随身带的玉佩摘下扔进车里。

按照他的计划,死者会被烧成渣,再也无法辨别身份。他玩这一出金蝉脱壳可以将所有债务一笔勾销。

而当天凌晨下了场大雨,为我们保留了证据。

虽然流浪汉的身份最终没能确定,但马腾飞谋杀罪名成立,他难逃法律制裁。

马腾飞的家属也因包庇罪入狱。

几个月后,刑警队通过这个案子,端掉一个贩卖枪支的团伙。

19 女友失踪那天，给我包了韭菜馅的饺子

案子结束之后，我会经常想起那个夜晚，如果没有发生蒋培兴夫妇被杀的事，我是否就能准时赶到家里，给徐珊包一顿饺子。那么一切就会都不一样。

"饺子我包了，只是有点丑，晚上给你煮夜宵，我先去商场取电影票（＾－＾）。"

这是她发给我的最后消息。

有些人，整天见面；有些人，只能怀念。

干法医这么多年，看过形形色色的命案，有些案子随着时间推移，记忆渐渐淡了，但有些案子却依然印象深刻。

每当我不经意间瞥见左手食指上那道疤痕时，脑海里就会出现一个案子，怎么也挥之不去，所有当时的情景一下子全都浮现在眼前。

俗话说"进了腊月就是年"，还有句俗话是——"年关难过"。那天是农历腊月廿三，传统节日小年，天阴得很厉害，冷飕飕的。

下午两点半，我和赵法医离开温暖的办公室，王猛早就在院子里等着我们了，他一边搓手跺脚，一边和我们打招呼，嘴里呼出的气体凝成了白雾。

"最近生意兴隆，天天有活儿啊！"王猛在车上忽然冒出这么一句话。作为痕检技术员，王猛比我还要忙，他不光要和我一起做尸检，还要去看其他现场。

路上我没心思说话，一路都在暗暗祈祷案情不要太复杂，晚上还答应了女朋友要给她包饺子。

一进腊月，我就开始和尸体频繁接触。昨天在平安桥下检验了一个流浪汉，破棉袄敞开了怀，裤子也褪到了膝盖，脸上的皱纹挤成了花，像在抿嘴笑。

王猛扭着头不愿多看，说看多了怕晚上做噩梦，真想不到王猛竟有如此"细腻"的一面。

流浪汉身上没有伤，只有反常脱衣现象和脸上的笑容，他在年关腊月冻死了，死相不算难看。我知道，在临死前的一段时间，他感觉不到寒冷。

半小时后，我们驶到城乡接合部，路边的车辆和行人渐渐稀少。我看到路边有一个很大的院子，院墙外拉着警戒带，旁边停着两辆警车，警灯有些晃眼。

院门上方有个大牌子，白底黑字，写着"培兴"俩字。院子前后各种着一些树，叶子都掉光了，枝头孤零零地挂着几颗果子，黑黝黝的，看不出是什么果。

派出所民警大老远挥着手，简单寒暄后开始介绍案情。这是一家废品收购站，由一对外地夫妻经营，男的叫蒋培兴，38 岁，女的叫董素琴，35 岁。废品收购站规模不算小，方圆十里的废旧物品都在这里汇集。

"这就是报案人。"派出所民警打开车门，车上下来一个老头，腿脚不太麻利，哆嗦着走过来。

"这倒霉事咋就叫我摊上哩？"老头 60 来岁，皮肤黑中透红，满脸皱纹，身上散发着浓浓的酒味，嘴里呼出一股子大蒜味。

报警的老头是个走街串巷收废品的，今天运气不错，一上午就装满了三轮车。他中午喝了点小酒，骑三轮车来卖废品，发现门从里面上了锁，喊了几声没动静，就使劲推门。

门开了一道缝，人进不去，但老头看到院子里趴着一个人，把他吓得够呛。

院门虚掩着，我使劲吸了口气，一股浓浓的气味扑过来，真是一个血腥味十足的现场。

"医生看过，两口子都没了。"派出所民警表情凝重，抬手伸出两根手指，落下时却变成了三根，"屋里有个挺着大肚子的女人。"

我一阵胸闷，呼吸有些不畅，抬头看了看天，天也更阴沉了。天气预报傍晚有雪，一场雪可能会覆盖许多东西，所以我们必须尽快勘验现场。

院子很大，比普通人家的院子要大很多倍，堆满了各种物品，废铜烂铁旧家电，书本纸壳塑料布……像一座座小山丘。院子北侧有三间平房，南侧有两间平房。

男性死者趴着，左手臂垫在头下，看不清脸。他右手向前伸着，手距院门不到两米。那是一双布满了老茧和裂纹的手，手指油腻乌黑。

王猛拿起相机，"咔嚓咔嚓"拍着照片。我和赵法医蹲下身子，对尸体进行初步检验。

院子里铺满了煤渣灰，由于渗入了大量鲜血，尸体头部周围的煤渣灰是湿润的，部分煤渣表面有凝固的血迹。

趴在地上的男人看起来不算高，但很强壮，穿一套深蓝色工装，肘部和袖口磨得发亮，脚上是一双军绿色胶鞋，鞋底的花纹磨损严重。

男人湿乎乎的短发略有些打绺，鬓角有不少白头发，后枕部隐约冒着丝丝白气。

我摸了一把，手套上全是血："枕部颅骨粉碎性骨折，这应该就是致命伤。"

赵法医和我把尸体轻轻翻了过来，死者脸上全是血，看不清面容。

王猛递给我一瓶矿泉水，我冲洗了死者的面部，这是一个国字脸的男人，眉毛很粗，但中间有些不连续，像是被剪了一刀。

赵法医没吭声，起身朝北屋走去，我赶紧甩了甩手上的血，跟着进了屋。

屋里有些暗，正对门口的小桌上摆放着饭菜，有半盆土豆炖排骨，还有半盘炒豆芽，笼扇里有掰开的馒头和红薯。桌上还有两只碗，其中一只盛满了小米粥，另一只是空的。

地上有个女人，她双手抱在浑圆的肚子上，蜷缩成一团。当勘查灯照在她脸上时，我分明看到她眼角晶莹透亮。

屋里静得可怕，我的心跳越来越快，根本不受控制。赵法医叹了口气："这女人死前肯定很痛苦。"

赵法医的话让我想到一个问题：以前我从没考虑过，死者在面临死亡时是一种什么心情。

我一直认为，死亡是一件冰冷而无情的事情，不带任何感情色彩；我一直觉得法医需要时刻保持客观公正，不能掺杂太多感情，无论死者是什么身份、怎么死的，我都必须一视同仁。

可当赵法医说出那句话时，我却打心底表示认同。在那间幽暗的小屋里，我仿佛看到了女人临死前的痛苦和挣扎，我也跟着一阵难受。

当她遇袭时，拼命往里逃，希望能躲过一劫。被打倒在地后，她只能无助地跟尚未谋面的孩子告别，或许在那个时候，她的心里只有孩子。

"他妈的！"王猛忍不住爆了粗口，"没人性的家伙！"

我干法医之后，第一次有了一种无力感。我盯着那女人，默默在心里说了句："对不起，我救不了你的命，但我一定还你个公道！"

提取检材后，同事和警犬继续协力搜查。我离开现场时，没听说有新的发现，看来凶手拿着作案工具跑了。

傍晚6点，通常是吃晚饭的时间，我们赶到解剖室时，窗外飘起了小雪花。解剖室里温暖明亮，暂时驱散了心中的寒意。

刚到解剖室不久，我的手机来了一条短信，我看了一眼，就放下手机专心进行尸检了。

男人身上有不少伤，手背和前臂青一块紫一块的，这是抵抗伤。他想护住头部，可惜没成功，头部被打了7下，每一下都势大力沉。

颅骨碎成了一片一片的，从骨折形态分析，凶器是一种具有直边和直角的钝器，重量较大，易于挥动。嗯，比较像方头锤或石工锤。

我记得读书时，老师讲过各种工具的致死能力排名："刀不如斧，斧不如锤。"

当年轰动全国的马加爵案件，凶手就是用锯短锤柄的石工锤将同学一一锤杀，可见这是一种很趁手的杀人工具。

解剖女死者前，我抬头换了口气，看到窗外飘雪花了，有些走神。

我望着窗外的夜色发呆，脑子里一片空白，等回过神来，赵法医已经穿戴整齐，站在了解剖台前。

赵法医问我是不是有心事，我摇了摇头，但我那天确实不在状态，整个人就像丢了魂似的。

女人身上的伤不算多，腹部有一处皮下出血，说明腹部曾受过攻击。致命伤也在头部，工具也是方头锤，虽然只有3下，但锤锤致命。

女人身上没有明显的抵抗伤，可以想象，肚子被攻击时，她一定很害怕，她一心只想逃，只想着护住肚子里的孩子。

男人的胃里是空的，还没来得及吃饭就被杀死了；女人胃里有小米和红薯，十二指肠里也有食物，应该是刚吃过饭不久甚至是正吃着饭就遇害了。

实践证明，做什么事情都得专心，三心二意是很容易出事的。当我捧出8个月大小的男性胎儿时，手套在不断往下滴血。赵法医盯着我的手，眉头拧成了一团。

很快我就意识到，手指连同手套一起被割破了。说来奇怪，我都不知道是什么时候割破的。手指一开始并不疼，只是有点凉凉的感觉，然后才是阵阵疼痛，但还能忍受。

等我冲洗了一阵，才发现伤口很深，我尽量把血挤出来，挤到最后手都麻了。我有点庆幸这一刀割在了自己手上而不是赵法医手上，不然我会很内疚。

我自问心理素质一向不错，但是这场特殊的"接生"还是让我有些承受不住。感觉胸腔里涌动着什么，一阵恶心翻上来，我强行压下去，出了一身冷汗。

在赵法医的劝阻下，我没有坚持戴上手套，赵法医一个人完成了尸体缝合，然后整理、清洗工具。

我记不清是怎么离开解剖室的了，只记得很晚很晚，赵法医要请大家吃饭，我没和他们一起。

案子并没有在短时间内侦破。

案子现场条件很差，那个地方比较偏僻，案发时间正值午后，大街上没有什么人，周围也没有监控，侦查员没摸到什么有用的线索。

警犬在现场周围找了好几天，最后在现场南侧3公里处一条小河边停下。河水阻断了气味，警犬在河对面转了几圈，线索断了。

当我再次关注这起案子的时候，已经是春节后了，整个春节都过得浑浑噩噩，可日子还得继续。

我知道，整个春节期间，同事们也都情绪低沉。节后一上班，我就看到一堆人举着横幅站在了公安局门口。

同事告诉我，那是死者蒋培兴的哥哥组织了一帮人在给公安局施压，要求公安局尽快破案，并且解冻蒋培兴账户上的50多万存款，好让蒋培兴夫妇入土为安。

社会上也有不少乱七八糟的传言，同事们那段时间都很烦躁，但又不能冲死者家属发火，只能默默承受着压力，希望能早日破案，也算给死者一个交代。

刑警大队专门成立了专案组，每天傍晚都凑一起分析情况。我们根据现场和尸检情况对犯罪嫌疑人进行了刻画，凶手为一到两人，青壮年男性，体力较强，文化水平低。

从现场及尸检情况来看，两位死者身上一共有3种损伤，分别是锤类工具造成的钝器伤、锐器伤和徒手伤。

现场及周边都没有发现疑似作案工具，说明嫌疑人要么是自带工具，要么是就地取材作案后随手把工具带走了。不管怎样，作案工具不见了。

赵法医提出，嫌疑人很可能未婚，因为已经结婚生子的人，一般不会对孕妇下狠手。也有人表示怀疑，因为谁也说不准，人一旦失去了人性会做出什么事。

专案组走访了周围的居民，排查死者蒋培兴和董素琴夫妇的社会关系。

蒋培兴的哥哥叫蒋培国，43岁，也在本地开了家废品收购站，与蒋培兴的废品收购站大约有20公里距离。蒋培国有个儿子叫蒋英杰，高中毕业后在城区一家工厂打工。

蒋培兴夫妻两人还有个10岁的女儿叫蒋佳彤，在老家那边上学，平时由爷爷奶奶帮着照看。

蒋培兴和妻子董素琴来城里已经有将近10年了，最初在一处工地打工，后来低价盘下郊区这个院子，开了家废品收购站。

据同村村民反映，蒋培兴夫妻二人比较"能卧子"（意思是能力强），比一般人想得远，也能吃苦耐劳，所以很快就把废品收购生意做大了，还在家里盖了2层楼。

通过一段时间的调查，大家发现了一个奇怪的现象，城区一半的废品收购站都是蒋培兴的老乡开的。

蒋培兴的哥哥蒋培国说，大家见蒋培兴发了财，都去上门取经，发现废品收购行业利润很高，大有可为，于是很多脑子活络的村民就进城从事废品收购行业了，多数人都发家致富了。

蒋培兴除了在老家盖了楼，银行卡上还有 50 多万存款。有位同事感慨地说："咱忙死累活的，风险也大，还不如人家收废品的挣得多。"

赵法医把脸一板："挣钱再多有啥用，大人孩子全没了。"那同事赶紧闭了嘴，脸色煞白。

有些事，再急也没用，日常工作也不能耽误。幸运的是，半个月后，案子终于有了转机。

那天阳光明媚，我和赵法医在法医门诊坐诊，推门进来俩小伙子，手里各自捏着派出所开的鉴定委托书。

其中一个小伙子鼻青脸肿，左眼眯成一条缝，眼睑肿得紧绷发亮；另一个小伙子下巴上缠了一条绳，连着一顶白色的网状头套。

我盯着那个戴头套的小伙子看了半天，总觉得有些面熟，等看到身份证后，才想起他是谁。

伤者叫蒋英杰，废品收购站案子中死者蒋培兴的侄子。那天在公安局门口举横幅的人里面就有他，大高个，很显眼。当时离得远，没看仔细，今天一看，小伙子长得挺帅，眉清目秀。

昨晚在饭店吃饭，蒋英杰他们几个和邻桌起了争执，双方混战。对方人多，蒋英杰这边吃了亏，几个人都受了点伤，蒋英杰头上被对方用酒瓶开了瓢，去医院缝了 7 针。

蒋英杰本想缝完针就回家，可同伴咽不下这口气，直接报了警，派出所值班民警当晚就把打架的双方全部弄进了派出所。

双方都在气头上，谁也不服谁，调解不成，都要求做伤情鉴定。但一听需要交鉴定费，伤得很轻微的几个人就打了退堂鼓。

蒋英杰摘了头套，我给他量了创口，5 厘米，我问他有没有其他伤，他说没了。

赵法医忽然盯着蒋英杰的胳膊问了句："胳膊上的伤是怎么回事，是这次打架打的吗？"

蒋英杰迅速把胳膊往后一缩，几秒钟后摇了摇头："我忘了，当时很乱。"旁边小伙子凑过来说："就是这次打架打的，那伙人太狠了。"我瞪了他一眼，他才闭上嘴。

赵法医抬头看了我一眼，我心领神会，拿出相机，让蒋英杰靠墙站好，蒋英杰个子很高，目测得有 185 厘米。借拍照的工夫，我对他说，伤情鉴定需要进行全面检查。

蒋英杰的手背上有 3 道平行的纤细疤痕，看起来像是被人用指甲挖过，结痂褪去以后，颜色要比周围浅。

左前臂靠近手腕的地方有一处皮下瘀血，颜色已经很淡了，但还能隐约看出点轮廓，好像有个直角边。我忽然联想到了蒋培兴头上和手臂上的损伤。

我很确定，单从形态上看，蒋英杰左前臂的损伤与废品收购站命案中受害人的损伤类型是一致的，都是钝器伤，致伤工具都有直角边，但这似乎也说明不了太多问题。

我见蒋英杰递东西、签名都用左手，顺口问了他一句是不是左撇子，他点了点头。

我查看了他的右手，大拇指根部和手腕交界处，有一圈椭圆形不连续的色素沉着，我赶紧贴上比例尺拍了下来。

我抬头看了蒋英杰一眼，他把目光移向一边，不和我对视，但表情看不出有什么异常。

我再次问他胳膊上这些旧伤是怎么来的，蒋英杰说是前段时间和人打架了，当时没报警。

尽管心中有许多疑虑，但我们还是让蒋英杰离开了。一方面，蒋英杰是这次打架的受害人；另一方面，他也是废品收购站命案中的受害人亲属，我和赵法医不能贸然行动，更不能打草惊蛇。

他们走后，我对赵法医说："真是不幸的一家人。"赵法医没说话，给自己点了一根烟，慢慢抽着，很快屋里就弥漫了烟味。

"我都看到了。"赵法医把半截烟摁进烟灰缸，"凡事都要讲证据，目前我们的证据还不充分。"

我刚想争辩什么，听到门外似乎有人在争吵，我想起身出去看，门却一下子被推开，进来五六个男人。领头的那个穿着灰色西装，腋下夹着一个小皮包，个子不高，留着板寸，眼神好像有点凶。

他伸手把鉴定委托书递过来，露出了手腕上金灿灿的手表，脸上挤出了一丝笑容。我接过委托书，瞥了一眼，明白眼前这几个人就是和蒋英杰他们打架的一方。

受伤的不是他，而是他身后站着的那个人，小眼塌鼻，满脸横肉，胳膊上缠着绷带。他脱掉上衣，露出胳膊，上臂文了一个虎头，看起来很威猛。

他前臂有一道缝合创口，像一条蜈蚣，我看了病历，伤口比较浅，没伤到神经肌腱。

"那小子太狂了，一点也没数！"文身青年坐在椅子上，嘴里却不闲着，唾沫星子喷得到处都是，"嚷嚷着自己多牛，唬谁呢，一个毛孩子能折腾出浪花来？"

这拨人走后，门诊安静下来，我和赵法医进行了深入探讨。从目前的情况看，蒋英杰身上有许多不能合理解释的损伤，而且他似乎有随身带刀的习惯，这个蒋英杰绝对不简单。

我和赵法医正鼓着劲想让侦查员调查一下蒋英杰，可侦查队那边传来消息，已经抓到嫌疑人了，完全符合我们对嫌疑人的刻画：男性，未婚，身强体壮，文化水平低。

我推开讯问室的门，看到审讯椅上有个人，当时他背对着我，肩膀看起来很厚实。

我转到正面给他采血，看清了他的容貌，三角眼，高颧骨，络腮胡，再配上古铜色的皮肤，看起来有几分生猛。采血针扎进手指，他稍微皱了皱眉。他的手上有不少老茧，应该是一名体力劳动者。

他叫周鹏飞，真实年龄比看起来要小许多，只有 21 岁。我开始以为自己听错了，盯着他身份证看了半天才确信。

周鹏飞是一名建筑工人，在现场附近的一处工地打工。侦查员走访工地时获取了一条重要信息，废品收购站血案发生后那几天，周鹏飞没去上班。

许多工友反映，周鹏飞在收工后和其他人不太一样，大家一般都在宿舍里打牌看电视，他却经常往工地外边跑。

　　周鹏飞有个关系不错的工友叫小飞，他俩是同乡。侦查员把小飞叫到办公室里单独问话，小飞有些拘谨，侦查员递了一根烟，小飞抽完烟后安稳下来。

　　他说周鹏飞前段时间时常发牢骚，有次他俩一起出去喝酒，两杯酒下肚后，周鹏飞忽然说："受够了，想杀人。"

　　侦查员一听来了精神，忙问小飞是怎么回事。小飞说，周鹏飞家境不好，父母没什么劳动能力，还有个弟弟在上大学，家里的重担全靠他一个人挑。

　　前段时间，周鹏飞接了个电话，小飞在旁边听到周鹏飞一个劲儿地说："没事没事，你不用挂挂（意考虑、担心）。"

　　接完那个电话后，周鹏飞收工后就开始往外跑，有时中午出去，有时晚上出去，小飞问他怎么回事，周鹏飞笑着说没事，只是出去逛逛、散散心。

　　小飞也没再继续问，直到那天俩人出去喝酒，周鹏飞实在绷不住了，一边喝酒一边哭。听完周鹏飞哭诉，小飞终于明白了是怎么回事。

　　原来之前那个电话是周鹏飞弟弟打的，他在大学里谈了个女朋友，花销比以前大了许多，又不好意思和父母说，就打电话告诉了哥哥。

　　周鹏飞一听也有些犯难，毕竟自己承担着一家人的吃喝拉撒。但弟弟是一家人的希望，周鹏飞觉得弟弟和女同学处对象也很有面子，他表示会全力支持弟弟，就在电话里安慰弟弟别担心，钱的问题他会想办法。

　　此后，周鹏飞收工后就离开工地，在外边转悠，其实是在外面捡废品。周鹏飞抹了一把泪，告诉小飞，废品收购站那两口子十分可恨，每次去都压秤，还把价格一降再降。

　　小飞说，周鹏飞那天喝到最后把酒瓶摔了，恨恨地说，"干死他娘的！"几天后，周鹏飞就请假离开了工地，走得很匆忙。

　　侦查员在周鹏飞的床铺下面搜出了一把方头锤，真是踏破铁鞋无觅处，得来全不费工夫，侦查员把情况迅速向领导汇报，领导指示，马上抓捕周鹏飞。

　　周鹏飞其实也没跑远，侦查员找到周鹏飞时，他正蹲在院子里烧水，烟熏火燎，呛得咳嗽。

　　或许是自知理亏，周鹏飞很配合，只是提了个要求，和屋里的爹娘说一声再走。

到了公安局，周鹏飞却矢口否认自己杀了人。这不奇怪，谁还没个侥幸心理？审讯人员早就对此见怪不怪，人都逮住了，撬开嘴巴只是时间问题。

问来问去，周鹏飞只承认偷了些电缆拿去卖。周鹏飞说，捡了几次废品后，他就受不了拾荒大爷和老太太那幽怨的目光了。一看到那些弯腰驼背的老头老太太，就想起爹娘，自己一个大男人和他们抢饭吃，臊得慌。

有天夜里，周鹏飞去废品收购站的时候，发现有个小青年拿着一些"高级货"去卖，乍看不起眼，但是很值钱。周鹏飞暗暗留了个心眼，偷偷跟着那个人来到一处僻静小路。

那人发现不对劲，回头看了一眼，转身想跑，周鹏飞大喊了一声："站住！"或许是慑于周鹏飞的气势，那人居然乖乖地站住不动了。

"你想干啥？"那人腿有点哆嗦，说话声音发抖。周鹏飞别看人长得粗犷，其实很聪明，他知道那人的"高级货"来路肯定有问题。

"我盯你很久了，你跟我去派出所吧。"周鹏飞撂下这句话。那小子吓得不行："警察同志，我不敢了……"

见那小子认为自己是警察，周鹏飞没说话，那小子赶紧从兜里掏出来一把钱硬往周鹏飞手里塞，态度很谄媚，就差给周鹏飞跪下了。

周鹏飞说自己接过钱的时候也很犹豫，但他确实急需用钱，那一把钱看起来至少得有二百块。

"一分钱难倒英雄汉。"审讯室里，周鹏飞说的版本和小飞说的八九不离十，他叹了口气，"我也没办法，又没啥技术，靠卖苦力来钱太慢。"

拿钱后，周鹏飞并没有马上放那人离开，他对偷电缆的小伙子进行了简单的"审讯"，问出了一些偷电缆和其他金属的门路，"培兴"废品收购站是他们这伙人最常去的销赃地点。

当天夜里，周鹏飞没睡好，这钱来得太容易，他觉得有些烫手。但是第二天晚上，周鹏飞就搞了一捆电缆拿去了"培兴"废品收购站。

"那两口子太黑了！"周鹏飞提起蒋培兴夫妇时，眼神里有一股掩饰不住的杀气，"每次都压秤，价格更是一次比一次低。"

周鹏飞也试过去其他废品收购站，但人家见他面生，不敢收。没有办法，周鹏飞只能再去"培兴"。

"所以你就杀了他们！"审讯人员猛地一拍桌子。

"没！俺没杀人！"周鹏飞脸涨得通红，脖子上的筋也暴了起来，"俺冒险搞到点东西，总被他们欺负，俺是生气，但俺真没杀人！"

周鹏飞具备充足的杀人动机，还在住处被搜出了作案工具，他嫌疑很大，刑警队没有放弃。可惜锤子上没有做出死者的 DNA，专案组人员心头蒙上了一层阴影。

傍晚快下班时，赵法医让我和他去趟解剖室，当我们赶到解剖室时，发现解剖台上躺着一具腹部有缝线的尸体。我一眼就认出了她，蒋培兴的妻子董素芹，那个有 8 个月身孕的女死者。

赵法医招呼我帮忙撬开死者的嘴，然后掏出一块橡皮泥，我才明白赵法医要干啥。我们不但给死者的牙齿照了相片，还用橡皮泥取了牙模。

回到办公室，我们比照着董素芹的牙模和照片，仔细观察蒋英杰手上的椭圆形疤痕照片。半小时后，我们得出结论，蒋英杰手上的疤痕与董素芹的牙齿咬痕十分接近。

赵法医立刻向大队长汇报了情况，大队长很兴奋，当晚就派人抓了蒋英杰。

据说抓蒋英杰费了不少劲。蒋英杰的父母召集了几个人，不让公安局带人。有几个妇女甚至冲过来撕扯民警，扬言要去上访。

同事们费了九牛二虎之力才把人带回局里，心里却很不安，万一抓错了人，恐怕就惹上麻烦了。

不过事实证明，这次没抓错人。

蒋英杰在凌晨 5 点承认自己杀死了叔叔和婶婶，此后一周又经过 5 次审讯，他终于将犯罪事实讲明白了。

事情很有戏剧性，蒋英杰的杀人动机居然也和卖废品有关。

蒋英杰小时候学习很好，自从父母进城创业后，他被安置在老家，跟着爷爷奶奶生活。

几年前，蒋英杰考上了城里的高中，就和父母住到了一起。父母觉着小时候亏欠了他，总是给他许多零花钱。

蒋英杰迷上了上网玩游戏，认识了几个狐朋狗友，学习成绩一落千丈。高考失利后，他去了一家工厂上班，但平时还是喜欢和朋友一起玩。

时间长了，父母也说他两句。蒋英杰自尊心很强，性格有些偏激，不希望被人瞧不起，于是干脆在外面租了个房子，搬出了家。

父母直接掐断了蒋英杰的经济救助，心想单凭蒋英杰那点工资，肯定养活不了自己，过不了多久就会回家。

没想到蒋英杰找到了一条财路，由于父亲和二叔都开废品收购站，他耳濡目染，知道哪些不起眼的废品可以换钱，并且知道什么东西值钱。

蒋英杰和几个朋友一拍即合，打算偷点金属拿去卖。由于和家里置气，蒋英杰每次都把废品拿去二叔蒋培兴的收购站。

蒋培兴也不多问，每次都按市场价给钱，蒋英杰和朋友拿到钱之后很快就挥霍一空。

很快父亲找上了门，狠狠把他凶了一顿。父亲告诉蒋英杰先回乡下躲一阵，以后别去偷电缆了，抓住了是重罪。

原来是警察找到家里去了，说是接到群众举报，蒋英杰有偷电缆的嫌疑，但蒋英杰没在家，警察手头也没什么证据，问了几句就走了。

"肯定是俺婶子告的密，她和俺有仇。"蒋英杰提到婶子时，似乎颇有怨言，"以前在老家，她三天两头和俺爷爷奶奶吵架，话说得可难听哩。"

蒋英杰还说，奶奶被婶子气出了高血压，有段时间卧床不起，还有一次俩人直接打了起来，奶奶被推倒在地上，他实在看不过去，就推了婶子一把，被骂了个狗血淋头。

蒋家兄弟二人关系也很一般，当初就因为分家时闹了矛盾，在家务农的蒋培兴才一气之下进城另谋生路。

眼见弟弟蒋培兴发了财，哥哥蒋培国也进城搞起了废品收购，日子也渐渐好了起来。

蒋英杰躲了一阵，发现没事，就回到了城里。"被她这么一弄，俺名声彻底毁了，以后还怎么混？"蒋英杰是个爱面子的人，他咽不下这口气，想找婶子理论理论。

那天蒋英杰去的时候，蒋培兴夫妇正准备吃饭。见蒋英杰来了，蒋培兴起身招呼蒋英杰一起吃，而婶婶董素芹只是抬了一下眼皮，没理他。

蒋英杰就站在客厅里，冷冷地问了句："是你和警察说我偷东西的吗？"

董素芹当时就变了脸："敢做不敢当是吧？你个孬种！"

结果可想而知，蒋英杰再次被婶子骂得狗血淋头，就连二叔蒋培兴也骂了他几句，弄得他憋了一肚子火。

蒋培兴推搡着蒋英杰往外走，快走到院门的时候，蒋英杰脚下一滑，被推倒在地上。蒋培兴非但没有伸手拉他，反而教育了他一顿："这么大个人了，你混成个什么玩意儿？"

蒋英杰感觉"自己脑子嗡的一声"。他从门后堆着的砖块上随手拿起了一把锤头，一锤打在了蒋培兴头上。

"我当时脑子什么也不想了，已经气疯了。"蒋培兴倒地后不断呻吟，蒋英杰在他头上又补了一锤，然后拎着锤子进了屋。

"俺婶子脸色煞白，转身就往屋里跑，我知道屋里有电话，她想报警，俺绝不能给她第二次报警的机会！"

蒋英杰往前跨了一步，用左手拽住董素芹，把董素芹拖回了客厅，董素芹又抓又挠，抓破了蒋英杰的左手背。

疼痛更加激怒了蒋英杰，他抡起锤头就打了下去，没想到董素芹往旁边一躲，这一锤砸在了自己左手腕上。

趁着蒋英杰愣神的工夫，董素芹抓住了锤柄，并低头咬了蒋英杰的右手。蒋英杰吃痛，松开了锤头，一脚踢到董素芹肚子上，董素芹倒在地上。

蒋英杰弯腰捡起锤头，狠狠打了下去，这次没有打偏，锤锤致命。

打了几下，蒋英杰听到院子里有动静，拿着锤子跑了出去，看到蒋培兴趴在地上往前挪，已经快到院门口了。他大口喘着粗气，口鼻里不断喷血，发出咕噜咕噜的声音。

"他俩要是不死，我就完了。"蒋英杰的锤头再次砸向自己的亲叔，直到蒋培兴一动不动。

蒋英杰没敢直接往家的方向跑，他绕了一个大圈，又过了一条河，然后才回了家。

那把锤子被他半路扔了，后来也没再找到，但蒋英杰的匕首上做出了女死者董素芹的 DNA，证据确凿。

尽管蒋英杰供述的作案过程和我们之前的分析有少许出入，但大体过程是一致的。董素芹当时不是没反抗，只是反抗方式有些特殊，用牙咬。

案件成功告破，人家却怎么也高兴不起来，死者家属好像也更伤心了，谁也不知道，死者的母亲、兄弟和女儿将来如何相处。

据认识蒋培兴夫妇的人反映，蒋培兴两口子口碑很一般，尤其是那个董素芹，为人比较刻薄，喜欢骂人，还喜欢贪小便宜。

很快，公安局开展了为期一个月的专项整治行动，打击盗窃电缆、变压器，并且严查辖区内的废品收购站，治安状况得到极大改善。

那次手套被割破以后，赵法医很紧张，我自己反倒觉得无所谓，后来对死者的血液进行了检验，并没有发现常见传染疾病。

不过，从那以后，我养成了一个新的习惯，每次解剖前都要戴上两副手套，并且时刻提醒自己注意安全，我不敢再肆意挥霍自己的运气。

案子结束之后，我会经常想起那个夜晚，如果没有发生蒋培兴夫妇被杀的事，我是否就能准时赶到家里，给徐珊包一顿饺子，然后再一起去电影院，看最新上映的《赤壁》，那么一切就会都不一样。

"饺子我包了，只是有点丑，晚上给你煮夜宵，我先去商场取电影票（＾＿＾）。"

这是她发给我的最后消息。

有些人，整天见面；有些人，只能怀念。